KB077424

지금,
당신이
사랑해야
할 이유

지금, 당신이 사랑해야 할 이유
김인수 지음

**초판 1쇄** 2020년 06월 25일
**초판 2쇄** 2020년 07월 15일

**지은이** 김인수
**펴낸이** 신현운
**펴낸곳** 연인M&B
**기 획** 여인화
**디자인** 이희정
**마케팅** 박한동
**홍 보** 정연순
**등 록** 2000년 3월 7일 제2-3037호
**주 소** 05052 서울특별시 광진구 자양로 56(자양동 680-25) 2층
**전 화** (02)455-3987 팩스(02)3437-5975
**홈주소** www.yeoninmb.co.kr
**이메일** yeonin7@hanmail.net

값 15,000원

ⓒ 김인수 2020 Printed in Korea

ISBN 978-89-6253-491-7 03810

한 편의 시와 함께하는 사유와 성찰의 인산편지 두 번째 이야기

# 지금,
# 당신이
# 사랑해야
# 할 이유

김인수 지음

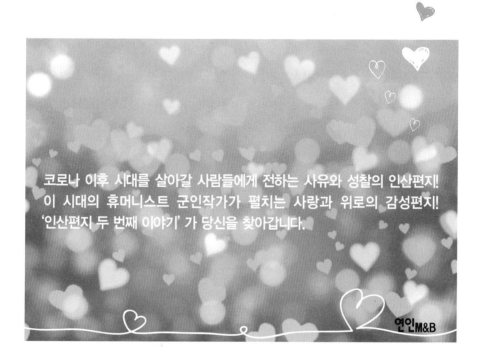

코로나 이후 시대를 살아갈 사람들에게 전하는 사유와 성찰의 인산편지!
이 시대의 휴머니스트 군인작가가 펼치는 사랑과 위로의 감성편지!
'인산편지 두 번째 이야기' 가 당신을 찾아갑니다.

연인M&B

"무지한 전사(戰士)의 손에 쥐어진 총칼은 폭도의 흉기보다 위험하다."
제가 늘 강조하는 말입니다. 무식한 군인의 손에 쥐어진 총칼은 폭도의
흉기보다 위험합니다. 상식적으로 생각해도 지극히 당연한 말입니다.
어찌 비교할 수 있겠습니까?

현역군인이자 작가인 저는 인문학 강의와 세미책(세상의 미래를 바꿀 책 읽
기, 세상을 아름답게 만들 책 읽기) 운동을 통해 대한민국 군에 들어오는 장병들
이 무지한 전사, 무식한 군인이 되지 않도록 강조하고, 노력하고 있습
니다. 분명히 칼보다 강한 펜의 힘을 믿습니다. 그 성과는 이미 여기저
기서 나타나고 있습니다.

제게 그 일은 다른 무엇보다도 절실한 일입니다. 당장 눈에 보이지
않고, 가시적인 성과도 나타나지는 않지만 대한민국 군대의 토양을 바
꾸고, 대한민국의 미래를 위한 일임을 확신하며 나아가고 있습니다. 많
은 분들이 궁금해합니다. 그 일이 왜 그렇게 절실한지 말입니다.

군인의 존재 이유, 군대의 존재 이유는 명확합니다. 강한 무력을 통

해 전쟁을 억제하고, 유사시에는 전쟁에서 승리하기 위해 존재하는 겁니다. 그래야만 국토를 방위하고, 국민의 생명과 재산을 안전하게 지킬 수 있기 때문입니다. 이 숭고한 가치를 위해 수없이 많은 사람들이 그들의 젊음을 바쳤고, 심지어는 하나밖에 없는 목숨까지 바쳤습니다. 지금도 대한민국의 멋진 젊은이들이 그들의 젊음을 나라를 위해 헌신하고 있습니다.

나라는 그냥 지켜지지 않습니다. 승리는 저절로 얻어지는 게 아닙니다. 자유와 평화는 그냥 주어지는 게 아닙니다. 힘이 있어야 합니다. 그 힘 중에서 가장 중요한 힘은 정신입니다. 흔히 무형전력, 정신전력이라고 말하는 힘입니다. 장병들이 품고 있는 올바른 정신, 품성, 의지 등이 그것입니다. 이 역시 그냥 쉽게 이루어지지 않습니다.

군인이자 작가인 저는 4차 산업혁명 시대를 맞아 첨단기술을 강조하고 도입하는 군대에서 그에 못지않게 중요한 것이 우리 젊은 장병들, 아들들의 인문학적 소양과 사유하고 성찰하는 힘이라고 생각합니다. 이를 위해 인문학 강의와 세미책 운동에 저의 모든 열정을 다 쏟고 있는 것입니다. 저의 작은 노력이 나비효과를 통해 대한민국 군대의 미래를 바꾸고, 대한민국의 미래를 바꿀 거라 확신하고 있습니다. 이것이 그토록 절실한 이유입니다.

이 책은 작가로 등단한 이후에 날마다 써 오고 있는 인산편지를 엮은 책입니다. 인산편지는 시간이 갈수록 독자님들로부터 많은 사랑을 받고 있습니다. 그 성원과 격려에 힘을 내어 이렇게 인산편지 그 두 번째 이야기를 펼칩니다. 작년에 첫 번째 책 「지금, 당신이 행복해야 할 이유」를 낸 이후에 많은 분들로부터 과분한 사랑을 받았습니다. 이 지면을 빌어 감사의 인사를 드립니다.

두 번째 이야기 「지금, 당신이 사랑해야 할 이유」에는 매일매일 한 편의 시와 함께하면서 저의 일상과 우리 장병들과 함께한 삶을 다룬 글들을 모았습니다. 여전히 자연, 사람, 사랑을 지향합니다. 그러면서 우리가 삶을 살아가는데 있어 꼭 필요한 물음들을 통해 사유하고 성찰하는 삶으로 당신을 이끌 것입니다. 부디 바라기는 이 책을 통해, 이 글들을 통해 무엇보다 당신 자신을 만나길 원합니다. 당신 자신의 내면과 마주하길 원합니다. 하나의 시어를 통해, 하나의 문장을 통해 당신을 발견하고, 당신을 위로하고, 당신을 치유하길 원합니다. 그래서 우리가 살아가는 이 세상이 사랑이 넘치는 아름다운 세상이길 원합니다.


책을 내면서 특별히 감사의 마음을 전하고 싶은 분들이 많습니다. 제일 먼저, 우리 대한민국 국군장병들이 늘 자랑스럽고 감사합니다. 그들의 헌신이 이 나라를 지키는 힘임을 한시도 잊지 않고 있습니다. 사랑하는 아내와 아이들, 양가 부모님과 가족들, 친구들의 사랑에 힘을 내고 용기를 얻습니다.

책이 나오기까지 도와주시고 힘써 주신 분들이 또 많습니다. 저의 문학의 스승이신 이재인 교수님, 귀한 추천의 글을 보내주신 이광복 한국문협 이사장님, 시인이신 도종환 의원님, 이정하·이소암 시인님, 김해석 장군님, 윤석화님께 감사드립니다. 편집을 도맡아서 해 주신 문우 유기홍 시인님, 졸고를 흔쾌히 책으로 엮어 주신 연인M&B의 신현운 대표님,

매일매일 인산편지와 함께하시면서 성원해 주신 인산편지 독자님들께 특별한 감사의 인사를 전합니다. 그리고 미처 말씀드리지 않았지만 저를 지지하시고 응원해 주시는 모든 분들께 감사드립니다.

올해는 동족상잔의 비극이었던 6.25전쟁 발발 70주년이 되는 해입니다. 그 전쟁은 아직도 끝나지 않았습니다. 상흔도 아픔도 지워지지 않았습니다. 다시는 이 땅에 그런 전쟁이 있어서는 안 됩니다. 제가 군복을 입고 있는 이유, 제 전우들이 불철주야 이 나라를 지키고 있는 이유입니다. 끝으로 제게 37년간의 군복을 허락하신 조국 대한민국과 오늘의 이 나라가 있기까지 피와 땀과 눈물로 헌신하신 순국선열과 호국영령, 그리고 수많은 선배님, 동료 전우들께 깊은 존경의 마음을 담아 인사 올립니다. 감사합니다.

2020년 6월
6.25전쟁 발발 70주년이 되는 호국보훈의 달에
인산 김인수 드림

# PART 2  사람

# PART 3 　사랑

# PART 4 성찰

작품 출처

나를 읽다 말고 그대를 생각했다/이소암(시학, 2019)
봄바람/전재복(솔디자인출판사, 2019)
봄비/함민복(창비, 2013)
간 봄/천상병(평민사, 2018)
봄 향기/손학수(손학수 카카오스토리, 2020)
봄은 고양이로다/이장희(금성, 1924, 5월호)
봄꽃/함민복(문학세계사, 2012)
산자락 아래 봄 햇살/김명리(시산맥, 2020, 봄호)
풀꽃 2/나태주(지혜, 2014)
벗꽃/이은택(삶창, 2018)
풀꽃 3/나태주(지혜, 2014)
코로나와의 전쟁/김인수(김인수블로그 인산편지, 2020)
별을 보며/이성선(시와시학사, 2005)
나무/이근대(고요아침, 2005)
비 오는 날의 재회/최승자(문학과지성사, 1981)
삼월의 나무/박 준(문학과지성사, 2018)
기생충/홍찬선(넥센미디어, 2020)
기쁨이란/이해인(열림원, 2015)
풀씨 하나/백무산(창비, 1999)
꽃밭/오세영(책만드는집, 2017)
잊어버리세요/사라 티즈데일
밥 꽃 필 무렵/류지남(작은숲, 2016)

엄마의 입맛/김인수(김인수블로그 인산편지, 2017)
꽃이 피면 온다던 그대가/권희수(평택자치신문, 2020)
트로트(trot)를 부른다/권희수(미발표작)
어느 60대 노부부 이야기/김목경 작사
보랏빛 엽서/김연일 작사, 설운도 노래
오늘의 결심/김경미(현대시, 2010, 7월호)
눈을 감고/박 준(문학동네, 2012)
그 사랑의 깊이/권희수(문학바탕, 2019, 시와 에세이, 15호)
내 놀던 고향의 겨울/권희수(문학바탕, 2016)
빵집이 다섯 개 있는 동네/최정례(창비, 2019)
정지의 힘/백무산(창비, 1996)
이만함의 감사/김인수(김인수블로그 인산편지, 2018)
겨울 바다에 서 있을게/박진형(시인광장, 2020, 3월호)
야간열차에서 만난 사람/곽효환(민음사, 2006)
화양연화/김사인(창비, 2015)
져 줍니다/손동연(동시마중, 2018, 1, 2월호)
어떤 평화/이병일(창비, 2012)
모든 날, 모든 순간/폴킴 노래
동행/오세영(책만드는집, 2017)
왔다 갔다/심옥남(고요아침, 2013)
눈동자/최종천(반걸음, 2018)
꿈꽃/황동규(문학과지성, 1993)

# PART 1 자연

# 그대는 무엇을 사랑했습니까?

나를 읽다 말고 그대를 생각했다 / 이소암

풀잎에게도 뼈가 있다
더듬으면 사라지고
돌아서면 돋아나는 뼈
그대도 모르고
천둥도 먹구름도 모르는 뼈
밤이면 이슬 털고 일어나
천장 없는 집을 짓고
별들 불러 잔치를 벌이는 뼈
대문도 유리창도 없어
귀머거리 개는 더욱 짖지 않는 집
결단코 그곳에 머물러도 좋았으나
아침이면 서슴없이 풀잎에 스미는 뼈
나는 그 뼈들을 사랑했네
풀잎을 풀잎이게 했던 뼈들을 사랑했네

그대는 무엇을 사랑했을까,

이제 묻지 않기로 하네

그대의 전화번호는 공터에 두기로 하네.

　사회적 동물인 우리는 다른 사람들과 수많은 관계를 맺으며 살아가고 있습니다. 대부분은 자기 자신의 의지에 따라 관계를 맺지만 꼭 그런 것만은 아닙니다.

　요즘같이 온라인 관계가 폭발적으로 늘어나는 때에는 더 그렇습니다. 한 번 만나 보지도 않은 사람, 한 번도 얼굴 본 적이 없는 사람과 이런저런 모양으로 관계를 맺곤 합니다.

　그렇게 관계를 맺으면 대부분은 그 관계에 충실하려고 노력합니다. 그것이 정상적인 사람들의 일반적인 모습입니다. 지극히 상식적인 삶입니다. 그러나 문제는 그렇지 않은 일이 심심치 않게 일어나고 있다는 사실입니다. 참으로 곤혹스러울 수 있는 불편한 진실입니다. 이른바 가짜 뉴스로 전해지는 일들이 대표적인 예입니다.

　지금 우리 사회에는 가짜 뉴스들이 많이 돌아다닙니다. 우리나라가 민주주의 국가이기 때문에, 언론의 자유가 있기 때문에 그 자유라는 이름으로 모든 게 용서될 수 있다고 생각하지만 그러한 일들로 인해 치러야 할 개인적, 사회적 비용이 만만치 않습니다.

　더 중요한 것은 비용의 문제가 아니라 신뢰의 문제입니다. 옳고 그름의 문제가 아니라 다름의 문제라면 당연히 받아들여야 하고, 그러한 많은 다름을 다양성으로 더 존중하고 인정해야 하는 건 맞습니다.

그러나 틀린 것을 옳은 것이라 우기면서 다르다는 것을 인정하라고 강요하는 것은 옳지 않습니다. 제가 지금 말씀드리는 것은 지금 우리 사회의 일반적인 모습입니다.

이 모든 현상의 문제가 어디에 있는지 한 번 성찰해야 합니다. 사회적인 영향력이 없는 개인의 입장이라면 큰 파급력이 없기에 그래도 받아줄 만한데 영향력을 가진 사람들의 행동은 정말 신중해야 합니다. 그 사람의 말을 사실대로 믿는 사람들이 부지기수로 많기 때문입니다.

저는 글을 쓰면서 늘 이런 부분을 경계합니다. 그래서 인산편지에는 가급적이면, 아니 가급적이 아니라 거의 정치 얘기와 종교 얘기는 언급하지 않는 편입니다.

저를 모르는 분들, 특히 SNS에서 관계를 맺은 지 얼마 되지 않는 분들 중에는 이런 제게 꼭 집어서 의견을 물어보는 분도 계십니다. 저라고 어찌 생각이 없고, 의견이 없겠습니까? 다만 표현하지 않을 뿐입니다.

앞에서도 말씀드렸다시피 관계의 문제는 신뢰의 문제입니다. 제가 군인이라는 사실은 인산편지 독자님들이라면 누구나가 다 잘 알고 계십니다. 제가 인산편지를 써 온 게 올해로 7년째이기 때문에 초창기부터 열렬한 독자님들은 제가 어떤 군인인지도 잘 알고 계십니다.

저는 제 자신이 비록 부족한 면이 있을지라도 국가와 국민에 충성을 다하는, '위국헌신 군인본분'을 늘 실천하고 있는 투철한 군인이라 생각합니다. 그러면서 우리 대한민국 군대의 미래를 위해 불철주야 노심초사 뛰어다니는 군인으로 자부합니다.

그런데 저를 안 지 얼마 되지 않으시는 분들, 그것도 얼굴도 한 번 못 보고, 전화 통화도 한 번 하지 않은 채 오직 SNS에서만 친구가 되어 글을 보시는 분들 중에는 무슨 군인이 책만 얘기하고, 인문학 강의만 하고 다니는지 의아해하는 분도 계실 겁니다. 직접적으로 제게 따지신 분은 없으셨지만 아마도 그렇게 생각하실 분이 분명 있으실 겁니다.

이 자리에서 분명하게 말씀드립니다. 보이는 것이 전부가 아니라는 걸 꼭 알아주십시오. 다른 일들은 제가 말씀드리지 않는 것 뿐입니다. 군인으로서 해야 하는 기본적인 일들, 군인으로서 해야 하는 전투 준비, 훈련 등의 일들에 대해서는 제가 언급하지 않기 때문입니다.

특히 지금처럼 남북관계가 엄중하고, 대비태세가 어느 때보다도 중요한 이때에 인문학 강의만 하고 다닌다는 오해가 없으셨으면 합니다. 그 일은 제가 하고 있는 일들 중에 일부분이고, 또 그 일이 군인의 본분에 벗어나는 일이 결코 아닙니다.

인문학으로 정신이 무장된 군인, 책을 읽고 사유하는 군인이 더 강한 군인입니다. 그런 군인이 훈련을 해도 더 잘하고, 그런 군인이 전투에 임하라고 하면 한발 더 나서서 싸웁니다. 저는 확신합니다. 이 부분에 대해서는 어느 누구와 대화를 해도 확실하게 주장할 수 있습니다.


아주 작은 예지만 한 가지만 말씀드리겠습니다. 어제 저는 예하부대의 전투력 측정 평가 책임을 맡고 다녀왔습니다. 제 임무 중에 가장 중요한 임무가 예하부대 훈련 평가입니다.

어제의 종목은 전투사격이었습니다. 임의로 선발된 간부와 용사들이 조를 편성하여 사격을 했습니다. 그중에는 여군 중사가 한 명 있었습니다. 병과가 보병 등의 전투병과도 아니고 행정병과인 재정입니다.

그 중사가 20발 사격 중에 19발을 맞춰 특급을 달성했습니다. 참으로 대단한 실력이 아닐 수 없습니다. 옆에 있는 평가관들과 함께 물어보았습니다. 어떻게 그렇게 사격을 잘했냐고 말입니다.

그 여군 중사는 7년 전 여군 간부가 되려고 입대하여 육군훈련소에 들어갔을 때 기초군사훈련을 잘 받아서 그렇다고 대답했습니다. 또 열과 성을 다해 가르쳐 준 연대장 덕분이라고 했습니다.

혹시 우리 인산편지 독자님들은 그 연대장이 누군지 아십니까? ㅎㅎㅎ 바로 접니다. 제가 재밌게 말씀드리니까 "에이 설마?…" 하시는 분이 계실지 몰라 확실하게 말씀드립니다. 제가 그 연대장입니다.

물론 그 여군 중사는 제가 앞에 있으니까, 또 제가 웃으면서 일부러 그런 분위기를 유도했으니까 저를 존경한다고 하면서 그렇게 말한 것이지만, 요즘 젊은이들이 어떤 젊은이들입니까?

아니면 아니라고 확실하게 말하는 젊은이들입니다. 그러니 저는 비록 웃으면서 그 대화를 이어 갔지만 그 여군 중사의 말이 거짓이거나 꾸민 것이라고는 절대 생각하지 않습니다.


이렇게 말씀드리고 나니까 제 자랑만 실컷 하고 제가 잘난 척을 너무 한 것 같아서 죄송합니다만, 사실은 제가 사격에서 특급을 달성한 그 여군 중사, 제가 가르친 딸을 자랑하고 싶어서 말씀드린 겁니다.

그리고 어떠한 상황에서도 나라와 국민을 지키는 군인의 본분에 충실하고 있다는 것을 확실하게 말씀드리기 위해서입니다. 이제는 정말 아시겠죠? 제가 독서만 강조하는 군인이 아니란 걸 말입니다.

이런 오해를 받지 않으려고 저는 정말 뼈를 깎는 심정으로 노력했습니다. 7년 동안 매일 밤 10시부터 새벽 1시까지 시간을 쪼개어 책을 읽고 글을 썼습니다. 일과 시간에는 일체 하지 않았습니다. 주말에 동료들이 골프를 치자고 할 때도 저는 치지 않았습니다. 정말이지 촌음을 아끼면서 책을 읽고 글을 썼습니다.

제 자신을 위해 한 것이 아닙니다. 대한민국 군대의 미래를 이끌어 갈, 대한민국의 미래와 세상의 미래를 이끌어 갈 우리 젊은 장병들, 우리 아들들에게 책을 통해 꿈과 희망을 심어 주기 위해서였습니다.

세미책 운동은 그렇게 태어난 운동입니다. 제가 그런 생각을 품고, 그런 노력을 하지 않았더라면 결코 이루어지지 못했을 것입니다. 저는 다른 무엇보다도 이 부분에 대단한 자부심을 지니고 있습니다. 변함없이 우리 장병들을 사랑하면서 충성하겠습니다.


사랑하는 인산편지 가족 여러분!

오늘 이 어려운 세상을 향해 한 송이 꽃과 같은 시를 전하고 싶습니다. 꽃을 노래하는 꽃의 시인 이소암 시인님의 시입니다. 꽃을 노래하고, 풀잎을 노래하는 시인의 마음이 참으로 좋습니다.

그냥 단순히 좋기만 한 것이 아닙니다. 시인은 우리에게 미처 생각해 보지 못한 것, 미리 살피지 못한 것들을 알려 줍니다. 그런 시인을 따라가다가 만나는 세계는 늘 신비한 세계입니다. 살아가면서 그런 세계를 늘 만날 수 있는 것만으로도 의미 있는 삶임에 틀림없습니다.

풀잎에게도 뼈가 있다는 시인의 노래를 들으며 한참을 생각합니다. 아! 그랬구나 그래서 그럴 수 있었구나. 어느 곳에서나, 어떤 모습이든지 간에 세상 한가운데서 꼿꼿이 서 있을 수 있었던 게 아침이면 서슴없이 스며든 뼈로 인해서였구나, 풀잎을 풀잎이게 했던 게 바로 그거였구나….

이것이 오늘 이 아침, 제게 새롭게 허용되고, 새롭게 열리는 세계입니다. 그러니 그 풀잎을 사랑하는 시인을 어찌 사랑하지 않을 수 있겠습니까? 그 마음을, 그 모습을 미치도록 사랑하고 싶습니다.

당신의 사랑은 어떻습니까? 우리의 사랑은 어떻습니까? 이 세상 모든 걸 품어 간다고 하면서도, 이 세상 모든 것을 사랑한다고 하면서도 늘 특별한 그 무엇에, 누군가에게 매어 있는 게 우리들 모습이 아닌지요? 그래서 말로만 사랑하는 삶을 살아가는 게 아닌지요?

오늘 인산편지를 마치며 고백합니다. 처음의 마음이 바뀌었습니다. 제목에는 "그대는 무엇을 사랑했습니까?" 이렇게 물어 놓고 끝에 오니 바뀌었습니다. 저도 아무것도 묻지 않겠습니다. 정말입니다. 시인의 마음을 따라 저 역시 그대는 무엇을 사랑했을까, 묻지 않겠습니다. 그대의 전화번호는 저도 그냥 공터에 두겠습니다.

# 당신은 지금, 르네상스의 서막을 준비하고 있습니까?

봄바람 / 전재복

밥숟가락 든 채

눈꺼풀 눌러 내리는 졸음과 맞서다

스르르 감긴 눈 속으로

햇살이 노랗게 번질 때

그때를 기다렸던 것이다

르네상스의 서막을 준비하는

내밀한 움직임

죽은 것들이 살아나고

언 땅 밑에서도 꼼지락대며

구겨진 팔다리를 폈다

환호성처럼

잎이 꽃들이 피어나고

꿈인 듯 생시인 듯

기분 좋은 설렘으로 세상은 술렁댔다

닫힌 문마다 두드리며

오늘이 그날이라고

잠자는 내면을 들쑤시고

환호하게 만든 이

자꾸 부채질하는 그들 때문이었다

봄바람, 그들의 선동이 있었던 거다.


한동안 인산편지에서 코로나19를 언급하지 않았습니다. 거의 세 달 가까이 TV만 틀면, 뉴스만 들으면 온통 나오는 얘기가 그 얘기인지라 이제는 지겨울 만도 하기에 일부러 언급하지 않았습니다.

이유는 또 있습니다. 많은 사람들이 이 코로나19로 인해 우울감을 느낀다고 합니다. 실제 우울증으로 이어지는 경우도 많아서 신경정신과를 찾는 이들도 있다고 합니다. 그래서 저까지 우울한 얘기를 하고 싶지 않았던 겁니다.

지금도 여전합니다. 우리나라는 다소 진정 국면에 접어들은 듯하나 전 세계적으로는 아직도 한창 기승을 부리고 있습니다. 그러는 사이에 사망자는 벌써 20만 명을 넘어섰습니다.

4차 산업혁명 시대에 바이러스 하나가 이렇게 온 인류의 삶을 초토화 (너무 심한 표현인가요?)시키고 인간의 정신을 황폐하게 만들고 있다니 생각만 해도 기가 막히고 어처구니가 없습니다.

그러나 안타깝게도 이것은 엄연한 현실입니다. 제가 어처구니가 없다는 표현을 썼지만 이것은 약과입니다. 어느 누군가에게 있어서는 삶과 죽음이 오가는 생사의 기로이고, 또 어느 누군가에게 있어서는 사랑하는 이를 떠나보내야 하는 아픔인 것입니다.

이런 와중에 우리를 더 힘 빠지게 만드는 얘기들이 오고 갑니다. 앞으로 인류의 삶이 코로나 이전, 즉 예전처럼 돌아가기가 불가능하다는 말입니다. 생각만 해도 암담하지 않을 수 없습니다.

많은 전문가들이 전하는 의견이나 주장들을 듣고 있자면 정말 심각한 문제입니다. 어느 특정한 지역, 나라, 인종을 구분하지 않고 인류 전체의 삶이 변한 것입니다. 그야말로 지금까지와는 다른 또 다른 뉴 노멀(New Normal)의 시대입니다.

사실 지금까지의 뉴 노멀은 글로벌 경제위기가 가져다 준 새로운 사회를 말하면서 사용했습니다. 그러나 지금은 기존의 뉴 노멀에 또 다른 뉴 노멀이 등장한 것입니다. 연세대학교 사회학과의 김호기 교수는 이를 이중적 뉴 노멀이라고 표현합니다. 경제의 뉴 노멀과 위험의 뉴 노멀이 공존하는 시대가 된 것입니다.

그는 코로나19의 광풍이 물러가고 나면 우리가 돌아갈 자리가 옛날의 일상적인 자리가 아니라 제3의 자리가 될 거라고 합니다. 그 자리는 현실세계와 가상세계의 연결이 강화되는 자리이고, 온라인과 오프라인이 더욱 중첩되는 공간입니다.

그러니 만큼 세상의 많은 부분에서 변화가 뒤따를 것입니다. 국제질서의 재편, 국가의 역할과 기능, 언택트 라이프스타일을 위시한 인류문화의 획기적 변화 등이 예상됩니다. 굳이 전문가의 설명을 듣지 않아도 뻔히 예상되는 일들입니다.

많은 사람들이 이러한 변화를 두려움을 가지고 지켜보고 있습니다. "어떻게 살아가야 할 것인가?"에 대해 지금처럼 많이 고민해 본 적도 없을 겁니다.

저는 이럴 때일수록 '신르네상스' 운동을 펼쳐야 한다고 주장하는 사람입니다. 지금이야말로 다시 인간으로 돌아가야 하는 시대입니다. 오로지 앞만 보고 달려온 지난날들을 되돌아보고 다시 인간 중심의 삶을 성찰해야 할 시기입니다.

지금부터 해야 합니다. 다른 누가 아닌 나부터 해야 합니다. 저와 우리 인산편지 독자님들부터 다시 인간으로 돌아가야 합니다. 4차 산업혁명이라는 시대를 다시 되돌리지는 못할지라도 그 안에서 소외되고 외면되어 왔던 인간을 찾아야 할 때입니다.

모든 것에서 사람이 먼저여야 하고, 사람이 우선해야 합니다. 이 대명제 앞에 국가도, 인종도, 사회도 뒤로 물러서야 합니다. 우리 모두가 지구라는 땅덩어리에서 살아가고 있는 같은 사람, 같은 인간이라는 생각으로 하나가 되어야 합니다.

그런 면에서 각국을 이끌어 가는 정치지도자들, 국제기구의 수장들의 역할이 참으로 중요합니다. 그 사람들이 이러한 생각을 가지고 대승적으로 화합해야 합니다. 함께 손을 잡고 공동의 노력을 펼쳐야 합니다. 그래야만 인류가, 인간이, 사람이 제대로 살아갈 수 있는 지구촌이 될 수 있습니다.

저는 정치적으로 영향력이 있는 사람이 아닙니다. 할 수 있는 역할도 그리 크지 않습니다. 그러나 포기하지 않습니다. 인산편지를 통해 세상에 전하고, 인문학 강의를 통해 우리 미래 세대들에게 꿈과 희망을 심어 주고 있습니다.

이것이 토양이 되고, 나비효과가 되어 분명 싹을 틔우고, 꽃을 피우고, 바람이 불어 세상을 변화시킬 것이라고 믿고 있습니다. 저는 지금 그 길을 가고 있습니다. 저와 생각을 함께하시고, 저와 마음을 나누고 계시는 우리 인산편지 독자님들과 함께 자랑스럽게 가고 있습니다.

사랑하는 인산편지 가족 여러분!

요즘 들어 바람이 많이 불고 있습니다. 봄바람입니다. 며칠간은 이 봄바람이 마치 광풍과도 같이 심하게 불기도 했습니다. 건조한 날씨와 겹쳐 곳곳에서 전국에서는 많은 산불이 발생했습니다.

안동 지방에서는 축구장 1,100개가 넘는 크기의 면적이 잿더미가 되었다고 합니다. 저는 산불 소식만 들으면 그렇게 마음이 아플 수가 없습니다. 그 소중한 숲을 잘 가꾸지는 못할망정 어이없이 잃어버리는 안타까움 때문입니다.

환경의 중요성은 더 말할 나위가 없습니다. 환경문제는 더 이상 선택의 문제가 아닙니다. 깨끗한 삶, 건강한 삶의 문제를 떠나 이제는 삶이냐 죽음이냐의 문제가 되었습니다.

심각한 문제입니다. 우리 모두가 더 많은 관심을 가져야 합니다. 더 이상 방심하거나 소홀했다가는 인류 전체가 심각한 지경에 이를지도 모를 일입니다. 우리 아이들에게, 후손들을 위해 반드시 해야 할 우리의 도리임을 잊어서는 안 됩니다.

오늘 시인은 봄바람을 노래합니다. 산불을 일으키고 크게 만드는 야

속한 봄바람이 아니라 잎이 피어나고 꽃이 피어나게 하여 기분 좋은 설
렘으로 세상을 술렁이게 하는 봄바람입니다.

시인의 노래를 듣고 있으면 정말이지 향긋하고 기분 좋은 봄바람이
산들산들 불어와 몸을 스치는 듯합니다. 그 봄바람은 그냥 바람이 아
니었습니다.

바로 르네상스의 서막을 준비하는 내밀한 움직임이었습니다. 요즘과
같이 언택트의 시대, 이중적 뉴 노멀의 시대, 신르네상스로 돌아가야
하는 시대에 딱 맞게 불어 준 봄바람이었습니다. 우리의 잠자는 내면을
들쑤시고 환호하게 만드는 그 봄바람 말입니다.

이런 시인의 마음을 담아 오늘 인산이 당신께 묻습니다.

"당신은 지금, 르네상스의 서막을 준비하고 있습니까?"

준비하십시오. 르네상스, 아니 신르네상스를 준비하십시오. 인간을
생각하며, 다시 인간으로 돌아가며 나아가십시오. 새로운 이중적 뉴 노
멀의 시대에 오직 인간만이 전부임을 고백하며 나아가십시오.

지금, 당신 곁에서 불어오는 봄바람이 당신을 선동하고 있을 겁니다.
그 봄바람을 맞으며 저와 당신이 그렇게 르네상스의 서막을 준비할 때
우리가 살아가는 이 세상은 어떠한 순간에도 위태롭지 않을 것임을 저
는 믿습니다.

# 꽃 피는 것 보면 당신도
# 그리운 얼굴이 먼저 떠오릅니까?

봄비 / 함민복

양철지붕이 소리 내어 읽는다

씨앗은 약속

씨앗 같은 약속 참 많았구나

그리운 사람

내리는 봄비

물끄러미 바라보던 개가

가죽 비틀어 빗방울을 턴다

마른 풀잎 이제 마음놓고 썩게

풀씨들은 단단해졌다

봄비야

택시! 하고 너를 먼저 부른 씨앗 누구냐

꽃 피는 것 보면 알지

그리운 얼굴 먼저 떠오르지.

제가 병영에서 하고 있는 인문학 강의에 관심이 있는 독자님들이 꽤 많습니다. 심지어는 직접 오셔서 들어 보고 싶다고 하시는 분도 계십니다. 저도 마찬가지입니다. 직접 모셔서 들려 드리고 싶은 마음입니다.

언젠간 독자님들과의 만남의 시간을 가진다면 그때는 제 강의를 들려 드리겠지만 지금은 여러 가지로 제한되니 잠깐 말씀드리겠습니다. 정말 독자님들의 궁금증 해소 차원입니다.

제가 하는 인문학 강의는 군대에서 흔히 말하는 '표준교안'은 없고, 제가 만든 강의록으로 강의합니다. 크게 세 가지 주제를 가지고 하는데 각각 행복 강의, 독서 강의, 역사 강의로 부릅니다.

각각 두 시간씩 하게 되는데, 지금 부대별로 다니면서는 두 시간에 행복 강의와 독서 강의를 묶어서 한꺼번에 합니다. 그러다 보니 늘 시간에 쫓기곤 합니다.

장병들의 반응은 뜨겁습니다. 단순히 계급과 직책을 봐서 반응을 보내 주는 건 아닐 겁니다. 요즘에는 많이 달라졌습니다. 우리 아들들은 똑똑합니다. 그만큼 표현도 분명합니다. 재미없고 유익하지 않은 강의에 그런 뜨거운 반응을 보내줄 리 만무합니다.

며칠 전에 어느 부대를 찾아갔는데 간부들과 용사들의 눈빛이 초롱초롱 빛났습니다. 말 한마디 놓치지 않으려는 모습들을 보면서 제가 힘이 났고, 감동을 받았습니다.

그래서 두 시간에 다 끝내야 할 것을 행복 강의 한 가지만 두 시간 동안에 풀 버전으로 하고, 독서 강의는 다시 또 와서 하겠다고 약속했습니다. 참으로 감사한 일입니다.

늘 느끼는 거지만 우리 아들들에게 인문학 강의라는 이름으로 행복과 독서에 대해 전할 수 있음이 감사입니다. 인성함양 교육의 일환으로 저의 강의가 군에서 점점 더 깊게 뿌리내리고 있음에 감사합니다.

독서 강의할 때는 왜 책을 읽는가와 어떻게 책을 읽는가에 대해 강조합니다. 그러면서 제가 늘 강조하는 말 중의 하나가 "가슴이 설레지 않는 책은 버려라."라고 말합니다.

사람과 사람이 만날 때도 가슴이 뛰고, 설레는 마음이 있어야 하지 않습니까? 책도 똑같습니다. 이 세상에는 우리가 알지 못하는 책들이 정말 많습니다. 이루 셀 수 없을 정도로 어마어마하게 많습니다.

그렇게 수많은 책들 중에는 분명히 자기 가슴을 뛰게 하고, 설레게 하는 책이 있을 겁니다. 그런 책을 찾아서 읽어야 합니다. 가슴을 설레게 하는 책도 다 못 읽는 마당에 그렇지 않은 책을 읽을 이유는 없습니다.

최근에 제 가슴을 설레게 하는 책들이 몇 권 있습니다. 얼마 전에 제가 인류사와 문명사에 대해 관심을 갖고 있다고 말씀드린 적이 있습니다. 지금 그에 대한 책을 읽고 있습니다.

우리 인산편지 독자님들은 대부분 책을 좋아하고, 매일매일 책 읽는 것을 어렵지 않게 생각하시는 분들이기에 제목만 말씀드려도 읽어 보셨거나, 최소한 들어는 보셨을 거라 생각합니다.

'오리진', '모든 것의 기원', '빅 히스토리', '여섯 번째 대멸종' 등등입니다. 모두 우주의 기원과 인류의 문명에 관한 책들입니다. 흥미진진합니다. 조금 어려운 책이지만 그래도 잘 읽힙니다.

이번 주말도 이런 여러 책들과 함께할 생각에 벌써부터 가슴이 뛰고 설렙니다. 그러니 사회적 거리두기에도 힘들지 않고 지치지 않을 수 있는 겁니다.

이 책들을 읽으면서 우주와 지구와 인간에 대해 더 깊이 사유하려고 합니다. 그 사유의 결과를 우리 독자님들과 공유하겠습니다. 그것이 우리가 이 땅에 태어난 인간으로서 존재 의미를 찾아가는 일이라고 저는 믿습니다.

사랑하는 인산편지 가족 여러분!

어제 인산편지를 보내고 나서 많은 독자님들이 답장을 보내 주셨습니다. 참으로 감사합니다. 인산편지를 인문학의 화수분이라고 분에 넘치는 과찬을 보내 주신 독자님도 계십니다.

제가 페북과 여러 개의 밴드, 블로그에 인산편지를 올리기 때문에 같은 공간에 함께하지 못하는 독자님들은 독자님들의 다양한 생각을 접하지 못하실 겁니다. 저만 늘 독차지하는 것 같아 죄송할 때가 많습니다.

그래서 할 수만 있다면 인산편지를 통해 독자님들의 답장을 소개해 드리고 싶습니다. 이렇게 하니까 소통의 편지가 되어 더 좋습니다. 또 어느 독자님의 자기의 글이 인산편지에 소개가 되어 기뻤다고도 하시니 안심이 됩니다.

자! 소통할 준비가 되셨나요?

"내가 정한 작은 결심도 잘 지키지 못해서 매번 전전긍긍하는데 남을 위하고 나라를 위해 결심을 한다는 게 정말 말처럼 쉽지 않을 듯합니다. 그러나 우린 혼자 살아갈 수 없는 세상이니 더불어 살아갈 때 세상이 더 아름답겠죠. 더 노력하고 성찰하며 살아가야겠습니다! 오늘도 깨달음을 주신 인산편지 감사합니다."

"빠르게 사라지는 이 순간, 안타깝다 말하지 말고 결심하고 실천하며 살아가겠습니다."

"오늘이 장애인의 날… 몸과 맘이 건강한 시대였으면 좋겠습니다. 지금은 행복하지도 불행한 날도 아닙니다. 단지 단조로운 일상이 권태로우면서 시간은 빨리 갑니다."

"비상이 해제되어 십 수년간 즐긴 예술의 전당 심포니홀에서의 음악감상클럽에서 문자 소식 기다립니다. 충남운전면허로 계룡대 벚꽃길을 운전하며 지나가던 생각이 주마등처럼 지나갑니다."

"그래요, 세월 참 빠르게 갑니다. 벌써 4월 하순… 나이를 먹으니 1분 1초가 늘 아쉽습니다. 가요 중에 백년도 못 살면서 천년을 살 것처럼~ 일상 속에서 기쁨을 만들어 가는 거죠. 입으로 감사를 외치며 가슴으로는 만족을 찾는 거죠. 오늘도 분명 행복한 하루가 될 것이기에 기대가 큽니다. 모두 다 행복하소서!"

"코로나 때문 사소한 작은 행복이 크게 보입니다. 이웃이나 가족과 함께 있다는 것. 공원에서 마음껏 웃으며 자판기 커피를 마실 수 있다는 것 얼마나 커다란 축복이었는지를 오늘은 결심합니다. 아주 작은 축복도 감사하며 서로 어우러져 사랑으로 세상을 아름답게 만들겠다고 말입니다. 아무리 힘든 길도 사랑하는 이들과 가는 길은 힘들지 않고 끝까지 견디며 갈 수가 있기 때문 입니다. 인산편지를 응원합니다."

"인산님의 결심에 함께할 수 있어 영광입니다~^^ 같은 길을 가고 있기에 늘 응원하겠습니다. 자칫 흔들릴 수도 있는 시기에 결심할 시간을 주시고… 감사합니다. ㅎ 월요일 힘차게 시작합니다~^^^"

"순수하고 소박하고 단호하면서도 한없이 여린 시인의 아름다운 결심을 들려주셔서 감사합니다. 그리고 저도 오늘 마음에 다짐을 둡니다. 늘 생각하고 실천하려 애쓰는 것이지만 한 번 더 다짐합니다."

"마음 안에 미움을 품지 않겠습니다. 내게 주어진 현실이 힘에 버거워서 가끔은 주저앉아 울고 싶을 때도 있지만, 그것 때문에 자신을 지옥으로 끌어들이지 않겠습니다. 타인을 그것도 사랑만으로도 부족할 가까이 있는 사람을 사랑하지 못할 때 그건 견딜 수 없는 고통임을 알고 있거든요."

"채워지지 않는 부분은 대자연을 통해 넉넉히 보상받으며, 열심히 노력하겠습니다. 더 많이 사랑하겠습니다."


딱 열 분의 생각을 전했습니다. 참으로 대단하십니다. 정말 좋습니다. 길든 짧든 답장을 통해 자신의 생각을 글로 표현하기에 생각을 나누고 마음을 나눌 수 있는 것입니다. 혹시나 글쓰기를 주저하고 계시는 독자님이 계신다면 과감하게 도전하시길 빕니다.

오늘은 우리 독자님들 생각을 전하려는 욕심에 인산편지가 또 길어졌습니다. 여기에 저까지 내려놓지 않으면 엄청 길어질 것입니다. 그렇잖아도 인산편지가 길다고 하시는 분도 계시기에 늘 자제하려 노력하고 있습니다.

오늘 시인이 전하는 노래를 들어 보십시오. 참으로 아름다운 노래입니다. 봄비를 맞으면 또 이 노래가 입에서 절로 나올 듯합니다. 이런 시인의 마음이 되어 오늘 인산이 당신께 묻습니다.

"꽃 피는 것 보면 당신도 그리운 얼굴이 먼저 떠오릅니까?"

사방을 둘러보십시오. 이미 많은 꽃들이 져서 우리 곁을 떠났지만 그래도 아직 많이 남아 있습니다. 꽃들을 보면 많은 생각, 많은 느낌이 있을 겁니다. 그래도 오늘 하루는 그 꽃들을 보면서, 그 꽃들이 피는 것을 보면서 어떤 얼굴이 먼저 떠오르는지 한번 생각해 보십시오.

사회적 거리두기가 연장되면서 직접 만나지 못하고 그리워하는 사람이 떠오를 겁니다. 지금, 당신의 머리에, 마음에 떠오르는 그 얼굴이 당신에게 있어 가장 소중한 사람입니다. 소중한 얼굴입니다. 바로 지금, 당신을 살아가게 만들고, 당신답게 만든 사람이니까요.

# 지금, 당신도 잘 견디고 계십니까?

간 봄 / 천상병

너도 견디고 있구나
어차피 우리도 이 세상에 세들어 살고 있음으로
고통을 말하면 월세 같은 것인데
사실은 이 세상에 기회주의자들이 더 많이 괴로워하지
사색이 많으니까
빨리 집으로 가야겠다.


상쾌한 월요일 아침입니다. 혹시 상쾌하지 않은데 제가 상쾌하다고
해서 동의하지 않으실 분이 계실지도 모르겠습니다. 그래도 저는 상쾌
합니다. 그리고 저의 이 상쾌함이 지금 인산편지를 읽기 시작하는 당신
께도 전해졌으면 좋겠습니다.
　주말 편안하게 잘 지내셨습니까? 사실 요즘에는 안부 인사 전하기도
많이 어색합니다. 어떻게 지내셨을지 대략 짐작하기 때문이기도 하지

만, 또 이런 때에는 잘 지내는 것과 잘 안 지내는 것의 차이가 애매하기 때문이기도 합니다. 코로나 확진 자가 조금씩 줄어들고 진정되어 가는 기미가 보이면서 정부에서도 아주 조심스럽게 사회적 거리두기 이후를 검토하는 모습입니다. 생활방역 체제로의 전환인데, 구체적으로 어떤 지침을 포함시킬지 고민하고 있다고 합니다.

저는 주말 동안에 늘 비슷한 생활 패턴을 유지하고 있습니다. 그래도 참 좋은 것은 혼자 지내는 것에 대해 별로 힘들어 하지 않는다는 점입니다. 오랜 시간 동안 혼자 살았기 때문에 익숙해져서는 결코 아닙니다. 무엇보다도 저는 혼자 있을 때에도 지루하지 않게 시간을 보내는 것을 알고 있습니다.

"혼자서도 잘 노는 일!" 생각해 보면 정말 감사한 일이 아닐 수 없습니다. 제게 주어진 시간을 잘 쓰고 있다는 뜻이기 때문입니다. 사람마다 다 생각이 다르고, 관심을 쏟는 일이 다르기 때문에 함부로 말씀드리기는 쉽지 않지만 저는 지금 제게 주어진 삶에 만족하고, 감사하고, 행복합니다.

최근 인산편지를 보신 어느 독자님께서 저를 긍정의 아이콘이라고 하셨습니다. 다른 어느 분은 인산편지를 보면 늘 긍정적인 마음이 생겨서 좋다고도 하셨습니다. 감사하고 또 감사합니다. 아마 아시겠지만 제가 일부러 그러는 건 절대 아닙니다. 억지로 꾸미는 것도 없습니다.

그냥 있는 그대로의 제 마음을 전하고자 할 뿐입니다. 참으로 좋은 것은 그런 제 마음을 잘 받아 주시는 독자님들이 많다는 것입니다. 그런 분들과 매일매일 소통하며 살아가는 것이 제게는 다른 무엇보다도 큰 기쁨이 아닐 수 없습니다.

지난 주말에 저는 아주 특이한⑦ 일을 했습니다. 뭐 다른 분들이 보실 때는 일반적인 일이라 할 수 있지만 제게 있어서는 처음 하는 일이라 특이하다고 말씀드리는 겁니다.

저는 작가가 되고 나서 SNS를 이용하여 시를 올리거나 인산편지를 올립니다. 주로 사용하는 수단이 페이스북과 밴드, 네이버 블로그입니다. 이 세 가지 외에는 잘 하지 않는 편입니다. 그러다 보니 페친이나 밴친, 이웃들이 꽤 많습니다.

주말에 페이스북을 들여다보며 페친님들의 글을 읽다가 문득 제 페친이 얼마나 되고, 어떤 분들인지 궁금해졌습니다. 그러면서 오래된 분들부터 순서대로 한 분 한 분 들여다보는 시간을 가졌습니다.

여전히 왕성하게 활동하고 있는 분도 있었고, 계정만 만들어 놓고 친구가 된 다음에는 몇 년 동안 아예 소통이 없는 분도 있었습니다. 그런 분들은 페북을 하지 않으시는 것으로 간주하고 잠시의 헤어짐도 마다하지 않았습니다.

아쉽지만 새로운 친구 분들을 모시려면 그럴 수밖에 없는 일이었습니다. 그러다가 지금은 고인이 되신 두 분의 모습을 발견했습니다. 하늘나라에 가셨어도 여전히 페북 계정은 살아 있었습니다. 아마도 가족들께서 그대로 유지하자고 하셨을지도 모릅니다.

참 좋았던 것은 그곳에는 고인들을 향한 추모의 마음이 있었습니다. 몸은 비록 우리 곁을 떠났지만 마음은 여전히 그곳에 머물러 있는 듯한 느낌을 받았습니다. 그분들과 절친했던 분들은 여전히 그곳에 찾아와서 마음을 나누고 계셨습니다.

많은 것을 생각하고, 많은 것을 느끼는 시간이었습니다. 지금 우리가 속해서 살아가고 있는 모든 공간들, 그 공간이 눈으로 보고 발로 밟아 보는 공간이 아니고 사이버상에 있는 공간일지라도 우리는 누군가와 늘 연결되어 있다는 것의 의미를 깊이 깨닫습니다.

사회적 동물인 인간이 사회를 떠나서는 결코 인간답게 살아갈 수 없다는 것을 순간순간 늘 느끼며 살아가야 합니다. 그 사회가 무엇입니까? 그 사회에는 누가 있습니까?

바로 이 세상에서 가장 소중한 나와, 나와 똑같이 소중한 남이 있는 겁니다. 나와 남이 어우러져 살아가는 곳이 우리가 속해 있는 사회인 것입니다. 그 마음을 늘 깨달으면서 살아간다면 언제, 어떠한 순간에도 우리가 속한 사회는 결코 위태롭지 않을 것임을 저는 믿습니다.


최근에 저는 인류의 문명에 보다 많은 관심을 갖고 있습니다. 현생 인류가 나타나기 시작한 20만 년 전부터 지금에 이르기까지 인류의 문명이 어떻게 변해 왔고, 발전해 왔는지 더 깊이 들여다보고 있습니다. 그 이유가 바로 앞으로의 인류 문명에 대한 염려와 대비 때문입니다.

작가는 글을 통해 세상에 전할 의무와 책임이 있는 사람입니다. 작가가 많은 만큼 다양한 세상과 다채로운 관심이 그 안에 다 담기겠지만 저의 경우에는 인류사와 문명사에 대한 통찰을 토대로 인류의 미래, 인간의 나아갈 길을 제시하고 싶은 마음이 있습니다. 물론 그에 대한 공부는 오롯이 저의 몫입니다.

지금도 많은 분들이 코로나 이후의 세상에 대해 말하고 있습니다. 전문적인 분석을 토대로 깊이 있게 전하거나, 상식적인 선에서 앞으로의 삶을 예측하고 전망하는 분도 있습니다. 분명한 사실은 코로나 이후의 세상은 지금까지 우리가 생활해 왔던 세상과 다를 것이라는 점입니다.

이것은 우리의 의지가 아닙니다. 상황과 여건이 그렇게 우리를 끌고 갈 것입니다. 지금까지와는 당연히 달라야 하고, 다르게 살아가도록 만들 것입니다. 다른 생각, 다른 행동, 다른 습관, 다른 모습들이 매우 익숙해질 것이고, 어느샌가 모르게 우리의 삶에 자리잡을 겁니다.

전에는 생각하지 않았던, 아니 이런 일이 있으리라고는 상상도 하지 못했던 일입니다. 그러나 불과 몇 달 만에 상황이 달라졌습니다. 고도의 기술 우위를 내세운 4차 산업혁명 시대는 새로운 모습을 맞이할 겁니다. 기술이 더 요구되기도 하는 분야가 있을 것이고, 그렇지 못할 분야도 있을 겁니다.

중요한 것은 지금의 상황에 대한 사유와 성찰이 반드시 선행되어야 합니다. 세계적인 석학들, 각국의 정치, 경제, 사회, 문화, 의료 등 전 분야에 걸친 지도자들이 머리를 맞대고 코로나 이후의 시대를 논의해야 합니다. 저는 이것이 현대문명이 그대로 순탄하게 이어질 것인지 아닌지를 결정할 중대한 문제라고 생각합니다.

늘 말씀드리지만 스티븐 호킹 박사가 경고한 핵전쟁과 기후변화, 바이러스에 대한 대비를 지구공동체, 인류공동체의 차원에서 해야 할 것입니다. 지금 지구 위에서 살아가고 있는 우리와, 우리의 후손들을 위태롭지 않게, 안전하게 살아가도록 하는 일을 더 이상 늦추거나 주저해서는 결코 안 됩니다.


사랑하는 인산편지 가족 여러분!

오늘 시인은 견딤에 대해 노래하고 있습니다. 이 세상에 소풍을 나왔다가 지금은 멀리 하늘나라에 계신 시인이 우리의 처지를 딱하게 보고 계셨는지 마치 옆에서 조곤조곤 말씀하시는 듯합니다. 우리의 견딤을 위로하는 듯합니다.

우리 곁에 있는 봄은 아직 가지 않고, 한창 절절을 자랑하고 있는데 간 봄을 노래하며 이렇게 말씀하시는 시인님을 생각해 봅니다. 그 마음에는 과연 무엇이 들었을까요? 어떤 것들이 꽉 채워져 있었을까요?

그리 길지 않은 세상을 사시면서 그마저도 잠시 머물다 가는 소풍이라 하셨던 시인은 오늘은 우리에게 이 세상에서 월세 들어 살고 있다고 하십니다. 그렇습니다. 그랬습니다. 너도 나도 잘난 척 뻐기고 살아가지만 조금만 더 생각하면 그게 아닌 겁니다.

이 세상에 진정 우리의 것이 있습니까? 단 하나도 없는 거지요. 모두 다 세들어 살고 있고, 빌려 살고 있는 거지요. 그걸 깨달으면 달라지지 않겠습니까? 손에 잔뜩 움켜쥐고 있으면서도 하나 더 가지려고 아등바등하는 우리의 못난 모습들이 달라지지 않겠습니까?

이 마음을 담아 오늘 인산이 당신께 묻습니다.

"지금, 당신도 잘 견디고 계십니까?"

이 물음을 붙들고 오늘 하루, 이 한 주 사유하고 성찰하는 삶이 되시길 소망합니다. 당신이 사유하는 만큼 당신의 삶이 깊어지고, 당신이 성찰하는 만큼 당신의 삶이 넓어짐을 꼭 기억하시면서 말입니다.

# 지금, 당신에게선
# 무슨 향기가 풍겨 나오고 있습니까?

봄 향기 / 손학수

매화가

여염집 새댁 향기라면

회양목 꽃은

멋쟁이 아가씨 향기다

매화는

눈을 지그시 감고

음미 하지만

회양목 꽃은

무심코 지나다가

다시 돌아보는 향기다.


　당신은 혹시 스마트폰을 잃어버리신 적이 있으십니까? 완전히 잃어
버려서 그 안에 있는 모든 전화번호, 사진, 자료들을 통째로 다 잃어버

리신 적이 있으십니까?

아니면, 아주 잠깐이라도 스마트폰을 잃어버려서 잠도 못자고 노심초사하셨거나, 그것도 아니면 잃어버리지는 않은 것 같은데 어디에 두었는지 찾지 못해서 잠시 잠깐 낭패를 경험한 적은 있으실 테지요?

아마도 어느 누구나 한두 번은 다 이런 경험들이 있으실 거라 생각합니다. 저 역시 마찬가지입니다. 아주 잠깐이었지만 무음으로 해 놨던 스마트폰을 엉뚱한 곳에 두고 찾지 못해서 머리가 하얘졌던 경험이 있습니다.

들어 보셨는지 모르겠지만 '노모포비아'라는 말이 있습니다. 지난 2018년 케임브리지 사전이 선정한 올해의 단어였다고 합니다. 무슨 뜻이냐고요? '노 모바일 폰 포비아(no mobile phone phobia)'의 줄임말입니다.

풀어서 말씀드리면 스마트폰이 없을 때 느끼는 불안감이나 초조함을 느끼는 증상입니다. 더 나아가서는 공황이나 공포까지 느끼는 감정을 뜻합니다. 아마도 우리 인산편지 독자님들이시라면 대부분 공감이 가실 겁니다.

이러한 증상은 특히 젊은이들에게 심각하게 나타나고 있습니다. 쉴 새 없이 스마트폰을 만지고 있고, 한시도 손에서 떨어지지 않습니다. 심지어 밥을 먹을 때나 주위 사람들하고 대화를 할 때도 마찬가지입니다. 처음에는 너무 심한 거 아닌가 하는 생각이 들다가도 너나 할 것 없이 다 그렇게 하니까 익숙하다고까지 합니다.

성균관대학교 최재붕 교수는 그의 책 '포노사피엔스'를 통해 스마트폰을 가진 우리들의 모습을 '호모사피엔스'를 잇는 디지털 신인류라고 했습니다. 이제 스마트폰은 그냥 하나의 기계가 아니라 인간에게 없어서는 안 될 신체의 일부와 같은 존재가 된 것입니다.

이 지구 위에서 살아가는 77억 명이 넘는 사람들 중에 스마트폰을 사용하는 사람들은 대략 40억 명이 넘는다고 합니다. 그들의 대부분은 하루 중 깨어 있는 시간의 1/3 이상을 스마트폰을 만지면서 살아간다고 독일의 세계적인 뇌과학자인 만프레드 슈피처 박사는 말하고 있습니다.

'포노사피엔스'에게 스마트폰은 없어서는 안 될 기기이기에 다시 뺏을 수는 없습니다. 저는 인문학 강의 때마다 장병들 앞에서 지금 이 세상을 살아가는 인간에게 스마트폰을 뺏는 순간 포노사피엔스에서 오스트랄로피테쿠스나 크로마뇽인이 될 거라고 얘기합니다.

중요한 것은 스마트폰으로 인해 생기는 문제점이나 부작용 등을 어떻게 하면 최소화할 수 있느냐에 보다 더 많은 관심을 가져야 합니다. 이것도 마약이나 도박, 흡연, 술처럼 중독성이 있다는 것을 분명히 인식하고 올바르게 대처해 나가야 합니다.

슈피처 박사는 그의 책에서 이렇게 말합니다. "스마트폰은 우리를 똑똑하게 해 주지도, 행복하게 해 주지도 않는다. 이제 허울 좋은 혁신과 첨단이라는 환희에서 깨어나 현실을 냉엄하게 바라봐야 한다."고 말입니다.

저는 얼마 전 페북을 통해 신르네상스 운동을 펼쳐야 한다고 주장한 바 있습니다. 과거의 르네상스가 신에게서 인간으로 돌아가는 운동이었다면, 신르네상스는 기술로부터 인간으로 돌아가는 운동입니다.

저는 스마트폰의 환희에서 깨어나는 방법은 오직 독서와 인문학이라고 생각합니다. 과도한 기계 의존, 심각한 기술 의존에서 다시 인간으로 돌아가는 신르네상스의 핵심은 오직 독서와 인문학임을 늘 주장하고 있습니다.

어제 인산편지를 보내고 나니 어느 독자님께서 이런 답장을 보내 주셨습니다. 제가 어느새 독자님의 공부를 방해하기까지 하는 아주 못된 ⑺ 작가가 되었습니다.

"작가님의 편지를 더 꼼꼼히 재미있게 읽어 다른 공부 시간이 자꾸자꾸 줄어들고 있습니다 매일 훌륭한 편지 넘 감사합니다."

"쓸데없는 것들을 자세히 돌아보면 행복이 보이는 것 같습니다. 봄꽃 보기, 비 오는 날 빗소리 듣기, 커피 한잔 하며 사유하기 등등. 인산편지는 행복한 인생 만들기 지침서입니다.^^"

"인산님의 글~ 감사히 잘 읽었습니다. 저도 쓸데없는 것을 많이 사랑하는 사람인 거 같아요. 더 많은 독자님들이 인산님의 선하시고 감성적이며 현실에 직면한 문제들을 명쾌히 풀어서 답을 하나로 딱~! 제시해 주시는 강력한 메시지를 주시는 글이 널리 퍼져 갔음 좋겠어요. 글을 읽고 느끼며 같이 공감하는 사람들이 많아질수록 우리 사회는 좀 더 성숙해질 거 같아요. 인산님~ 오늘도 건강하시고 우리들에게 늘 사랑과 평화와 아름다운 글로 가까이 계셔 주시고 힘을 주셔서 감사드립니다~"

참으로 감사합니다. 이번 주에는 우리 독자님들의 답장을 많이 소개해 드렸습니다. 여러 가지 어려운 시기에 다른 독자님들은 어떤 생각을 하고 계시는지 들여다보는 것도 의미가 있을 거라고 생각합니다.

참, 그리고 한 가지 더 말씀드립니다. 가끔 인산편지를 공유해도 괜찮은지 여쭤보시는 독자님들도 계십니다. 언제든지 가능합니다. 다른 밴드에 공유하셔도 좋고, 복사해서 전파해도 무방합니다.

페북의 인산편지 그룹에 지인들을 초청하시는 분들도 많은데 이것도 전혀 상관없습니다. 제 허락을 구하실 필요도 없습니다. 인산편지가 한 마리의 나비가 된다면 저는 그것으로도 충분히 보람 있고, 행복할 것입니다.

사랑하는 인산편지 가족 여러분!

사회적 거리두기가 한창인 요즘, 곳곳에 활짝 핀 봄꽃들을 보려고 사람들이 몰려들자 위기의식을 느낀 방역 당국이 바리케이트를 친 모습을 보았습니다. 어쩔 수 없는 현실을 이해하면서도 참으로 씁쓸한 마음을 금할 길 없었습니다.

지금의 이 상황이 힘든 건 끝이 보이지 않기 때문일 겁니다. 조금 길더라도 끝이 보인다면 충분히 기다릴 수 있고, 참아 낼 수 있는데 그렇지 못하니 더 힘들고 답답할 수 있습니다. 그래도 해야 합니다. 지금까지 잘 해 왔으니 조금만 더 참고 견뎌 내야 합니다. 분명 끝은 있습니다. 분명 이겨 낼 수 있습니다. 어렵고 힘들지라도 무한 긍정의 힘으로 살아가야 합니다.

이제 4월의 첫 주말을 맞이합니다. 사방에 봄 향기가 물씬물씬 풍겨 나는 봄 주말입니다. 제 페친 중에 향수를 아주 좋아하시는 분이 계신데, 저 역시 그 정도는 아니지만 향수를 좋아하는 편입니다. 그러나 아무리 향수가 좋아도 지금의 이 봄 향기에 비할 수는 없습니다. 자연이 주는 향기이기 때문일 겁니다.

오늘 시인은 바로 그 봄 향기를 노래합니다. 그리 길지 않은 시를 통해 온 세상을 다 덮고도 남을 향기를 뿌리고 있습니다. 여염집 새댁 향기와 멋쟁이 아가씨 향기를 어떻게 그리 잘 구분할 수 있는지 새삼 직접 코를 쿵쿵거리며 맡아 보고 싶은 생각이 절로 납니다.

두 향기를 표현한 것도 참으로 절묘합니다. 눈을 지그시 감고 음미하는 향기, 무심코 지나가다 다시 돌아보는 향기라고 하니 저도 이해가 됩니다. 그런 향기를 맡아 본 적이 있으니까요. 그런 향기를 뿜는 사람을 만나 본 적도 있으니까요.

이 마음을 담아 오늘 인산이 당신께 묻습니다.

"지금, 당신에게선 무슨 향기가 풍겨 나오고 있습니까?"

생선 싼 종이에선 비린내가 나고, 향 싼 종이에선 향내가 난다는 말이 있습니다. 지금 이 아름다운 봄날에 사방이 온통 봄 향기로 덮인 이 좋은 봄날에 저와 당신도 이 봄에 어울리는 향기를 내야 하지 않을까요?

무엇보다도 지금 이 시대에 필요한 건 사람의 향기입니다. 그냥 사람의 향기가 아니라 진정 인간다운 인간, 사람다운 사람의 향기입니다. 그러니 저와 당신도 사람다운 사람의 향기를 내야 합니다.

치열한 의료현장에서 한 생명이라도 더 구하려고 애쓰는 의료진들의 향기, 자기가 가진 것을 아낌없이 나누고자 하는 기부자들의 향기, 밤잠을 줄여 가며 국민들을 안전하게 섬기고자 노력하는 방역 일선 종사

자들의 향기, 비록 가진 것은 별로 없지만 마스크 한 장이라도 남을 위해 양보하는 평범한 시민들의 향기가 바로 이 아름다운 봄날에 더욱 퍼져 나가야 할 진정한 봄 향기가 아닐까요?

# 지금, 당신 곁에 찾아온 봄은 무엇입니까?

봄은 고양이로다 / 이장희

꽃가루와 같이 부드러운 고양이의 털에
고운 봄의 향기가 어리우도다
금방울과 같이 호동그란 고양이의 눈에
미친 봄의 불길이 흐르도다
고요히 다물은 고양이의 입술에
포근한 봄 졸음이 떠돌아라
날카롭게 쭉 뻗은 고양이의 수염에
푸른 봄의 생기가 뛰놀아라.


　많은 학자들은 인류의 문명이 시작되고 기록된 이래 인류가 가장 큰
어려움에 직면했던 시기를 14세기로 꼽고 있습니다. 전에 말씀드렸다
시피 스티븐 호킹 박사는 생전에 인류의 미래를 크게 위협할 세 가지를
핵전쟁, 기후변화, 바이러스라고 경고했습니다. 더 늦기 전에 이 문제

를 해결하지 않으면 수백 년 내에 인류공동체가 위태로울 것이라고 한 겁니다.

정말 심각한 것은 이것이 먼 미래의 일이 아니라는 겁니다. 불과 몇 백년 내에 이루어질지도 모를 일입니다. 우리가 어떻게 하느냐에 달려 있지만, 정신 차리지 않으면 더 빨리 올지도 모를 일입니다.

그런데 말입니다. 사실 이러한 위협이 미래의 일만은 아니라는 걸 알고 계십니까? 과거에도 이런 위협이 있었습니다. 바로 서두에 말씀드린 14세기에 일어난 일입니다.

무슨 일이 있었느냐고요? 14세기 유럽에서 백년전쟁이 있었고, 이와 동시에 가뭄과 인구 증가로 인한 대기근이 일어났으며, 잘 알고 계시는 바와 같이 페스트가 창궐했습니다. 전쟁, 대기근, 질병이 한꺼번에 찾아온 겁니다.

1337년 시작되어 무려 116년간이나 지속된 영국과 프랑스의 백년전쟁으로 인해 유럽은 심각한 위기를 겪어야만 했습니다. 이 전쟁에 대해서는 잔다르크가 활약한 전쟁이라는 것 빼고는 별도로 말씀드리지는 않겠습니다. 네이버 선생님께 문의하시면 자세히 가르쳐 주실 겁니다.

백년전쟁은 전쟁으로 인한 직접적인 피해도 컸지만, 무엇보다도 농사 기반을 무너뜨려 심각한 식량난을 가져왔습니다. 당시 시대는 과거에 비해 인구가 대폭 늘어나고 있었기에 식량이 부족하여 굶어 죽는 사람들 또한 늘어날 수밖에 없었습니다.

여기에 엎친 데 덮친 격으로 흑사병이라고 하는 페스트까지 창궐했으니 어떠했을지 한번 상상해 보십시오. 전쟁과 기근에 허덕이는, 그야말로 목숨을 부지하고 먹고살기에도 힘겨운 사회에 닥친 전염병은 그야말로 속수무책일 수밖에 없었을 겁니다.

이러한 참혹한 상황으로 인해 유럽은 엄청난 피해를 겪었습니다. 당시 유럽의 인구는 1/5로 줄어들었고, 자칫 문명이 붕괴될 정도의 큰 위기를 맞았습니다. 그래도 인간은 강했습니다. 위대했습니다.

위기 뒤에 호기가 온다고 했던가요? 인류의 존망까지 걱정했던 위기를 극복하면서 유럽은 르네상스를 통해 새로운 시대를 열어 갑니다. 물론, 선진문명에 대한 공과는 분명히 있지만, 어쨌든 이 새로운 시대가 열렸기에 오늘날 이처럼 우리가 풍요를 누리며 살아갈 수 있는 겁니다.

자! 어떠십니까? 스티븐 호킹 박사가 말한 인류를 위협할 세 가지가 미래의 일만은 아니란 것에 대해 동의하십니까? 마치 14세기 유럽의 상황과 거의 비슷하지 않습니까? 인류는 이미 이러한 위협을 겪었던 겁니다. 이겨 냈던 겁니다.

학습효과라는 말이 있습니다. 한번 당한 일을 똑같이 당하면 말이 안 되겠죠? 그래서 우리는 이길 수 있다는 확신을 가질 수 있습니다. 확신을 가져야만 합니다. 그래야 인류를 지킬 수 있고, 지구촌을 지킬 수 있습니다.

물론 저도 압니다. 지금 유럽의 상황은 그렇게 쉽지만은 않다는 것을 말입니다. 14세기와 같은 전쟁과 대기근은 아니지만 흑사병 못지않은 코로나로 인해 선진국이 대다수인 유럽이 속수무책으로 당하고 있습니다.

지금 당장은 바이러스 하나만 문제가 될 거라 생각하지만, 14세기와 같이 핵전쟁과 지구온난화로 대표되는 기후변화까지 겹쳐서 일어난다면 아마도 지구촌 전체의 생존이 위태로울 거라 생각합니다.

오죽하면 G20 국가의 정상들이 화상회의를 통해 이 위기를 극복할 공동의 방안을 논의한다고 합니다. 부디 실질적이고 실효적인 대책들이 논의되고, 국가 간 협력이 더욱 확대됨으로써 조기에 코로나를 종식시켰으면 좋겠습니다.

저는 기도합니다. 두 손 모아 소망합니다. 인류 공동의 위기를 잘 극복해 나가길 기도합니다. 반드시 이겨 낼 수 있다는 희망을 품고, 서로가 서로를 격려하는 성숙한 인류 공동체가 되길 소망합니다.


사랑하는 인산편지 가족 여러분!

어느덧 목요일입니다. 목요일만 되면 한 주가 거의 다 간 듯한 느낌입니다. 이럴 때는 정말이지 속절없이 시간만 간다는 표현이 적절할 수도 있다는 생각을 해 봅니다.

한참 기쁘고, 즐겁고, 신나고, 들떠야 할 3월에 사회적 거리두기까지 하면서 살아야 하기에 자칫하면 우울한 기분이 찾아올 수도 있습니다. 정말이지 T. S 엘리엇이 '황무지'에서 말한 '4월은 잔인한 달'을 '3월은 잔인한 달'로 바꾸고 싶을 만큼 어렵고 힘든 3월입니다.

그래서 이번 주 저는 인산편지를 띄우면서 내내 봄을 노래하려고 맘 먹었습니다. 다 기분이 꿀꿀한데 저까지 그러면 안 될 것 같아서 일부러라도 힘을 내기로 했습니다.

또 오늘부터는 제가 좋아하는 비가 내린다고 하니, 비도 그냥 비가 아닌 아름다운 봄비, 수많은 꽃들을 시새워 벙글어지게 만들 봄비까지

내린다고 하니 일부러 힘을 내지 않아도 절로 힘이 날 겁니다.

오늘 시인이 전하는 노래는 아마도 한번쯤은 다 들어 보셨을 것이고, 불러 보셨을 겁니다. 그만큼 잘 알려진 시이니까요. 시인은 다른 이야기는 안 합니다. 길고 긴 겨울, 북풍한설과도 같은 모진 바람과 추위를 이겨 내고 맞이한 봄을 다짜고짜 고양이라고 합니다.

고양이의 털에 고운 봄의 향기가 어리우고, 고양이의 눈에 미친 봄의 불길이 흐르고, 고양이의 입술에 포근한 봄 졸음이 떠돌고, 고양이의 수염에 푸른 봄의 생기가 뛰논다는 시어들만 들어도 우리 곁에 다가온 봄이 마구 살아 펄떡거리는 느낌이 들지 않습니까?

참으로 멋진 표현이 아닐 수 없습니다. 이런 시를 우리 인산편지 독자님들께 소개해 드리는 것만으로도 저는 기쁘지 않을 수 없습니다. 그래서 인산편지를 통해 매일매일 시 한 편을 접하는 것만으로도 우리는 아주 특별한 삶을 살아가고 있는 것입니다. 그것이 다름 아닌 행복입니다.

이 마음을 담아 오늘 인산이 당신께 묻습니다.

"지금, 당신 곁에 찾아온 봄은 무엇입니까?"

세월이 야속하다 하여 '춘래불사춘(春來不似春)'만 외치지 마시고 당신 곁에 찾아온 봄을 가만히 들여다보십시오. 어떻습니까? 무슨 모습입니까? 무얼 닮았습니까? 그 봄을 몸과 마음으로 만끽하시면서 당신만의 찬란한 봄으로 만들어 가시길 마음 모아 소망합니다.

오늘은 아주 특별한 날입니다. 정확히는 지금으로부터 딱 10년 전에 2010년 3월 26일 오후 9시 22분, 백령도 앞바다에서 대한민국 영해를 지키던 천안함이 북한의 어뢰 공격으로 인해 침몰했습니다. 46명의 전우들이, 이들을 구조하던 한주호 준위까지 46+1 장병들이 조국을 위해 목숨을 바쳤습니다.

역사를 잊은 민족에게 미래는 없습니다. "Freedom is not free." 자유와 평화는 그냥 얻어지는 게 아닙니다. 우리의 아이들, 후손들이 다시는 참혹한 전쟁이 없는 평화로운 세상에서 살아가길 원한다면 우리는 먼저 해야 할 것이 있습니다.

이 나라를 지키기 위해 산화한 수많은 순국선열들과 호국영령들의 헌신과 희생을 기억해야 하는 것입니다. 다시는 이런 일이 되풀이되지 않도록 다짐하고 노력해야 하는 것입니다. 삼가 천안함 46+1 용사들의 명복을 빕니다.

# 이 코로나도 꽃침을 맞으면
# 이겨 낼 수 있지 않겠습니까?

봄꽃 / 함민복

꽃에게로 다가가면
부드러움에
찔려
삐거나 부은 마음
금세
환해지고
선해지니
봄엔
아무 꽃침이라도 맞고 볼일.

다음 달 6일 학교 개학을 앞두고 본격적인 사회적 거리두기 운동을
펼치고 있습니다. 앞으로 2주간이 코로나19와의 전쟁에서 아주 중요한
기간입니다. 이 기간 중에 확산을 막고 진정 국면으로 들어간다면, 그
래서 개학이 되더라도 크게 우려할 정도가 되지 않는다면 우리는 코로

나와의 전쟁에서 조기에 승리할 수 있을 것입니다.

물론, 이 사회적 거리두기 운동이 성공적으로 잘 이루어질 때만이 가능한 일입니다. 지금 우리나라 국민들은 제가 생각해도 아주 대단할 정도로 모든 면에서 현명하게 잘 대처하고 있다고 생각합니다.

연일 외국, 그것도 선진국이라 할 수 있는 미국과 유럽, 호주의 국민들이 보여 주고 있는 생필품 사재기, 싹쓸이 모습도 전혀 눈에 띄지 않습니다. 이 때문에 외국 언론에서도 우리 대한민국 국민들의 수준 높은 시민의식을 칭찬하고 있습니다.

이런 점에 있어서만큼은 우리 국민 모두가 하나가 되어 스스로 인정하고, 서로서로 칭찬할 필요가 있습니다. 외국에서는 연일 칭찬하는데 유독 우리 스스로는 대단히 인색하다고 생각하지 않으십니까?

세상을 살아가면서 늘 느끼는 것이지만 어떤 사람이나 사물을 바라볼 때 늘 좋은 면만 바라보면 좋게만 보이고, 조금이라도 나쁜 면만 바라보려고 애쓰면 나쁜 것만 눈에 띕니다.

하나의 사실을 놓고서도 해석도 다릅니다. 해석이 다르니 처방도 다를 수밖에 없습니다. 모든 것이 획일적일 수는 없고, 그렇게 되어서도 안 되지만 그래도 어느 누가 보아도 객관적인 것에서 만큼은 올바른 시각을 갖는 것 또한 바람직한 민주시민의 자세가 아닐까 생각합니다.

특히, 지금과 같은 국가적인 위기 상황에서는 소아적인 생각을 잠시 접어 두고 국민 모두가 똘똘 뭉쳐서 이 위기를 극복하고 이겨 내는 것이 중요합니다. 보다 더 큰마음으로, 대승적인 관점에서 하나로 나아가야 할 것입니다.

며칠 전에 스티븐 호킹 박사의 말을 통해 언급했다시피 핵전쟁, 기후변화, 바이러스같이 인류 전체의 생존을 위협하는 문제에 있어서는 개인이나 국가의 차원을 넘어 인류 전체가 한마음으로 대응해 나가야 할 것입니다.

그런 차원에서 일부 언론에서 보도되고 있는 '차이나 코로나', '코리아 코로나'라는 말처럼 동양인을 무시하거나 차별하는 현상은 인류 공동체의 일원으로서 결코 바람직하지 않다는 것을 모두가 깊이 인식해야 할 것입니다.

지금 수많은 나라가 코로나19로 인해 안타까운 상황에 처해 있지만, 다 아시는 것처럼 그중에서도 이탈리아와 스페인은 더 심각합니다. 스페인 상황이 더 안타까운 건 제 마음속에 있는 한 도시 때문입니다.


스페인의 수도인 마드리드에서 남쪽으로 한 시간 정도 열차를 달리면 조그만 소도시에 도착하게 됩니다. 바로 아란후에스라는 도시입니다. 아직까지 스페인을 가 본 적이 없지만, 언젠가 방문하게 된다면 제가 꼭 가 보고 싶은 도시 중의 하나입니다.

이 도시에는 아주 유명한, 그야말로 명소가 하나 있습니다. 바로 스페인 왕실의 궁전입니다. 이 궁전은 세계적으로 유명할 정도로 수많은 인문학 서적과 자료, 그리고 아름다운 정원으로 명성이 높습니다. 이런 연유로 세계문화유산으로도 등록되었습니다.

오래전 어느 날, 한 젊은 부부가 이 궁전을 찾았습니다. 앞을 못 보는 남자와 그의 아내였습니다. 부인이 바라본 이 궁전의 모습이 정말 아름다워서 그녀는 남편에게 나무와 연못과 새들, 분수와 조각상 등 궁전의 모습을 하나하나 다 설명해 주었습니다.

비록 눈으로 보진 못하였지만 아내의 설명을 들은 남편 역시 이 아란 후에스 궁전이 얼마나 아름다운지 마음으로 알 수 있었습니다. 아름다운 아내는 빅토리아였고, 남편은 바로 유명한 작곡가 호아킨 로드리고(1901~1999)였습니다.

그는 이 느낌을 한 편의 연주곡으로 만들었고, 그 이름도 유명한 '아란 후에스 협주곡(또는 아랑훼즈 협주곡)'은 이렇게 탄생되었습니다. 오늘날 전 세계인들이 즐겨 듣는 명곡인 이 곡은 저도 좋아합니다. 어릴 적에 주말의 명화를 볼 때면 늘 들었던 기억이 있어서 들을 때마다 더 새롭습니다.

이 시대에 호아킨 로드리고가 더 애절하게 떠오르는 건 그가 두 눈을 잃은 것이 불의의 사고로 인해서가 아니라 지금 우리가 겪고 있는 코로나와 같은 질병으로 인해서였기 때문입니다. 그가 네 살 때 당시 창궐했던 디프테리아로 인해 시력을 상실했습니다.

당시에 어느 정도로 끔찍했느냐면 로드리고가 사는 마을의 아이들이 모두 목숨을 잃고, 그나마 단 두 명만이 살아남았는데 그중의 한 명이 시력을 잃은 로드리고였던 것입니다. 이런 불행도 죽음 앞에서는 오히려 다행이었다고 해야 하는 상황이 안타깝고, 남의 일 같지 않습니다.

오늘 한 주를 시작하는 이 아침에 이 유명한 노래를 독자님들께 띄웁니다. 지금은 비록 힘들고 어려울지라도 아름다운 음악으로 마음을 달래며, 인류 모두가 평온을 되찾길 마음으로 기원하는 시간이 되었으면 좋겠습니다.

사랑하는 인산편지 가족 여러분!

지난 주말에도 저는 여전히 방콕과 방글라데시에만 머무르면서 시간을 보냈습니다. 그래도 제가 혼자서도 잘 노는(?) 사람이기에 전혀 지루하거나 따분하지 않았습니다.

하루에 한 차례씩 숙소 앞에 있는 산책코스를 돌아보면서 불어오는 바람 속에 실려 있는 봄의 향기를 만끽했습니다. 한때 민주화운동의 상징이 된 "닭의 목을 비틀어도 새벽은 온다."는 말이 있듯이 이런 상황에서도 봄은 변함없이 우리 곁에 다가왔음을 느낍니다.

혼자 있어도 외롭지 않았던 이유가 또 있습니다. 많은 인산편지 독자님들이 여기저기서 꽃소식을 전해 주셨기 때문입니다. 산에 흐드러지게 핀 진달래 군무를 보내 주시기도 하고, 산책길에 피어난 꽃봉오리를 올려 주시기도 하셨습니다.

페북과 밴드와 카톡 등을 통해 수없이 전해지는 그 봄소식을 접하며 마음이 환해졌습니다. 그 소식에 코로나가 힘을 잃고 물러간다는 소식까지 함께 전해지면 그야말로 금상첨화일 거라고 소망했습니다. 제 소망대로 곧 그런 날이 올 거라 저는 믿습니다.


오늘 참 좋은 월요일 아침을 맞으며 시인이 노래하는 봄소식을 전합니다. 시인의 봄소식도 역시 봄꽃입니다. 봄꽃을 노래하는 시인의 마음만 접해도 봄꽃의 향기가, 봄바람의 내음이 물씬물씬 풍겨 나는 듯합니다.

그런 시인의 마음을 닮고 싶습니다. 그런 시인을 따라 나서고 싶습니다. 여기저기 피어난 꽃들과 만나면서 할 수만 있다면 꽃침을 맞고 싶습니다. 그 어떤 백신도 없고, 치료제도 없는 코로나19에 걸렸더라도 그 꽃침만 맞으면 다 나을 것 같고, 미리 그 꽃침만 맞으면 코로나에도 끄떡없을 것 같습니다.

이 마음을 담아 오늘 인산이 당신께 묻습니다.

"이 코로나도 꽃침을 맞으면 이겨 낼 수 있지 않겠습니까?"

드디어 희망이 보입니다. 답은 역시 자연 속에 있었습니다. 여기저기 피어나는 꽃들을 만나면서 그 꽃들이 주는 소중한 꽃침들을 다 맞겠습니다. 마음으로 맞고, 몸으로 맞겠습니다. 저와 당신이, 우리 모두가 그렇게 꽃침을 맞고 또 맞는다면 무서운 코로나도 물러갈 것이고, 찬란한 봄을 만끽할 날이 곧 올 것이라고 저는 확신합니다.

# 지금, 당신이 온몸으로
# 보여 주고 있는 것은 무엇입니까?

산자락 아래 봄 햇살 / 김명리

잔디 씨들이 초록을 부풀리는 소리 들린다
담장에 붙어 선 산수유 한 그루
송이 꽃들을 연노란 초롱처럼 매달고 있다
손 내밀어 움켜쥐면
이내 바스락거리는 미농지 같은 꽃잎들
슬픔이나 기쁨,
삶과 죽음이 끝내는 자웅동체라는 것을
저토록 온몸으로 보여 주는 것들이 있을까
바람이 휩쓸어 가는 분분한 풀의 씨앗들 위
이내 흩어질 연분홍 구름 그림자로 얹혀
나는 또 몇 며칠
생의 분통을 있는 대로 엎질렀으니
이 화창한 봄날의 심심한 낡은 자전거 위

뭉게구름 같은 몽고반점 들썩이며

이 마을 저 마을 골목길을

삐뚤빼뚤한 영원처럼 오래오래 달리다나 와야겠구나.


  20세기와 21세기를 통틀어 인류 최고의 물리학자, 과학자를 꼽으라
고 하면 대부분 알버트 아인슈타인 박사와 스티븐 호킹 박사를 꼽을
겁니다. 참으로 아이러니하게도 이 두 위대한 물리학자는 핵무기에 대
해 언급하면서 한 사람은 핵무기를 만들어야 한다고 했고, 한 사람은
핵무기가 인류를 멸망시킨다고 했습니다. 어느 분이 그렇게 주장했는
지는 말씀드리지 않아도 다 아실 겁니다.

  지난 주 금요일, 3월 14일은 스티븐 호킹 박사가 서거하신 지 2주년이
되는 날이었습니다. 언젠가 인산편지를 통해 생전에 스티븐 호킹 박사
가 말씀하신 인류에 대한 경고를 언급한 적이 있습니다.

  아마도 대부분의 사람들이 그 얘기를 처음 들을 때만 해도 그냥 머리
로만 받아들였을 겁니다. 그냥 한 뛰어난 물리학자가 인류의 미래를 염
려하는 정도로만 생각했을 겁니다. 그러나 지금 우리가, 지구촌 전체가
겪고 있는 상황을 생각해 보면 호킹 박사의 경고가 그냥 경고가 아님
을 실감하실 거라 생각합니다.

  제가 개인적으로 호킹 박사님을 좋아하는 이유는 그가 비록 평생을
불편한 몸으로 살다 가셨지만, 그 어느 누구보다도 사람을, 인류 공동
체를, 지구 전체를 사랑했던 분이란 걸 알기 때문입니다.

  핵전쟁, 기후변화, 바이러스는 언제든지 우리를 위협할 것임에 틀림
없습니다. 어쩌면 경고한대로 지구를 떠나야 할지도 모를 일입니다. 그

날이 언제가 될지 모르지만 우리의 미래와 우리 자녀들과 후손들의 현재를 앗아갈 수 있다는 심각성을 인식하고 이제부터라도 지구촌 전체가 힘을 합쳐서 공동으로 노력해야 할 것입니다.

님비(NIMBY)라는 말이 있습니다. 한번쯤은 다들 들어 보셨을 겁니다. 이 말의 정확한 뜻은 'Not In My Back Yard'입니다. 우리나라 말로 '내 뒷마당은 안 돼'라고 해석할 수 있습니다. 주민들이 싫어하는 혐오시설 등이 자기가 사는 지역에 들어서는 것을 반대할 때 많이 사용합니다.

우리가 살아가는데 있어서, 또 어느 누군가를 위해서는 있어야 될, 꼭 필요한 시설이긴 한데 내가 사는 지역에는 들어설 수 없다는 이기주의의 표현으로 우리는 알고 있습니다.

이러한 님비 현상, 님비주의로 인해 지금도 곳곳에서 갈등을 빚고 있습니다. 대표적인 것들이 쓰레기 매립장, 소각장, 화장장, 차량기지, 군사격장 등과 같은 시설들입니다.

이와 반대되는 말도 있습니다. 혹시 어떤 말인지 들어 보신 적이 있으십니까? 바로 핌피(PIMFY)입니다. 이 말은 '부디 우리 동네로(Please In My Front Yard)'라는 뜻입니다. 비록 혐오시설이긴 하나 이런 시설들을 적극적으로 받아들이고, 역발상을 통해 오히려 지역의 대표적인 명물로 만드는 곳도 있습니다.

어제 뉴스를 보다 보니 어느 지자체가 쓰레기 소각장을 지하에 설치하면서, 지상에는 주민들이 이용할 수 있는 생태연못, 잔디광장, 체육시설 등을 만들어 큰 호응을 받고 있다는 소식을 접했습니다. 이런 것이야말로 어제 말씀드린 상생이 아닐까 생각합니다.

지금도 늦지 않았습니다. 4차 산업혁명 시대를 맞아 어떻게 하면 새로운 기술을 만들 것인가만 생각하지 말고, 어떻게 하면 이 기술들을 통해 인류를 구할 수 있을 것인가를 먼저 생각해야 합니다.

지금도 늦지 않았습니다. 우리는 할 수 있습니다. 지금이라도 함께 손을 잡고 나아가야 합니다. 우리와 우리 후손들이 살아갈 더 나은 미래를 위해서, 호킹 박사가 경고한 미래 인류의 위협을 막기 위해서 우리는 함께 노력해야 합니다.

사랑하는 인산편지 가족 여러분!

꽃샘추위도 지나고 봄이 왔습니다. 완연한 봄이 찾아왔습니다. 인산편지의 애독자님들도 여기저기서 들려오는 봄소식을 전해 주면서 함께 마음을 나누고 있습니다. 저 혼자만 듣기 아까워 잠깐 소개해 드릴까합니다.

"저도 어제 산책하다가 수줍게 꽃망울을 터뜨린 산수유 노란 꽃을 보았습니다. 가슴이 온통 환해졌어요. 세상에 감사했습니다."

"인산님 글 감사히 잘 읽었습니다~ 인산님의 글이 더 넓게 퍼져 많은 이들의 마음에 와 닿아 세상이 더 아름다운 평화의 세상이 됐음 바래봅니다~ 항상 현시의 핵심을 표현하시고 정곡을 간파하시고 힘이 있는 인산님 글이 오늘도 님 따뜻하게 느껴집니다. 오늘도 햇살 좋은 하루, 멋진 하루 되시길 바랍니다~"

"고슬고슬한 봄볕에 저마다 꽃들이 잔기침하며 피네요. 창밖에 노란 산수유와 봉우리 진 벗나무에 참새 떼들이 인사하고 지나가는. 얼마

전까지만 하던 소소한 실상들이 그리워집니다. 기분이 팍팍해질 때 문학과 음악, 그림은 삼위일체로 다가옵니다~^"

"어제 산행에서 봄빛은 푸지게 쏟아졌지만 바람은 산울림 소리를 내며 무섭게 불어 댔습니다. 나무들도 삐걱거리는 소리를 내며 바람에 온몸 맡겨 휘청거렸습니다. 정상에 서니 제 몸도 지탱하기가 힘들어 바람이 작은 골짜기 길을 선택했습니다. 삼월 봄바람은 벌써 부드러워졌지만 아직 두껍게 두른 껍질과 아직 딱딱한 움이 나오도록 바람이 긴 잠을 깨우고 있었습니다. 아마도 진달래는 더 벌어지고 실가지 잎사귀는 눈을 더 떴을 것입니다. 오늘은요. ^^"

"새봄 인사를 건네기도 무색한 요즘… @ 주말 아침 산책길에~ 조심스레 얼굴 내민 연노랑 산수유 꽃봉오리와 인사 나누며~ 괜찮타 괜찮타… ♡ 겨우네 초식동물들 밥상 차려 준 달맞이꽃 푸른 잎새들도 강한 희망으로…^^ 찬찬히 둘러보니 세상은 아름다움 천지였습니다. 고맙습니다~♡"

"제 봄빛 깊이는 제 키만큼입니다. 어제 세찬 바람을 뚫고 선암매를 보고 왔습니다. 봄빛, 선암매는 나의 머리에서부터 발끝까지 통과했습니다. 이제 봄, 봄빛에 관한 욕심 없습니다. 딱 그만큼이면 되겠습니다. 이제 애타게 기다리거나 설레지 않아도 될 겁니다. 다른 꽃들이야 그야말로 '거리두기'를 하여 그저 예쁘다 예쁘다 하며 바라보면, 족할 겁니다.(클났네요. 다른 꽃들 들으면 섭섭할 텐데요….) 그래도 할 수 없습니다. 선암매가 주는 행복은 1년분이거든요. 1년 동안은 허기지지 않을 겁니다."

**참으로 귀한 마음에 감사합니다. 인산편지를 통해 마음을 나누고 있**

는 분들로 인해 행복합니다. 이 행복은 제 개인의 행복을 넘어 우리 모두의 행복입니다. 우리가 살아가고 있는 이 세상의 행복입니다. 우리 곁에는 늘 우리의 행복이 있음을 느끼면서 살아가야 합니다.

오늘 이 좋은 봄날의 아침에 시인님이 들려주는 아름다운 노래를 듣습니다. 봄노래입니다. '산자락 아래 봄 햇살' 제목만 들어도 봄이 성큼 다가온 봄이 우리 손에 잡힐 듯합니다. 그 봄이 전하는 소리를 들어 보십시오.

그 아름다운 꽃잎들이 온몸으로 보여 주는 것들을 받아들이십시오. 슬픔과 기쁨, 삶과 죽음이 다른 것이 아니라 자웅동체임을 온몸으로 보여 주고 있는 것이 보이시는지요?

이 마음을 담아 오늘 인산이 당신께 묻습니다.

"지금, 당신이 온몸으로 보여 주고 있는 것은 무엇입니까?"

부디 바라기는 이 사유와 성찰의 물음으로 오늘 하루를 보내십시오. 저는 딱 한말씀만 드리겠습니다. 세상을 향해 원망과 불평과 증오를 보여 주실 건지, 아니면 기쁨과 상생과 사랑을 보여 주실 건지는 온전히 당신 자신만이 선택할 수 있습니다.

# 지금, 당신과 저는 어떤 사이입니까?

풀꽃 2 / 나태주

이름을 알고 나면 이웃이 되고
색깔을 알고 나면 친구가 되고
모양까지 알고 나면 연인이 된다
아, 이것은 비밀.

    사람이 세상을 살아가면서 가장 중요하게 생각하는 것 중의 하나가
바로 관계입니다. 자기 자신을 둘러싼 모든 사람들하고 어떠한 관계
를 맺으며 살아가고 있느냐가 그 사람의 삶을 보여 준다고 할 수 있습
니다. 굳이 "인간은 사회적 동물이다."라는 말을 듣지 않아도 사회적일
수밖에 없는 동물이 사람이기에 관계는 중요할 수밖에 없습니다. 그렇
기 때문에 관계의 문제는 많은 사람들에게 우선적인 관심사가 되었습
니다.
    잘 아시다시피 한때 처세에 관한 책이 유행을 하던 때가 있었습니다.

'○○○의 인간관계론'과 같이 제목도 그럴 듯했습니다. 이 책들은 지금도 여전히 베스트셀러일 정도로 수많은 학자들이나, 기업의 CEO들이 관계의 중요성에 대해 누누이 강조하고 있습니다.

관계의 문제에서 잘 생각해 보아야 할 게, 이를 자칫 오해하거나 잘못 받아들이면 실력을 기를 생각은 하지 않고, 오로지 관계에만 집중하며 처세를 잘하는 방향으로만 나아갈 수도 있다는 것입니다. 정말 우려하지 않을 수 없는 문제입니다만, 조금만 신중하게 들여다보면 관계역시 실력이 기본임을 알 수 있습니다.

겉으로 아무리 좋은 척하고, 친한 척해도 마음속에 품고 있는 잣대는 정확합니다. 냉정할 정도로 정확합니다. 물론, 사랑에 눈이 멀거나 특정한 이해로 엉켜 있으면 그런 냉철함을 잃겠지만 일반적으로 말씀드리면 그렇습니다.

친한 것과 인정하는 것은 엄연히 별개의 문제가 되어야 합니다. 흔히 누군가에 대해 얘기할 때, 어느 자리에 추천할 때, "그 사람 인간성은 참 좋아… 사람은 진국이야…." 정도까지만 말한다면 그건 그 사람을 좋아하지만 실력은 별로 인정하지 않는다는, 그래서 적극 추천하기 꺼려진다는 얘기로 받아들여도 무방합니다.

또 하나 생각해 볼 게 있습니다. 사실 사람의 마음속에는 다른 사람을 인정하고 칭찬하려는 마음보다는 자기 자신이 더 우월하다고 여기는 마음이 강합니다. 그래서 의외로 다른 사람에 대한 인정과 칭찬에 많이 약한 것이 사실입니다.

자기 자신보다 압도적으로 탁월한 실력을 갖추거나, 자기와는 결코 비교할 수 없는, 그래서 견줄 생각조차 못하는 경우에는 순순히 인정하고 칭찬하게 되지만 아닌 경우엔 다릅니다.

또 하나의 문제로, 다른 사람을 칭찬하고 인정했다가 만약에 그 사람이 그렇지 못한 것으로 드러날 경우에 자기가 받을 비판이나 비난을 의식해서 조심스러워하는 경우도 있습니다. "그 사람 잘한다고 해서 썼는데 별로야. 어떻게 그런 사람을 잘한다고 그래. 사람 보는 눈이 그렇게 없어?" 이게 그런 의미입니다.

그래서 어느 누구를 막론하고 사람과 사람의 관계에서는 신중해질 수밖에 없는 법입니다. 실력을 갖추어야 하는 것은 기본이고, 거기에 겸손과 존중, 배려와 양보 등의 미덕까지 갖춰야 어느 누구로부터도 괜찮은 사람, 좋은 사람으로 인정받을 수 있는 것입니다.

어제 인산편지를 통해 '따아', '뜨아'에 대해 말씀드렸더니 어느 독자님께서 '얼죽아'에 대해서 언급하셨습니다. 저는 당연히 알고 있었습니다. '얼어 죽어도 아이스아메리카노'를 '얼죽아'라고 합니다.

오늘도 그런 말을 꺼낼까 합니다. 혹시 '인싸', '아싸'라는 말을 들어보신 적이 있으신지요? 요즘 젊은이들이 많이 사용하는 신조어입니다. '인싸'는 인간관계가 아주 좋은 사람이고, '아싸'는 그렇지 못한 사람입니다. 인사이더, 아웃사이더를 생각하시면 금방 이해하실 겁니다.

제가 오늘 관계의 문제를 꺼낸 이유는 어제 뉴스를 보니 요즘 우리나라 직장인들 중 약 44% 정도가 자발적인 '아싸'를 선택한다는 내용이 눈에 들어왔습니다. 다른 사람들과의 관계가 나쁜 게 아닌데 일부러, 그야말로 자기 자신의 의지에 의해 다른 사람들과의 관계를 회피하고 멀리하는 '아싸'가 된다는 것이었습니다.

믿기 어려울 수 있는 내용이겠지만 저는 한편으로 이해도 되었습니다. 과거에는 타인으로부터 왕따를 당해 괴로워하거나 극단적인 선택을 하는 사람들이 꽤 많았는데 이제는 스스로 자발적인 왕따를 택한다는 얘기도 들었습니다.

그만큼 관계에 대해 신경쓰지 않고, 개의치 않겠다는 뜻입니다. 자기 자신의 길만 가면 그뿐이라는 생각입니다. 왜 그렇게 할까 이해가 되지 않는 것은 아닙니다. 요즘의 젊은이들이 겪어야 하는 어려움을 조금이나마 알고 있기에 이해가 되는 것입니다.

다만, 어느 것이나 그렇지만 너무 극단적으로 치우치면 좋지 않은 법입니다. 부디 건전한 방향으로, 바람직한 방향으로 나아갔으면 좋겠습니다. 저는 인문학을 통해 이런 젊은이들의 마음을 위로하고, 꿈을 심어 주는 일을 할 수 있음에 감사합니다.

잠시 제 얘기를 꺼내겠습니다. 지금 근무하고 있는 이곳으로 오기 전에 계룡대에서 근무할 때의 일입니다. 함께 근무하는 우리 용사들, 아들들한테 별명을 하나 받았습니다. 바로 '핵인싸'였습니다. 제가 늘 젊은이들의 언어로, 생각으로 소통하니까 그렇게 별명을 붙여 준 것이었습니다.

제가 별명이 여러 개가 있지만 개인적으로는 이 별명을 제일 좋아합니다. 그리고 정말 그 어떤 별명보다도 영광스러운 별명입니다. 다른 누구도 아닌 바로 우리 용사들, 아들들이 지어 준 것이기 때문입니다.

제 별명이 궁금하시다고요? 그냥 지나가면 분명히 답장을 보내셔서 별명을 알려 달라고 하시는 열성 독자님이 계실 듯해서 정말 전격적으로 공개합니다. '핵인싸'라는 별명을 받기 전까지 크게 세 개의 별명이 있었습니다.

첫째, 마빡입니다.(학창 시절 별명입니다. 이마가 커서), 둘째, 율브리너입니다.(배우의 이름입니다. 이것도 학창 시절 별명으로 마빡과 같은 의미), 셋째, 연미남입니다.(연무대 미남이 아니라 연무대에 미친 남자, 육군훈련소 연무대에서 세 번 근무하니까 전우들이 그렇게 불러 주었습니다.)


사랑하는 인산편지 가족 여러분!

인산편지를 쓰면서 가장 좋은 것은 제가 관계를 맺고 살아가는 좋은 분들이 많이 생겼다는 것입니다. 정말이지 인산편지가 아니었으면 만나지 못할 인연이고, 꿈도 꾸지 못할 인연이고 관계입니다.

남녀노소, 지위의 높고 낮음, 실력의 많고 적음을 떠나 인간 대 인간으로, 사람 대 사람으로 서로 존중하고 배려하는 관계가 참 좋습니다. 그 관계 속에서 저는 매일매일 성장하고 있습니다. 그 성장의 정도가 인산편지에 오롯이 기록되어 있습니다.

그중에서도 가장 많이 달라진 건 독자님들입니다. 새로 친구가 된 독자님들이 아주 열렬한 팬이 되어 주셨습니다. 날마다 하루도 빠짐없이 인산편지를 읽어 주시고, 결코 쉽지 않은 답장도 빼놓지 않고 보내 주십니다. 우리 인산편지 독자님들과의 그 관계가 저와 독자님들을 더 깊고 넓게 만들었습니다. 참으로 감사하고 또 감사한 분들입니다.

오늘 시인은 노래합니다. 역시 '풀꽃'입니다. 역시 짧습니다. 시인님의

'풀꽃'은 길지 않아도 됩니다. 이 정도만 되어도 됩니다. 아주 짧은 시어 속에 모든 것을 다 담고 있으니까요. 더 많이 알려고 하지 않아도 됩니다. 딱 여기까지, 시인이 전하는 그 마음까지만 알아도 충분합니다.

이름을 알고 나면 이웃이 되고
색깔을 알고 나면 친구가 되고
모양까지 알고 나면 연인이 된다
아, 이것은 비밀.

이런 시인의 마음을 담아 오늘 인산이 당신께 묻습니다.

"지금, 당신과 저는 어떤 사이입니까?"

서로 이름을 알았으니 이웃이 된 건 맞습니다. 색깔을 알고 있는 독자님들이 많습니다. 인산편지의 색깔은 이미 다 아실 테고, 보내 주시는 답장의 색깔도 저는 하나하나 다 구분할 수 있을 정도로 알고 있습니다. 그러니 우리는 친구이죠. 이제 남은 건 딱 하나입니다. 여기까지만 말씀드리겠습니다. 저도 비밀입니다.

# 벚꽃이 왜 빨리 지는지 당신은 아십니까?

벚꽃 / 이은택

벚꽃이 왜
봄비에 빨리 지는가
자기들 져야 속잎 나오는 걸
알고 있기 때문이다
이 봄 가기 전 속잎들 나와서
봄비 한 번 맞아 보라고 빨리 지는 것이다
봄비는 사랑 같은 것
적시고 만져지지만
느닷없이 식는다는 걸 알라고
그래서 빨리 지는 것이다
벚꽃이 왜
봄바람에 빨리 지는가
자기들 져야 속잎 나오는 걸

알고 있기 때문이다

이 봄 가기 전 속잎들 나와서

사랑 한 번 해 보라고 빨리 지는 것이다

봄바람은 사랑 같은 것

한순간 시작되지만

느닷없이 그친다는 걸 알라고

그래서 빨리 지는 것이다.

　　며칠 전 '경제사' 분야에 있어 세계적인 석학으로 꼽히는 미국 컬럼비아대학교의 애덤 투즈 교수가 우리나라의 한 언론사와 인터뷰를 한 기사가 실렸습니다. 사실 경제문제는 참 희한합니다. 우리가 살아가는 실생활과 가장 밀접하고 중요하기에 다른 어떤 문제보다도 관심을 많이 가지면서도, 한편으로는 어렵기 때문에 대강 알거나 잘 모르는 문제이기도 합니다.

　　저 역시 마찬가지입니다. 집안의 경제문제에 별로 관심을 두지 않았습니다. 아니, 어쩌면 저와 같은 직업군인들의 대부분은 다 그럴지도 모릅니다. 물론 요즘의 젊은이들은 예외겠지만요.

　　결혼을 하고 나서 비교적 젊은 시절에 저는 집을 살 기회가 두 번이나 있었습니다. 돌이켜 보면 그것도 아주 좋은 타이밍이었습니다. 그런데 그때마다 저는 군인은 나라에서 관사를 주는데 무슨 집을 사느냐고 반대를 했습니다.

　　결국 두 번의 좋은 기회를 놓친 아내는 지금도 집 얘기만 나오면 "그때 그 집을 샀어야했는데…." 하면서 저를 원망하는 눈빛으로 쳐다봅니다. 지금은 저도 바로 인정합니다. 후회하진 않지만, 말을 들을 걸 그랬다고 말입니다.

그러나 그때는 정말 그런 생각이었습니다. 순진한 만큼 멍청했을 수도 있습니다. 군인은 오직 나라 지키는 일에만 신경쓰라고 옮길 때마다 즉시 들어가서 살 수 있는 관사나 군인아파트를 주는데 무슨 집을 사느냐고 했었으니까요. 재테크가 뭔지도 몰랐던 시절이었습니다.

서두에 언급만 해 놓고 얘기가 딴 곳으로 빠졌군요? 다시 앞으로 돌아가겠습니다. 이 애덤 투즈 교수는 인터뷰를 통해 전 세계에 다음과 같이 경고했다고 합니다. 코로나로 인해 경제의 지옥문이 열릴지 모르니 단단히 각오하라고 말입니다.

얼핏 들으면 엄청난 협박성을 띤 경고로 들려서 기분이 나쁠 수도 있지만, 그것보다는 도대체 어떤 말을 했을까 하는 호기심이 더 컸기에 유심히 그 기사를 들여다보았습니다.

지금의 상황으로 인해 우리나라뿐만 아니라 전 세계가 경제적으로 어려움을 겪고 있는 것은 삼척동자도 다 아는 사실이지만 애덤 투즈 교수의 말은 우리가 어렴풋이 알고 있거나 생각하고 있는 것보다 더 충격적이었습니다.

결론적으로 전 세계는 대공황이나 금융 위기, 세계대전 등 그 어떤 것들도 능가하는 엄청난 경제적 침체를 겪을 것이라고 하면서 어떤 나라도 피해 갈 수 없을 것이라고 말했습니다. 경제의 지옥문이 열릴지 모른다고 할 정도면 그 파장이 어느 정도인지 짐작하고도 남음이 있습니다.

경제를 잘 모르는 제가 보아도, 정말 상식적으로 생각해 보아도 맞는 말입니다. 코로나 대응의 기본인 '사회적 거리두기'는 사실 경제활동의 일시적 중단이나 또는 축소와 다름없습니다.

경제활동이라는 것이 기본적으로 사람과 사람이 만나고, 물건과 물건이 오고가야 하는데 이것을 차단한다는 것은 경제활동을 차단하는 것과 마찬가지이기 때문입니다. 물론 온라인상으로 하는 활동, 배달로 이루어지는 활동은 더 많이 증가하겠지만 분명 한계가 있습니다.

집콕이나 방콕 등 외부 활동에 제약을 두거나 자제를 함으로써 사람의 움직임과 관련한 모든 산업이 다 올스톱하게 됩니다. 사람들의 일자리는 대폭 줄어들게 되고, 실물경제나 금융시장도 무너지게 됩니다. 이러한 현상을 두고 경제의 지옥문이 열린다고 비유한 겁니다.

코로나가 야기한 가장 직접적인 문제인 방역, 치료 등의 의료문제, 이로 인해 파생되는 경제문제 등으로 인해 4차 산업혁명 시대에 접어든 인간의 삶에 엄청난 변화가 있을 것이라 생각합니다. 많은 전문가들이 예상하는 대로 세계 질서가 바뀔지도 모를 일입니다. 이래저래 생각이 많아집니다.

사랑하는 인산편지 가족 여러분!

그러면 어떻게 해야 할까요? 무엇을 준비하고, 무엇을 대비해야 할까요? 다가올 거대한 불확실성의 시대를 잘 살아가려면 우리는 과연 어떻게 살아가야 할까요? 정말이지 심각하게 고민하고 또 고민해 보아야 할 문제라고 생각합니다.

여기서 우리는 상대적으로 지금 우리가 겪고 있는 이 상황을 유심히 들여다볼 필요도 있습니다. 앞만 보고 숨 가쁘게 달려왔던 지난 시간들을 되돌리면서 우리의 삶을 냉정하게 살펴볼 필요가 있습니다.

어떻습니까? 사회적 거리두기로 인해 엄청나게 어렵거나 불편하십니까? 하루하루 견디기 힘들 만큼 괴로우십니까? 저나 우리 독자님들의 처지가 크게 다르지 않을 것이기에 제 경우를 말씀드리면 뭐 그렇게까지 어렵거나 힘들지는 않습니다.

기한이 어느 정도가 될지는 모르겠지만 당장 심각한 문제에 직면할 거라고는 생각하지 않습니다. 이런 방식으로도 충분히 살아갈 수 있는 문제라고 생각합니다.

전에도 말씀드렸다시피 어떤 특정한 일이 다 좋은 것만 있는 것도, 다 나쁜 것만 있는 것도 아니라는 걸 잘 아실 겁니다. 지금 우리가 겪고 있는 상황도 마찬가지입니다.

사회적 거리두기로 인해 자연을 찾는 사람들이 늘어났고, 가족과 함께하는 삶도 많아졌을 겁니다. 건강에 더 각별히 신경을 쓰거나, 자기 자신을 돌아보면서 자신을 위한 일에도 더 많은 시간을 투자할 수 있을 겁니다.

사회적으로, 국가적으로는 경쟁 위주에서 벗어나 다른 사람을 돌아보고 배려하는 풍토가 더 많아졌고, 상대적으로 범죄나 다른 사회적인 문제도 많이 줄어들었다고 합니다. 갈등이나 대립보다는 화해와 협력을 해야 한다는 생각도 더 많이 자리잡고 있음을 느낍니다.

나라와 나라 사이도 마찬가지입니다. 초반에는 자기 나라만 문제없으면 된다는 생각에 국경을 폐쇄하거나 빗장을 걸어 잠그면 된다고 생각했지만 결코 그렇지 않다는 것을 깨달았을 겁니다. 이 문제는 어느 한 나라의 문제만은 아니기 때문입니다.

무너진 건물은 다시 지을 수 있고, 세울 수 있습니다. 그러나 무너진 경제는 다시 세우기가 그리 쉽지 않을 것입니다. 지금이라도 전 세계의 지도자들이 자국 이기주의를 버리고 인류 공동체의 공동 생존을 위한 일에 힘을 모아야 할 때라고 생각합니다. 그리고 반드시 그렇게 인류의 역사는 발전되어 갈 것이라고 저는 확신합니다.

45억 년 이상 되는 지구의 역사를 통해 볼 때 지금까지 다섯 번의 대멸종이 있었다고 하는데, 지금 우리가 겪고 있는 여러 가지 문제들, 이를테면 핵무기 개발과 핵전쟁, 지구온난화로 대표되는 기후변화, 그리고 지금 겪고 있는 바이러스가 여섯 번째 대멸종의 요인이 되지 않도록 노력하고 또 노력해야 할 것입니다. 저는 위대한 인간의 힘을 믿습니다.


벌써 수요일입니다. 좋은 봄날들이 살랑거리는 봄바람을 타고 쏜살같이 지나가고 있습니다. 그래서 지금 저와 당신이 누리고 있는 이 순간, 오늘 우리에게 주어진 이 하루가 얼마나 소중한 것인지 늘 깨닫습니다.

어제는 인산편지를 통해 목련과 함께 4월의 노래를 불렀습니다. 오늘은 목련의 뒤를 이어 사방 흐드러지게 피어 있는 벚꽃을 노래하고 싶습니다. 마침 제 마음을 아는 듯 시인도 벚꽃을 노래하고 있습니다.

시인의 노래를 음미해 보노라면 빨리 지는 꽃들이 왜 빨리 지는지 알 수 있을 듯합니다. 어찌 그 이유가 벚꽃에만 해당되겠습니까? 말없는 자연이 온몸으로 가르쳐 주는 걸 우리는 미처 알아채지 못하였거나, 아니면 알고도 외면했을 수 있습니다.

　엄마도 가르쳐 주지 않았고, 선생님도 가르쳐 주지 않았던 것들이 그렇게나 많습니다. 나이 먹는다고 다 아는 것도 아닙니다. 모르는 건 여전합니다. 그래서 할 수만 있다면 죽을 때까지 자연이 주는 가르침을 구하며 살아야겠다는 마음을 가져 봅니다.

　이 마음을 담아 오늘 인산이 당신께 묻습니다.


"벚꽃이 왜 빨리 지는지 당신은 아십니까?"


　제가 선생님은 아니지만 굳이 비유를 하자면 참 좋은 선생님을 닮았습니다. 문제를 내면서도 머리 싸매고 고민하지 말라고 답을 다 알려 주기 때문입니다.(이렇게 하면 오히려 더 나쁜 선생님일까요?)

　시인이 전해 주는 그 이유를 깊이깊이 음미하면서 지금 당신 곁에 활짝 피어 있는 벚꽃을 바라보십시오. 저와 당신 곁에 머무를 시간이 그리 많지 않습니다. 저도 만날 겁니다. 떠나기 전에 오래오래, 깊이깊이 만나서 그 이유를 확인할 겁니다.

# 지금, 당신도 기죽지 않고 살고 계십니까?

풀꽃 3 / 나태주

기죽지 말고 살아 봐
꽃 피워 봐
참 좋아.

코로나19로 인해 연기되었던 프로야구가 드디어 개막했습니다. 비록 아직까지 관중은 없지만 많은 선수들이 그동안 준비했던 실력을 마음껏 뽐내고 있습니다. 활기 있는 그 모습만 보아도 참 좋습니다. 이제 프로야구뿐만 아니라 다른 종목들도 곧 열린다고 합니다.

오늘은 잠시 스포츠 스타 얘기를 꺼낼까 합니다. 혹시 LPGA 세계 1위가 누군지 알고 계십니까? 골프를 좋아하시는 분이라면 당연히 알고 계실 겁니다. 바로 우리나라 고진영 선수입니다.

다른 선수들도 마찬가지지만 유독 자신감이 넘치고 승부욕이 많아 이른바 '멘탈 갑', '강철 멘탈'이라는 별명으로 불리는 선수입니다. 지난

2014년 KLPGA 신인이 된 이래 불과 몇 년 만에 세계를 제패한 자랑스러운 선수가 바로 고진영 선수입니다.

이 고진영 선수가 가정의 달, 어버이날을 맞이하여 LPGA 투어 홈페이지에 할아버지를 생각하는 글을 올려서 화제가 되고 있습니다. 저도 그 글을 읽어 보았는데 참으로 감동입니다. 제목이 '할아버지의 딸'이라고 합니다.(할아버지의 손녀가 아니라…)

"잔인한 도둑이 매일매일 조금씩 할아버지의 기억을 빼앗는 일은 슬프고 지켜보기 힘들었지만, 병마에 맞서 싸우는 할아버지의 용기와 위엄을 보며 오히려 큰 영감을 받기도 했다."

"할아버지는 내게 진영이라는 이름을 지어 주셨다. 나는 할아버지의 첫 손녀였고, 처음부터 할아버지와 나는 특별했다. 어릴 때 기억 속 할아버지는 마루에서 함께 놀아 주시고, 안아 주시고, 또 나를 웃게 하여 주시는 분이었다."

알츠하이머병을 앓다가 2년 전에 돌아가신 할아버지를 생각하며 쓴 글입니다. 고진영 선수의 할아버지는 기억을 잃어버리셨음에도 불구하고 TV를 통해 시합을 보면서 손녀를 알아보고 응원을 했고, 고 선수는 이 응원에 힘입어 우승을 할 수 있었다고 털어 놓았습니다.

이 글에서는 그녀의 인간적인 면모가 많이 돋보입니다. "모든 팬이 스코어보드의 숫자나 진열장으로 트로피보다 '인간 고진영'을 더 많이 봐주길 바란다. 나는 누군가의 친구이며 딸이며 손녀 그리고 골퍼다."라고 한 고진영 선수가 참으로 멋지지 않습니까?

저는 이 글을 읽으면서 많은 감동을 받았습니다. 그러면서 아프신 제 엄마를 떠올렸습니다. 뇌졸중으로 쓰러지셔서 지금도 아프신 엄마, 단기기억상실증으로 인해 많은 걸 기억하지 못하시는 엄마를 말입니다.

제 엄마도 많은 걸 기억하지 못하시면서도 아들인 저는 늘 잊지 않고 찾으십니다. 전화를 드릴 때마다 언제 오냐고 늘 말씀하십니다. 자주 찾아뵙지 못하는 불효를 씻고 곁에서 모실 날이 그리 멀지 않았기에 저는 늘 "조금만 기다리세요. 조금만 기다리세요."를 반복하곤 합니다.

지금의 고진영 선수가 있기까지 할아버지가 계셨듯이 지금의 제가 있기까지 저에겐 제 엄마가 계셨습니다. 언제 어떠한 일이 있어도 끝까지 믿고 챙겨 주셨던 큰아들에 대한 사랑을 저는 알고 있습니다.


우리 인산편지 독자님들께도 그런 분이 계실 겁니다. 할아버지, 할머니, 엄마, 아버지… 아니면 다른 가족이라도 힘들 때마다 늘 생각나는 분, 힘들 때마다 떠올리면 힘이 되시는 분 말입니다.

나태주 시인님은 '행복'이라는 시에서 "힘들 때/마음속으로/생각할 사람이 있다는 것"이 행복이라고 했습니다.

우리 인산편지 독자님들께도 다 그런 분이 계실 겁니다. 지금 당신 곁에 계실 수도 있고, 멀리 하늘나라에 계실 수도 있겠지만 이 아침에 그분을 한번 떠올려 보며 힘을 내셨으면 좋겠습니다.

가정의 달 5월입니다. 어린이날이 지나갔고, 이제 내일이면 어버이날입니다. 비록 코로나19가 다 지나가지 않아 여러 가지 어려운 점이 있겠지만 가족의 사랑, 가족의 정을 다시 한 번 생각해 보는 귀한 시간이 되시길 소망합니다.

어제 인산편지를 보내고 나니 많은 독자님들이 답장을 보내셨습니다. 그러면서 제게 힘과 용기를 주셨습니다. 인산편지를 보시고 답장을 통해 소통하시는 독자님들께 늘 감사합니다. 그 귀한 마음을 들여다보면 참 좋습니다.

"나태주 시인님의 풀꽃 시를 많이 좋아합니다.^^ 오늘은 참 '좋은 날'입니다. 모든 인산편지 회원님들 행복하시길요~~"

"요 며칠 개인적인 일로 무척 바쁜 나날을 보내고 있어서 몸은 무척 피곤하지만 화창한 봄날에 피곤함도 잊고 지낸답니다. 점심 식사 후 거니는 청계천의 맑은 물과 그 속에서 한가롭게 떠다니는 물고기의 모습을 보면서 이렇게 좋은 날을 주시고 느끼게 해 주심을 감사하며 보내야겠다고 생각했습니다."

"햇살, 바람, 따스한 공기 그리고 아름다운 사람들 그 속에 인산편지가 있네요.^^"

"오늘은 매일 하던 공부를 잠시 놓아 두고 카페에서는 아들을 계속 안아 주고, 마트에선 딸과 뛰어다니며 장난감 공을 함께 차며 시간을 보냈습니다. 이렇게 잠시 멈추고 하고 싶은 일을 왕창하니 하루가 너무나 뿌듯하게 느껴집니다. 하기 싫었던 공부가 밀려 지금부턴 집중을 해야 하지만 하고 싶은 일을 해서 얻은 에너지로 하기 싫은 일도 가볍게 해낼 수 있을 것 같습니다.^^"

사랑하는 인산편지 가족 여러분!
나태주 시인님의 '풀꽃'을 좋아하신다는 애독자님께서 '풀꽃 시리즈'

를 올려 주셨습니다. 그래서 오늘의 시는 '풀꽃 3'입니다.

기죽지 말고 살아 봐/꽃 피워 봐/참 좋아.

어떻습니까? 시인의 말씀대로 참 좋지 않습니까? 그 어떤 말보다도
위로가 됩니다. 짧은 시가 이토록 힘을 주고, 용기를 줄 수 있다니 놀랍
기만 합니다.
이 마음을 담아 오늘 인산이 당신께 묻습니다.

"지금, 당신도 기죽지 않고 살고 계십니까?"

기죽지 마십시오. 살아 있는 것만으로도 기죽을 필요가 없는 게 우리
의 삶입니다. 살아 있는 것만으로도 언제든지 꽃을 피울 수 있는 게 우리
의 삶입니다. 살아 있다는 것 자체로 참 좋은 게 우리의 삶입니다.
혹시나, 행여나 힘든 일이 있으시다면 언제든지 이 시를 떠올려 보십
시오. 그리고 인산편지를 읽으십시오. 이곳에 위로가 있고, 힘이 있고,
용기가 있습니다.
그래도 힘드시다면 오늘의 당신이 있게 한 그 누군가를 떠올려 보십
시오. 할아버지, 할머니, 엄마, 아버지, 그리고 그 누구를 말입니다. 그
분으로 인해, 그 사랑으로 인해 지금의 당신이 있음을 꼭 기억하십시
오. 그러면 다시 힘이 생기고, 용기가 생길 것입니다. 당신의 삶이 참
좋을 것입니다. 그런 당신을 응원합니다.

# PART 2 사람

# 당신은, 코로나와의 전쟁에서
# 어떻게 이기시겠습니까?

코로나와의 전쟁 / 김인수


눈에 보이지도 않는, 코로나라는

쬐끄맣고 쬐끄만 바이러스란 놈이

큰 싸움을 걸어 왔다

누구는, 어떤 사람은 드디어

인류 최후의 전쟁이 시작되었다고 한다

난 아직까지 인정 못한다

도대체 아직 정체도 다 밝혀지지 않은

생전 들어 본 적도 없는 놈들이

감히 겁대가리도 없이 인간에게 덤비다니

받아들일 수 없다. 용서 못한다

그런데 그놈은 생각보다 힘이 세다

지구촌 곳곳은 여기저기서 난리다

많은 사람들이 이미 죽어 나갔고,

더 많은 사람들이 녀석에게 사로잡혔다
치료제가 없다는 게 더 무섭게 한다
드디어 올 것이 오고 있다. 공포다
놈의 계략이 먹히는 걸까?
사람들끼리 서로 피한다. 밀어낸다
사람들 사이로 바이러스보다 더 무서운
의심이 파고든다. 배척이 또아리 튼다
사람으로 하여금 사람을 피하게 하는 것
인간으로 하여금 인간을 밀어내게 하는 것
이게 그놈들의 목표요, 전략이요, 전술이다
우린 이미 말려들었다. 돌이키기도 쉽지 않다
전쟁은 해서는 안 되니 미리 막아야 하지만
이미 벌어진 전쟁은 무조건 이기고 볼일
바이러스란 놈들이 견디지 못할 정도로
사람이 사람을 더 뜨겁게 안아 주고,
인간이 인간을 더 뜨겁게 사랑하는 일!
놈들과의 전쟁에서 이길 유일한 무기,
놈들을 물리칠 가장 결정적인 비책이다
뜨거운 인류애로 이겨 놓고 싸울 일이다.


요즘엔 TV만 틀면 온통 코로나… 코로나… 하는 등 하도 많이 들으셔서 정말 정말 식상하시겠지만 저도 코로나 바이러스에 대한 말씀을 드리지 않을 수 없습니다.

신종 코로나 바이러스가 점점 더 기승을 부리고 있습니다. 수그러들 기미가 보이지 않습니다. 최소한 열흘 이상 더 가 봐야 추이를 알 수 있다고 하니 심각해도 보통 심각한 것이 아닙니다. 문제는 이 코로나가 몰고 온 삶의 변화로 인해 경제가 휘청거릴 지경이라고 합니다. 이는 비단 우리나라뿐만의 문제는 아닙니다.

이미 관광객은 거의 다 끊겼고, 음식점에는 사람들이 사라진 지 오래입니다. 각종 행사나 축제는 거의 다 취소되었고, 졸업식 행사도 하지 않는다고 합니다. 결혼식장이나 장례식장의 풍경도 마찬가지입니다. 사람들이 대폭 줄어들었습니다.

이런 와중에 가장 핫하게 떠오르는 건 뭐니 뭐니 해도 마스크입니다. 아무리 미세먼지나 초미세먼지 농도가 심하다 해도 별로 관심을 가지지 않았던 마스크인데 이제는 가장 귀한 물건이 되고 말았습니다.

중국에서는 더 심각하다고 합니다. 신종 코로나 바이러스가 발생한 지 한 달이 넘었지만 확산세가 꺾이지 않으면서 중국 내 마스크 대란은 '추첨 구매'를 할 정도로 심화되고 있다는 소식입니다.

중국의 어느 도시는 마스크 공급 부족으로 지난 1일부터 소위 '마스크 복권 사이트'를 열었다고 밝혔습니다. 마스크 복권이 무엇이냐고요? 주민들은 매일 오전 9시부터 복권에 응모할 수 있고, 당첨 문자를 받으면 이튿날 오전 8시부터 10시 사이에 지정된 약국에서 신분증을 제시하고 마스크를 살 수 있습니다. 마스크 종류나 가격, 약국의 위치 등은 지정할 수 없으며 한 번 당첨에 6장만 구매할 수 있다고 합니다.

그러니 중국이든, 우리나라든 지금 제일 중요한 게 마스크입니다. 가격도 가격이지만 문제는 품귀 현상입니다. 어디나 마찬가지지만 밤새워 생산하는 회사나 공장이 이익을 얻는 게 아니라 중간에서 유통하는 사람들이 폭리를 취한다고 합니다. 그러다 보니 마스크를 재활용하는 방법도 여기저기 떠다니고 있습니다. 다 아시다시피 마스크는 기본적으로는 하루만 사용하고 재활용을 하면 안 됩니다. 효과도 떨어지고 바이러스가 묻었을 수도 있기 때문입니다.

그런데 이 마스크가 하루만 사용하기에는 너무 비싸고, 또 수량도 충분하지 않기 때문에 재활용을 하는 사람들이 많다는 겁니다. 부디 우리 국민들이 가짜뉴스에 현혹되지 말고 잘 판단하시고 올바르게 대처해야 할 것입니다.

이렇게 일련의 마스크 사태를 바라보면서 심히 마음이 무겁습니다. 특히 마스크를 공급하고, 유통하는 사람들에 대한 실망, 마스크를 팔아서 폭리를 취하려는 사람들에 대한 실망이 큽니다.

인류 전체가 위기감을 가지고 공동으로 대응하고, 어느 누구는 목숨을 걸고 환자들을 진료하고, 자원해서 봉사를 하는 마당에 한쪽에서는 오직 돈 벌 궁리만 하고 있다니 참으로 답답하고 한심한 노릇입니다.

이 사람들이 누구입니까? 우리와 같은 사람입니다. 같은 밥을 먹고, 같은 옷을 입고, 같은 말을 하고, 같은 생각을 하며 살아가는 사람들입니다. 부디 바라기는 인간으로서 지켜야 할 최소한의 예의는 지켰으면 하는 바람입니다.


사랑하는 인산편지 가족 여러분!

최근 며칠간 인산편지를 통해 절절한 사모곡이 오고 갔습니다. 편지와 답장을 주고받으면서 저마다의 가슴속에 있는 어머니를 생각하는 시간을 가졌습니다.

그런데 어제 뉴스를 보니 충격적인 소식이 있었습니다. 50대 딸이, 치매를 앓고 있는 80대 노모를 모시고 경찰 지구대를 찾았다가 지구대에 노모를 놔둔 채 바람을 쐬겠다고 나가서 돌아오지 않았다는 내용이었습니다.

순간적으로 눈을 의심했습니다. 정말이지 이것이 사람으로서 할 짓인지 의심하지 않을 수 없었습니다. 경찰이 노모의 휴대폰을 뒤지고 뒤져 주소를 알아내고, 자식들의 연락처를 알아냈는데도 전화도 받지 않는다고 합니다.

딸 두 명, 아들 한 명, 2남 1녀를 둔 노모는 일찍 남편과 헤어져 혼자 살면서 옷을 팔아서 자식들을 키웠다고 합니다. 평생 장사를 해 모은 재산은 자식 사업하라고 물려주었지만 아들은 소식을 끊은 채 살고 있고, 딸들이 서로 모시다가 이렇게 되고 만 겁니다.

남의 일이 아닙니다. 결코 다른 사람의 일이 아닙니다. 이 일은 내 일이고 우리의 일입니다. 앞으로 이런 일들이 더 많이 일어날 겁니다. 경찰청의 자료를 보면 60대 이상 유기 노인이 해마다 큰 폭으로 늘어 지난 2018년에는 23명에 이른다고 합니다.

비록 이름도 얼굴도 모르지만, 버려졌으면서도 애들은 잘못 없다고, 올 거라고 끊임없이 되뇌신다는 안타까운 그 노모의 모습이 지금도 뇌리에서 떠나지 않습니다.

우리는 성찰해야 합니다. 낳아 주시고 길러 주신 부모를 외면하고 유기까지 하는 세상에서 지금 우리가 살아가고 있음을, 이런 세상에서 앞으로 어떻게 살아가야 할 것인가를 성찰하고 또 성찰해야 합니다.

오늘 인산편지에는 모처럼 저의 졸시를 실었습니다. 코로나 바이러스와의 전쟁을 치르는 인류를 향한 저의 외침입니다. 이 마음을 담아 오늘 인산이 당신께 묻습니다.

"당신은, 코로나와의 전쟁에서 어떻게 이기시겠습니까?"

이길 수 있는 방법은 딱 하나입니다. 이길 수 있는 비책과 방책은 딱 한 가지입니다. 그것이 무엇인지 시인의 마음을 통해 저도 알고 있고, 당신도 알고 있습니다. 부디 우리 인간이, 인류가 한마음이 되어 이 어려운 난국을 잘 이겨 내길 간절히 간절히 소망합니다.

# 지금, 당신은 무엇을 쳐다보고 있습니까?

별을 보며 / 이성선

내 너무 별을 쳐다보아
별은 더럽혀지지 않았을까
내 너무 하늘을 쳐다보아
하늘은 더럽혀지지 않았을까
별아, 어찌하랴
이 세상 무엇을 쳐다보리
흔들리며 흔들리며 걸어가던 거리
엉망으로 술에 취해 쓰러지던 골목에서
바라보면 너 눈물 같은 빛남
가슴 어지러움 황홀히 헹구어 비치는
이 찬란함마저 가질 수 없다면
나는 무엇으로 가난하랴.

스마트폰 배터리가 다 되어 충전을 하다가 깜박 잠이 들었습니다. 어쩌다가 번쩍 눈이 떠져 놀라 일어났습니다. 불을 켜 놓고 있었기에 방이 환하다 보니 혹시 아침인가 싶었습니다. 제일 먼저 떠오른 것은 인산편지였습니다.

통상 인산편지를 밤에 쓰고 잔 후에 아침에 일어나서는 인사말을 포함해서 잠깐 다듬고 올리곤 하기에 잠결에도 제일 먼저 떠오른 것은 당연한 일입니다.

그 순간의 느낌은 마치 학교에 다닐 때 시험을 앞두고 밤샘공부(주로 벼락치기라고 많이 부르는) 할 때의 느낌이었습니다. 아마도 우리 인산편지 독자님들은 누구나 다 이런 경험이 있으실 겁니다.

책상 위에 엎드려 졸다가 놀라서 깼을 때의 그 이상야릇한 불안감, 차마 시계를 쳐다보기가 겁났던 그 느낌 말입니다. 저는 지금도 그때의 느낌이 생생하게 떠오릅니다. 마치 지금 다시 느끼는 듯합니다. 두 가지 경우였습니다.

불안한 마음으로 시계를 보았을 때, 아침이 온 게 아니라 시간이 얼마 지나지 않았다는 걸 알았을 때의 그 안도감은 이루 말할 수 없는 쾌감, 희열이었습니다. 더 공부할 수 있다는….

그 반면에 너무 오랫동안 자는 바람에 아침이 다 되어서야 일어났을 때의 그 허망함, 시험 준비를 다 끝내지 못했다는 불안감과 초조함…이런 것들이 막 뒤섞여 졸음을 참지 못하고 자 버린 제 자신을 자책했던 순간의 느낌도 생생합니다.

지금 제 마음이 그렇습니다. 지금의 경우에는 전자입니다. 눈을 떠 보니 자정을 막 지난 새벽입니다. 안도합니다. 만약에 아침이었으면 어떠했겠습니까?

편지를 한 톨도 안 썼으니 부랴부랴 대충 쓸 수도 없고, 또 "오늘은 작가가 조는 바람에 편지를 못 썼습니다."라고 할 수도 없고… 참으로 난감했을 겁니다. 지금까지 7년째 인산편지를 써 오면서 그랬던 경우는 한번도 없었으니까요.

냉장고에서 우유를 꺼내 한 잔 마시니 몸에 생기가 돕니다. 창문을 엽니다. 가로등이 켜져 있어 밖이 환합니다. 하늘도 잘 보입니다. 별은 보이지 않지만 맑습니다. 아마도 미세먼지나 초미세먼지 농도가 그리 짙지 않을 듯합니다.

찬바람이 밀려 들어오지만 아랑곳하지 않습니다. 한참이나 밖을 내다보면서 이런 생각을 했습니다. 눈에 보이는 세상은 이렇게 아름다운데, 이렇게 깨끗한데 눈에 보이지 않는 바이러스가 옮겨 다니고, 떠다니면서 사람을 공격한다는 게 믿기지 않습니다.

정신을 가다듬고 책상 앞에 앉습니다. 오늘은 어떤 내용을 언급할까? 우리 독자님들에게 무슨 말을 전할까? 한참 동안을 생각하고 또 생각합니다. 책도 읽고, 신문도 뒤적이고, 그러면서 생각을 가다듬습니다.

막상 글을 쓰는 시간보다 이 시간이 더 많이 걸립니다. 블루투스 키보드를 활용하여 글을 쓰기 때문에 순수하게 글만 쓰는 시간은 한 시간 정도에 불과하지만 책을 읽고, 다른 자료들을 보면서 생각을 정리하는 시간이 훨씬 더 걸립니다.

오늘은 밤이 늦었기 때문에 조금 더 단축해서 빨리 정했습니다. 여전히 코로나에 대한 말씀을 드려야겠고, 그러면서도 여전히 희망을 노래

해야겠습니다. 힘든 시기에 저라도 그렇게 해야 조금은 위로가 될 테니까요.

우리 모두가 지금 겪고 있는 이 현실을 차마 믿기 싫고 인정하기 어렵겠지만, 코로나19 사태가 장기화될 거라고 합니다. 전문가들의 말에 따르면 3월 20일경에 절정에 이른다고 하니 최소한 3월 한 달간은 내내 코로나와 싸워야 할 것입니다.

과도한 불안감이 판을 치고 있고, 그 틈을 타서 가짜뉴스도 판치고 있습니다. 이를 자기 식대로 해석하고 유리하게 활용하는 모습도 눈에 띕니다. 그러나 우리가 한 가지 만큼은 분명하게 알아야 합니다.

많은 언론들이 비판적인 내용을 쏟아내고 있지만, 제가 보기에는 우리나라만큼 투명하고 가감 없이 밝히는 나라도 없는 듯합니다. 이는 그냥 저의 일방적인 느낌이나 생각은 아닙니다.

국민들이 보기에는 환자가 엄청 늘어나는 것처럼 보여도 이는 다른 나라가 따라올 수 없을 정도로 신속하게 진단하기 때문에 그렇다고 합니다. 일리 있는 말입니다. 우리나라의 진단 능력이 세계 최고인 것은 다 인정하고 있으니까요.

문제는 국민들의 불안감입니다. 이 불안감이라는 것은 보이지 않는 것에 대한 공포로 인한 것입니다. 의도해서 만나는 사람은 물론, 의도치 않게 만나게 될 사람이 어떤 상태인지 모르기 때문입니다.

그러나 과도한 불안감, 과도한 공포는 결코 바람직하지 않습니다. 자칫하다 보면 오히려 본질적인 것보다 본질이 아닌 것에 더 힘들어하는 우를 범할 수도 있기 때문입니다. 이럴 때일수록 차분하게 대응하는 것이 최선입니다.

정부의 노력을 믿고, 우수한 의료체계, 실력 있고 헌신적인 의료진들의 능력을 믿고 따르면 됩니다. 그러면서 각자 각자가 예방수칙과 에티켓을 잘 지키면서 성숙한 민주시민으로서의 모습을 잃지 않으면 되는 것입니다. 전 세계 사람들에게도 이런 코리아의 모습을 확실하게 보여주어야 합니다.

사랑하는 인산편지 가족 여러분!

지금 이 시각, 사방이 잠들은 고요한 새벽에 시인이 전하는 노래를 조용히 음미합니다. 참으로 아름답습니다. 가난한 시인이 부르는 노래가 이 세상에 널리 널리 퍼져 나가는 듯합니다.

별을 너무 쳐다보고, 하늘을 너무 쳐다보아 별이 더럽혀지고, 하늘이 더럽혀지지 않았을까 염려하는 시인의 마음을 들여다봅니다. 어쩌면 이렇게 맑고, 순수할 수 있습니까? 어떻게 해야 사람의 마음이 이처럼 깨끗할 수 있겠습니까?

성찰하지 않을 수 없습니다. 반성하지 않을 수 없습니다. 저부터 해야 합니다. 지금은 다른 사람을, 남을 탓할 수 없습니다. 세상을 너무 쳐다보아 세상이 더럽혀진 게 아닌지, 사람을 너무 쳐다보아 사람이 더럽혀진 게 아닌지 저부터 돌아보아야겠습니다.

그러면서도 여전히 그 찬란함을 바라는 시인의 마음을 들여다봅니다. 그 찬란함마저 가질 수 없다면 무엇으로 가난하라고 간구하는, 정말이지 애처로울 정도로 안타까운 시인의 모습을 보고 별을 쳐다보는 걸 어찌 탓할 수 있겠습니까? 어찌 허락하지 않을 수 있겠습니까?

이 마음을 담아 오늘 인산이 당신께 묻습니다.

"지금, 당신은 무엇을 쳐다보고 있습니까?"

비록 내가 쳐다보아 그것이 더럽혀질지라도 그 찬란함을 갈구할 수밖에 없는 시인의 마음이 되어 사유하고 성찰하십시오. 당신이 바라보는 것은, 당신이 쳐다보는 것은 무엇입니까?

부디 바라기는 저와 당신이 쳐다보는 세상, 쳐다보는 사람, 쳐다보는 것들이 깨끗했으면 좋겠습니다. 별을 쳐다보고 하늘을 쳐다보며 이 세상이 깨끗하길 기도하면 좋겠습니다.

그러면 멀지 않아 우리 곁에 있는 바이러스들도, 미세먼지들도 물러나지 않겠습니까? 서로서로를 가리고 있는 마스크도 다 집어 던지고 서로서로의 얼굴을 보며 맘껏 웃을 수 있지 않겠습니까?

# 지금, 당신을 살아가게 하는 힘은
# 무엇입니까?

나무 / 이근대

세상은
어차피 혼자서 가는 거다
바람이 너를 흔들어도
슬픔의 눈 뜨지 마라
나뭇잎들이 너를 떠나가더라도
가슴을 치며 생채기를 만들지 마라
네게 붙어
둥지를 트는 새,
그것이 세상 사는 힘이 되리라.

　군인이자 작가로 살면서 많은 분들로부터 받는 질문 중의 하나가 어떻게 해서 작가가 되었냐는 말입니다. 군복을 입은 사람이 시를 읊고, 글을 쓰는 게 그리 익숙한 모습이 아니기에 그렇게 물어보시는 분들이 꽤 많습니다. 지금은 군내외적으로 제가 작가라는 사실이 어느 정도 알려졌기에 조금은 덜하지만 초창기에는 만나는 분들마다 물어보시곤

했습니다.

우리 용사들, 아들들은 제가 작가라는 사실을 잘 모릅니다. 모르는 게 지극히 당연합니다. 저보다 훨씬 더 유명한 작가님들, 시인님들도 잘 모르는데 제가 작가라는 사실을 알리가 만무합니다. 그래서 장병들을 대상으로 하는 인문학 강의 때마다 저는 제 소개를 하면서 작가가 된 이야기를 짧게 하고 넘어갑니다. 어느 날 하루아침에 혜성처럼 나타난 천재적인 작가가 결코 아니라고 말입니다.

어렸을 때부터 책을 읽고, 글을 쓰면서 수없이 많은 밤을 새웠었기에 지금의 제가 있는 거라고 얘기해 줍니다. 우리 아들들한테 자극을 주고 싶어서 더 강조합니다. 어떤 자극인지 다 아시겠죠?

1만 시간의 법칙, 3만 시간의 법칙이라는 말이 있듯이 무엇이든 하루아침에 이루어지는 일은 없다고 힘주어 강조합니다. 수없이 많은 날들이 축적되어 이루어지는 것이라는 걸 알려 주고 싶습니다.

지금 작가로 활동하고 계시는 분들은 거의 다 아주 어렸을 때부터 책을 좋아했고, 글을 썼고, 수없이 많은 날들을 책을 보며 지냈던 분들임에 틀림없습니다. 그런 축적의 시간이 있기에 지금의 모습이 있는 것입니다.


돌이켜 보면 저의 어린 시절은 책과 함께한 시절이었습니다. 공무원이 셨던 아버지께서는 거의 매일 늦게 들어오시고, 술과 고기 냄새를 풍기곤 하셨지만 지금 생각해 보면 시대를 앞서가신 탁월하신 분이셨습니다.

어떤 면에서 탁월하셨냐면 바로 책입니다. 공무원의 박봉에도 불구하고 엄청나게 책을 사들이셨습니다. 심지어는 책 때문에 엄마하고 다투시는 경우도 많았습니다. 엄밀하게 말씀드리면 다투시는 게 아니었습니다. 엄마께서 불만을 표하시면 거의 일방적으로 아버지께서 큰소리치시는 모습이었습니다. 제 기억엔 엄마와 아버지의 부부싸움은 일방적인 아버지의 승리로 늘 끝났습니다.

그러다 보니 집안에는 늘 책이 넘쳐났습니다. 아버지께서는 지금으로 따지면 '얼리어답터'이셨습니다. 무엇이든 다른 사람들보다 먼저 사셨습니다. TV도 동네에서 제일 먼저 사시는 바람에 매일매일 동네 어르신들이 집에 모여 TV를 보셨고, 전화기나 전축, 냉장고도 제일 먼저 사셨습니다. 그리고 그런 것들보다도 더 열성적으로 집안에 들이셨던 건 책이었습니다.

아마 시골에서는 유례가 없을 정도로 집안에 책이 가득했습니다. 학교 도서관에도 없는 책들이 많아서 친구들도 집에 와서 책을 빌려 가곤 했습니다. 그런 아버지 덕분에 저는 학교에 들어가기 전부터 책 속에 파묻혀 살았습니다.

지금의 초등학교인 국민학교 때와 중학교 때는 밤새워 책을 읽는 경우도 많았습니다. 학교에 가지 않는 토요일 밤에는 거의 대부분 책과 함께 밤을 새웠습니다. 세계명작동화를 포함하여 대부분의 소설 등도 중학교 시절까지 거의 섭렵했을 정도였으니까요.

가끔 아버지께서 지나간 날을 회고하시는데 어느 날인가는 이런 말씀을 하셨습니다. 그 당시의 시골은 참 가난하여 끼니 걱정을 하시는 분들이 참 많았다고 합니다.

그러다 보니 아버지께 찾아오셔서 땅을 싸게 줄 테니 사 달라고 부탁하는 분들이 많으셨답니다. 아버지 말씀으로는 책 조금 덜 사고 더 보태서 땅을 샀으면 지금쯤 땅부자가 되었을 거라고 하십니다. 결국 땅 대신 책을 선택하신 셈입니다. 그런 말씀을 하실 때마다 저는 이렇게 말씀드립니다. "아버지께서 땅부자가 되어 자식들한테 땅 많이 물려주시는 것 원하지 않습니다. 부럽지도 않습니다. 아마 그때 아버지께서 책 대신 땅을 사셨으면 지금의 자식들은 없을 것입니다."라고 말입니다.

사람이 세상을 살아가면서 다 가질 수는 없습니다. 가끔 어떤 누군가가 다 가진 것처럼 보일 수는 있지만 그 사람도 역시 마찬가지입니다. 하나가 채워지면 다른 하나가 부족한 법입니다. 어느 누구도 예외일 수는 없습니다. 재벌회장이라고 해서 모든 걸 다 가질 수는 없는 겁니다.

저는 지금도 같은 생각입니다. 책과 땅 중에서 선택을 하라면 책을 선택합니다. 이런 저를 어리석다고 하실 수도 있을 겁니다. 바보 같다고 말입니다. 땅을 선택해서 땅값이 오르면 그 엄청난 돈으로 수없이 많은 책을 살 수 있지 않느냐고 말입니다. 단순히 경제논리로만 따지면 그게 맞습니다. 그런 논리라면 저는 엄청난 바보인 셈입니다.

그러나 시간이라는 게 있다는 걸 잊지 말아야 합니다. 무슨 일이든 때가 있는 겁니다. 그 시간이 지나고 나면 할 수 없는 것들이 있습니다. 시간은 우리를 기다려 주지 않습니다. 때를 놓치면 결코 할 수 없는 일들이 있습니다. 아버지께서 땅을 사셨으면 저는 분명 책을 읽지 못했을 겁니다.

지금은 많이 연로하셨음에도 늘 책을 읽으시고, 한시를 쓰시고, 영어 공부까지 하시는 제 아버지를 저는 존경합니다. 자식들에게 재산을 물려주는 대신 책을 물려주신 최고의 아버지를 둔 복 받은 아들이 바로 접니다.

사랑하는 인산편지 가족 여러분!

오늘은 스승의 날입니다. 지금의 당신이 있기까지에는 부모님의 사랑과 스승님의 가르침이 있었습니다. 바쁜 삶을 살아가기에 평상시에는 잊을 수도 있겠지만 오늘만큼은 스승님께 인사를 잊지 않는 우리 독자님들이셨으면 좋겠습니다.

저 역시 학교의 스승님들께, 군에서 모셨던 스승님들께 전화 또는 문자메시지로 인사들 드릴 겁니다. 자주 연락을 못 드리지만 이런 날만이라도 인사드리면 아주아주 좋아하실 겁니다.

오늘은 또 금요일입니다. 한 주가 또 훌쩍 지나갔습니다. 월요일이 시작되었다 싶으면 금방 금요일입니다. 5월도 중순을 넘어서니 이제 곧 6월이 올 것입니다. 지금, 당신 곁에 머물러 있는 이 5월이 늘 즐겁고 행복한 시간들로 채워지길 소망합니다.


오늘 시인은 나무를 노래합니다. 저도 나무를 좋아합니다. 나물을 좋아하는 게 아니라 나무를 좋아합니다. (썰렁하셨죠? 죄송합니다. 어느 독자님이 아재개그를 좋아하신다고 하셔서 저도 한번 해 봤습니다.) 이 시는 시인님의 페북 포스팅에서 보았습니다. 어느 라디오 프로그램에서 소개가 되었는데, 어느 날 생을 마감하려고 했던 사람이 지하철 역 스크린도어에 새겨져 있는 이 시를 보고 다시 살 수 있다는 힘을 얻고 용기를 냈다는 사연을 보내주었다는 감동적인 스토리도 함께 있습니다.

정말 그렇습니다. 세상을 버리고 싶은 사람에게 힘이 되고 용기가 되어 세상을 다시 살아가게 만드는 것, 그것이 시의 힘이고 문학의 힘입니다. 사람을 움직이는 힘, 그것이 없다면 살아 있는 문학이라고 볼 수 없습니다.

이 마음을 담아 오늘 인산이 당신께 묻습니다.

"지금, 당신을 살아가게 하는 힘은 무엇입니까?"

한번 생각해 보십시오. 다시 한 번 시인님의 노래를 들으며 사유하고
성찰하십시오.

> 세상은
> 어차피 혼자서 가는 거다
> 바람이 너를 흔들어도
> 슬픔의 눈 뜨지 마라
> 나뭇잎들이 너를 떠나가더라도
> 가슴을 치며 생채기를 만들지 마라
> 네게 붙어
> 둥지를 트는 새,
> 그것이 세상 사는 힘이 되리라.

깊이깊이 사유하고 성찰하다 보면 어느새 가슴을 치는 게 있을 겁니
다. "그래그래 맞아! 세상은 어차피 혼자서 가는 거 맞아. 바람도 흔들
고, 나뭇잎들도 다 떠나가도 어디엔가, 그 무엇인가 나를 살게 하는 힘
이 되는 게 반드시 있을 거야." 마음속에서 이런 생각이 마구마구 솟아
나올 겁니다.

부디 바라기는 우리 서로서로가 그런 힘이 되었으면 좋겠습니다. 세상을 살아가게 만드는 그런 힘 말입니다. 조금 더 바라자면 인산편지가 그런 힘이 되었으면 좋겠습니다.

인산편지로 인해 세상 사는 힘이 되리라 노래하는 독자님들이 많아졌으면 좋겠습니다. 그 힘으로 저 역시 세상을 살아가고, 지치지 않고 글을 쓰고, 우리 젊은이들에게 꿈과 희망을 전하는 일을 뚜벅뚜벅 걸어갈 겁니다.

# 당신은 지나간 시간을
# 증명할 수 있습니까?

비 오는 날의 재회 / 최승자

하늘과 방 사이로
빗줄기는 슬픔의 악보를 옮긴다
외로이 울고 있는 커피잔
無爲를 마시고 있는 꽃 두 송이
누가 내 머릿속에서 오래 멈춰 있던
현을 고르고 있다
가만히 비집고 들어갈 수 있을까
흙 위에 괴는 빗물처럼
다시 네 속으로 스며들 수 있을까
투명한 유리벽 너머로
너는 생생히 웃는데
지나간 시간을 나는 증명할 수 없다
네 입맞춤 속에 녹아 있던 모든 것을

다시 만져 볼 수 없다
젖은 창밖으로 비행기 한 대가 기울고 있다
이제 결코 닿을 수 없는 시간 속으로.

이태원 클럽으로 인한 코로나19 확진자가 50명을 넘어섰습니다. 아직 연락이 닿지 않은 사람도 수천 명이나 있다고 하는데 이러다가 신천지로 인한 집단감염 사태가 재연되는 게 아닌가 하는 걱정이 앞섭니다. 두 달 넘는 기간 동안 강도 높은 사회적 거리두기를 조심스럽게 생활 속 거리두기로 전환하자 마자 이런 일이 벌어졌습니다. 오랫동안 조심해 왔던 많은 국민들이 허탈할 겁니다.

왜 이런 일이 벌어졌을까요? 어디에서부터 생각을 정리해야 할까요? 누가 잘못한 걸까요? 많은 생각들이 꼬리를 무는 밤입니다. 정은경 질병관리본부장이 송구하다고 사과하셨다고 하는데 이게 어찌 그분이 사과하실 일입니까?

지난 주말 동안 저는 이 생각에 깊이 빠져 있었습니다. 많은 분들과 마찬가지로 저 역시 예견했던 일이기도 했기에 앞으로 우리 사회가 어떻게 해야 할 것인가에 대해 깊이 생각했습니다.

결론부터 말씀드리면 답은 아주 분명하고 확실합니다. 세상 그 어떤 석학의 의견을 구한다 하더라도 제가 드리는 말씀에서 벗어나지 못할 것입니다.

"코로나19 사태를 해결하는 유일한 방법은 오직 백신과 치료제를 빨리 개발하는 것뿐이다. 다른 방법은 없다. 백신과 치료제가 없다면 우리는 코로나19 이전의 세상으로 다시 돌아갈 수 없다."

이것이 답입니다. 이것 외의 해답은 없습니다. 모든 것은 이것에서부터 출발해야 합니다. 그러면 어떻게 해야 할 것인지 알 수 있습니다.

이태원 클럽에서 시간을 보냈던 대부분의 젊은이들은 바로 이 분명한 답을 알지 못했거나, 알더라도 무시하고 자기 마음대로 행동했던 것입니다. 알지 못했다면 어리석은 것이고, 알고도 했다면 무책임한 것입니다.

이것이 과연 누구의 잘못일까요? 마음이 아프고 답답할지라도 이 문제를 해결하기 위해선 냉정하게 따져 보아야 할 것입니다. 알지 못했던 어리석은 젊은이들에겐 알도록 해야 합니다. 성인이 된 이상 알지 못했다고 해서 책임이 면해질 수는 없습니다. 모르면 배워야 하고, 알려고 노력해야 합니다. 그것이 이 땅에서 다른 사람들과 더불어 살아가기 위한 사회적 책임입니다.

알면서도 행했던 젊은이들은 스스로를 되돌아보며 성찰해야 합니다. 이 코로나19를 종식시키기 위해 지금 이 시각, 누군가는 목숨을 걸고 사투를 벌이고 있고, 또 누군가는 자기의 모든 걸 희생하면서 노력하고 있다는 걸 안다면 그렇게 하지 못할 것입니다.

젊음을 발산하는 게 젊은이들이 누릴 수 있는 특권이라고 주장한다면, 젊은이 이전에 사람으로서 지켜야 할 도리를 먼저 지킨 후에 특권을 주장할 수 있음을 분명히 깨달아야 합니다.


'수축사회'라는 책이 있습니다. 2년 전에 출간된 책으로 대우증권의 CEO를 역임했던 애널리스트 홍성국 씨가 지은 책입니다. 출간 이후 많은 관심을 받고, 화제가 되었습니다.

저자는 지난 2008년 글로벌 금융 위기 이후에 세계는 수축사회로 접어들었다고 합니다. 그 이전에는 당연히 팽창사회였죠. 이 수축사회는 4차 산업혁명으로 인해 더 빠르게 자리잡고 있습니다.

수축사회가 어떤 사회인지 궁금하시죠? 저자에 따르면 수축사회는 크게 다섯 가지 특징을 가지고 있다고 합니다. 생존이 유일한 이데올로기인 이기주의, 모든 분야에서 투쟁이 일어나는 입체적 전선, 눈앞의 이익만을 추구하느라 미래가 실종, 팽창사회를 찾아가는 집중화, 심리적 문제 확산 등입니다.

상식적으로 생각해도 이해가 되는 문제들입니다. 그동안 꾸준히 예상되어 왔던 문제들입니다. 더 심각한 건 4차 산업혁명뿐만 아니라 코로나19로 인해 이 수축사회가 더 빠르게 진행될 거라는 겁니다.

수축사회가 되면 어떻게 변할까요? 지금처럼 나라에서, 사회에서 개인의 삶을 어느 정도 보장하고 책임지면서 다 맡아 줄 수 있을까요? 국가운영 시스템을 잘 갖추고, 사회적 자본을 구축하는 등의 노력은 계속하겠지만 수축사회의 문제는 꼭 시스템만의 문제가 아닌 인간의 마음, 욕망의 문제이기에 분명 쉽지만은 않을 것입니다.

저자는 이러한 수축사회를 잘 살아가는 유일한 방법은 인류 모두가 이타적으로 바뀌는 것이라고 합니다. 모두가 자기 자신의 생존에만 몰두하는 이기주의를 벗어 버리는 것만이 유일한 방법이라는 겁니다. 제가 인문학 강의 때 하는 "How to live?"의 문제에서 "남을 남이 아닌 나처럼 여기는 삶"과 일맥상통한다고 할 수 있습니다.

부디 바라기는 이 땅의 젊은이들이 조금 더 깊이 생각하고, 조금 더 넓게 바라보고, 조금 더 남을 생각하는 마음을 가졌으면 좋겠습니다. 이 나라의 미래를 책임질 사람들이기에, 수축사회를 살아가야 할 사람들이기에 더 절실합니다.

사랑하는 인산편지 가족 여러분!

지난 주말엔 전국적으로 촉촉하게 비가 내렸습니다. 봄비치곤 제법 많은 비가 내렸습니다. 날리는 송홧가루로 인해 허옇게 뒤집어쓴 승용차도 말끔하게 세차가 될 정도로 말입니다.

사방에 우거진 신록은 많은 비로 인해 더 푸르러졌습니다. 한층 더 생기가 물씬 풍깁니다. 참으로 아름다운 세상이고, 참으로 아름다운 날들입니다. 우리 인산편지 독자님들께도 이 오월엔 늘 행복한 나날이 펼쳐지길 소망합니다.

오늘 시인도 비를 노래합니다. 빗줄기가 하늘과 방 사이로 슬픔의 악보를 옮긴다는 표현을 들으니 제 마음까지 센티해집니다. 끝까지 조용히 음미하자니 마치 한 폭의 수채화를 펼쳐 놓은 느낌도 듭니다.

이 세상 속으로, 이 땅속과 흙속으로 비집고 들어가는 빗방울처럼 제 생각도 많은 것들을 비집고 들어가고 싶습니다. 제 삶에서 스쳐지나간 것들은 얼마나 많았겠으며, 미처 다듬지 못한 것들은 또 얼마나 많았겠습니까?

지금이라도, 이제라도 비집고 들어갈 수만 있다면 조금 더 예쁘게 다듬어 놓고 싶은 마음입니다. 그러나 그럴 수 없습니다. 지나간 시간을 나는 증명할 수 없다고 한 시인의 말이 가슴 시리도록 깊이 들어와 박

힙니다.

이 마음을 담아 오늘 인산이 당신께 묻습니다.

"당신은 지나간 시간을 증명할 수 있습니까?"

당신도 저와 같은 마음이겠지요. 그 마음 다 비슷하겠지요. 그러나 우리의 지나간 시간은 증명할 수 없습니다. 이제 결코 닿을 수 없는 시간입니다. 그러니 어떻게 해야 합니까? 아쉬움만, 안타까움만 붙들고 살 수는 없지 않습니까?

카르페 디엠! 내게 선물처럼 주어진 오늘 이 하루, 지금 이 순간, 이것만이 저와 당신이 증명할 수 있는 시간이지 않겠습니까? 저는 그렇게 살렵니다. 바로 카르페 디엠으로 말입니다. 부디 바라기는 당신도 그렇게 살아가시면 좋겠습니다.

# 지금, 당신은 누구에게
# 따뜻한 기운을 전해 주시겠습니까?

삼월의 나무 / 박 준

불을 피우기

미안한 저녁이

삼월에는 있다

겨울 무를 꺼내

그릇 하나에는

어슷하게 썰어 담고

다른 그릇에는

채를 썰어

고춧가루와 식초를 조금 뿌렸다

밥상에는

다른 반찬인 양

올릴 것이다

내가 아직 세상을

좋아하는 데에는

우리의 끝이 언제나

한 그루의 나무와

함께한다는 것에 있다

밀어도 열리고

당겨도 열리는 문이

늘 반갑다

저녁밥을 남겨

새벽으로 보낸다

멀리 자라고 있을

나의 나무에게도

살가운 마음을 보낸다

한결같이 연하고 수수한 나무에게

삼월도 따뜻한 기운을 전해 주었으면 한다.


　요즘 들어 귀에 딱지가 앉도록 수없이 듣는 말이 손을 깨끗이 씻으라는 말일 겁니다. 코로나19를 예방하는 가장 좋은 방법이니 그럴 수밖에 없습니다. 많은 전문가들에게 마스크와 손 씻기 중 무엇이 더 중요하냐고 물어보면 이구동성으로 손 씻기가 더 중요하다고 대답합니다.

　코로나 바이러스는 공기 중 감염보다는 주로 비말로 직접 감염되거나, 비말로 인해 바이러스가 묻은 곳을 만져서 감염되기 때문에 확진자와 근접해서 생활하지만 않는다면 손 씻는 게 훨씬 더 효과적인 예방책이라는 겁니다.

이 손 씻기도 요령이 있습니다. 그냥 물로 대충 씻으면 안 되고, 비누에 거품을 내어 20초에서 30초 정도 꼼꼼하게 씻어야 합니다. 그래야만 바이러스균이 씻겨 내려간다고 합니다.

며칠 전 어느 신문에 이 손 씻기에 대한 기사가 실렸습니다. 인류 역사에서 누가 제일 먼저 손 씻기의 중요성에 대해 강조하고, 실천했느냐는 내용이었습니다.

1846년에 오스트리아 빈 종합병원에서 일하던 헝가리 출신의 의사 이그나츠 제멜바이스라는 사람이 손 씻기의 중요성을 발견하고, 주장한 사람입니다. 그래서 그는 손 씻기의 아버지라고 불린다고 합니다.

처음 들어본 얘기죠? 음악의 아버지 바하, 음악의 어머니 헨델⋯ 학교에 다닐 때 이런 아버지, 어머니는 들어봤어도 손 씻기의 아버지라는 말이 있는지는 저도 처음 알았습니다.

그것뿐입니까? 진짜 손 씻기의 어머니도 있습니다. 손 씻기의 어머니는 우리 독자님들도 잘 아시는 그 유명한 간호사의 대명사, 영국의 플로렌스 나이팅게일입니다.

제멜바이스는 산부인과에서 출산한 산모들이 일반 조산사의 도움으로 집에서 출산한 산모들보다 사망률이 월등하게 높다는 점을 발견하고 그 원인을 추적했습니다. 그런데 놀랍게도 산부인과 의사들이 손도 씻지 않고 산모의 출산을 돕는 것을 목격했습니다. 심지어는 바로 직전에 사체를 부검하고 나서도 손을 안 씻고 출산을 도운 의사도 있었습니다.

그러니 의사의 손에 묻어 있던 병균으로 인해 산모가 감염되어 생명이 위태로울 수밖에 없었습니다. 당시 산모의 사망률이 무려 18%나 되었다니 이 얼마나 어처구니없고, 안타까운 일입니까? 의사 때문에 위태롭게 되었으니까요.

제멜바이스의 주장에 따라 의사들은 손을 씻은 후에 진료를 하게 되었고, 이후 사망률은 1~2%로 급격하게 떨어졌으나, 그는 동료 의사들의 질투와 비난으로 인해 인정받지 못하고 해고되었으며, 47세라는 젊은 나이로 사망했다고 합니다.

아주 작은 행동, 아주 사소한 행동에서 위대한 발견을 한 의사 제멜바이스는 비록 생전에 그 공을 인정받지는 못했지만 그 어떤 의사보다도 역사가 기억하고 있습니다. 인류 역사를 놓고 볼 때 그는 진정 위대한 의사였습니다.

앞에서 말씀드린 대로 나이팅게일도 크림전쟁 기간 동안 군 병원에서 부상자들을 치료하면서 손 씻기를 적극 시행하여 환자들의 감염을 획기적으로 줄였다고 합니다.

이런 선각자들의 헌신과 노력으로 인해 오늘날 손 씻기는 감염병 예방의 첫째 조건이 되었고, 가장 중요한 예방수칙이 되었습니다.


그동안 많이 강조하고, 알린 덕분에 많은 사람들이 손 씻기의 중요성에 대해 충분히 알고 있을 겁니다. 문제는 역시 어떻게 씻느냐는 것입니다. 이 손 씻기도 그냥 대충 씻으면 안 됩니다.

전문가들에 의하면 손 씻기에는 씻는 순서에 따라 6단계가 있다고 합니다. 그 6단계의 순서는 손바닥과 손바닥, 손바닥과 손등, 손깍지, 손가락, 엄지손가락, 손톱 밑입니다.

사실 이를 알고 있다고 하더라도 막상 완벽하게 실천하는 분은 그리 많지 않을 것입니다. 그러니 씻는 시간도 30초가 안 될 겁니다. 하찮은 일이라고, 사소한 것이라고 치부하지 말고 이제부터라도 생활 속에서 반드시 실천해야 할 것입니다. 나와 공동체의 안전을 위해 말입니다.

사랑하는 인산편지 가족 여러분!

벌써 금요일입니다. 평상시 같았으면 꽃 피는 3월의 금요일, 아름다운 봄날의 첫 금요일이라 마음도 설레고, 기분도 좋을 법한 날이었을 겁니다. 굳이 어디론가 떠나지 않더라도 불어오는 바람이 따뜻하고, 사람들이 건네는 웃음과 미소가 아름다워 그 어느 때보다도 참 좋은 날들이 되었을 것입니다.

그런데 지금은 그렇지 못합니다. 사회적 거리두기로 인해 홀로 있는 시간이 늘어나고 있고, 그로 인해 많이 불편하고 외롭습니다. 어떤 분은 숨 막힐 것 같다고 하는 분들도 계십니다. 저도 예외일 수는 없습니다.

다만, 저는 혼자서도 잘 논다는 것이 장점 아닌 장점입니다. 제가 혼자서도 잘 논다고 말씀드리는 것은 저만이 알고 있는 특별한 놀이가 있는 게 아니란 걸 다 아시죠? 그냥 혼자 있어도 무료해하거나, 따분하게 여기지 않는다는 말씀입니다.

오늘부터 시작되는 이번 주말도 예외가 아닙니다. 여전히 혼자 시간을 보내야 합니다. 더군다나 맘대로 돌아다니지 못하고 숙소 안에서 대기를 해야 합니다. 그래도 잘 보내겠습니다. 3월의 기운을 느끼면서, 봄의 향기를 맡으면서 말입니다.

오늘, 3월의 첫 주말을 맞으며 3월의 나무를 생각합니다. 시인의 마음이 되어 곁에 있는 3월의 나무를, 수많은 그 3월의 나무들을 바라보고 쓰다듬습니다.

그 3월의 나무를 바라보면서 저도 느낍니다. 제 마음 같아 마음이 아픕니다. 지금 그 무엇보다도 사람들에게 환영받아야 할 3월의 나무가 마치 잘못이라도 한 것처럼 조용히 숨죽이고 있는 그 모습이 애처롭기까지 합니다.

그래서 위로합니다. 온 마음을 다해 위로합니다. 내가 아직 세상을 좋아하는 데에는 우리의 끝이 언제나 한 그루의 나무와 함께한다는 것에 있다는 시인의 마음과 같습니다.

이 마음을 담아 오늘 인산이 당신께 묻습니다.

"지금, 당신은 누구에게 따뜻한 기운을 전해 주시겠습니까?"

더 이상 무슨 말이 필요하겠습니까? 그 어떤 말이 필요하겠습니까? 한결같이 연하고 수수한 나무에게 3월도 따뜻한 기운을 전해 주었으면 하는 시인처럼 저도, 당신도 그 누구에게 따뜻한 마음을 전해 주어야 하지 않겠습니까?

지금 이 순간에도 국민 한 사람 한 사람의 생명을 구하기 위해 불철주야 최선을 다하고 있는 우리의 자랑스러운 의료진들, 정부와 지자체 관계자들, 그리고 국민들의 생명을 지키기 위해 본연의 역할에 충실하고 있는 국군장병, 경찰관, 소방관들, 그리고 사랑하는 우리 대한민국의 모든 국민들에게 그 마음을 전해야 하지 않겠습니까?

# 당신은 '기생충' 대박의 의미를
# 어떻게 생각하십니까?

기생충 / 홍찬선

대박은 이미 그때 예고됐다

아카데미 오스카상 92년 역사 가운데

작품상과 국제영화상 함께 받은 건 처음

두 번째 황금종려상 아카데미 작품상 동시 수상

감독상과 각본상 4개 부문 휩쓸어 증명했다

가장 개인적인 것이 가장 창의적이라는 것

선의 경쟁에서 진 선배 감독 울렸다는 것

한글 세계어 될 날 멀지 않았다는 것

한국 오천 년 문화 선진국이라는 것.


　예상했던 대로 온통 아카데미 소식이 차고 넘칩니다. 정부도 회의 시작 전에 박수를 쳤다고 뉴스에도 흘러나옵니다. 자랑스러운 일입니다. 이것이 자랑스럽지 않으면 또 무엇이 자랑스럽겠습니까?

이렇게 이번 아카데미 시상식, 그것도 대한민국의 영화가 작품상은 물론 4관왕에 올랐다는 소식이 화제가 되는 것은 당연한 일입니다. 누구의 말마따나 정말 믿기 어려운 영화 같은 일이 생겼기 때문입니다.

저는 이 모습을 보면서 한 번 더 생각해 보고 싶었습니다. 지금 이 시대에, 아니 더 직접적으로 이 시기에 대한민국 영화 '기생충'이 세계 최고의 아카데미 작품상을 받은 것이 과연 무슨 까닭인지, 어떤 의미가 있는지 말입니다.

솔직히 말씀드려서 저는 사실 담백한 성격입니다. 담백하다 못해 아주 단순하기까지 합니다. 복선을 깔 줄도 모르고, 깔고 싶은 생각도 없습니다. 누구를 대하든, 무슨 일을 하든 그저 진솔하게 다가가려고 노력하는 사람입니다.

그러다 보니 늘 긍정적인 편입니다. 매사에 감사하고, 또 감사하려고 노력합니다. 다른 사람들의 잘못이나 실수에도 관대한 편입니다. 한마디로 말씀드려서 저는 까칠한 사람을 그리 썩 좋아하지 않습니다.

이 글을 읽으시는 독자님들 중에 제 말을 듣고 혹시 긴장하거나 하실 필요는 없습니다. 저는 어느 분이 까칠하신지 잘 모르기 때문입니다. 설령 안다고 해도 어찌할 수 있는 방법도 없습니다.

잠깐 다른 곳으로 흘렀습니다만, 다시 논점으로 돌아가서 '기생충'과 아카데미 작품상의 상관관계, 그 의미에 대해 깊이 생각해 보고 싶습니다. 물론 이 견해는 전적으로 복선이 없고 담백한 저의 견해입니다.

그리고 혹여나 노파심에서 미리 말씀드리지만 제 글 속에서 이번 수상을 조금이라도 달리 생각하거나, 평가절하한다는 느낌을 받으시는 분이 계시다면 절대, 정말 절대로 아니라는 점을 미리 말씀드립니다.

또한 미국이라는 나라를 맹목적으로 좋아하는 친미주의자도 아닙니다. 저는 어제도 말씀드렸다시피 저 역시 한 사람의 예술가로서 대한민국의 빛나는 예술적 성취를 그 누구보다도 기뻐하는 사람 중의 한 명입니다.

서론이 길었습니다. 제 생각은 이렇습니다. 이번의 엄청난 쾌거, 대박, 대한민국의 영화 '기생충'이 아카데미 작품상과 주요 상을 휩쓸게 된 것의 의미는 단지 '기생충'이라는 한 영화의 질적인 수준에만 있지 않다는 것입니다.

사실 '기생충'이 영화가 갖추어야 할 요소와 재미, 의미를 모두 갖춘 뛰어난 영화이지만 발표가 되기 전까지는 이렇게까지 성과를 거둔다는 보장이 없었습니다. 아무도 이 정도일 줄은 예상하지 못했습니다. 지금까지 90년도 넘는 오스카 역사상 이런 적도 없습니다.

영화의 본질적인 부분을 제외한 외적인 요소, 즉 제작 및 배급사의 마케팅과 홍보, 그리고 심사위원들을 대상으로 한 다양한 활동 등을 아무리 고려한다고 해도 채워지지 않는 부분이 있습니다. 과연 그것이 무엇인지 생각하지 않을 수 없었습니다.

그러다가 저는 제 나름대로 결론을 내렸습니다. 새삼 미국이라는 나라가 갖는 힘에 대한 것이었습니다. 미국인들이 스스로 얘기하는 오늘날의 'Great America'나, 아니면 과거의 'American dream'을 떠올리시면 이해가 조금 쉬울 수 있을 겁니다.

건국의 역사가 짧고, 우리와 마찬가지로 남북 간의 전쟁을 치른 미국이라는 나라는 단기간 내에 세계 최강의 나라, 그것도 과거의 알렉산더나 몽골 제국, 나폴레옹 제국처럼 얼마 가지 않고 쉽게 무너진 나라가 아니라 단단하고 오래 가는 강한 나라가 되었습니다. 그 힘의 원천이 무엇일까요?

순간 미국의 수도 워싱턴, 그곳 중에서도 링컨 기념관이 우뚝 솟아 있는 언덕 한쪽 편에 자리잡고 있는 한국전 전쟁기념비가 떠오릅니다. 알지도 못하는 나라, 가 본 적도 없는 아시아의 조그마한 나라를 위해 3만 명이 넘는 젊은이들이 목숨을 바쳤습니다. 바로 그러한 힘 말입니다.

반면 중국이라는 나라를 생각해 보십시오. 한번 냉정하게 살펴보십시오. 누가 인정하든 인정하지 않던 오늘날 세계의 G2라고 자부하면서 승승장구하던 중국의 모습이 지금 어떻습니까? 신종 코로나 바이러스로 인해 어떻게 되고 있습니까?

이 바이러스의 숙주가 박쥐다 천산갑이다 하면서 그것이 사실이든 아니든 간에 이미 전 세계인들의 마음속에 중국이라는 나라는 신종 전염병이나 유행시키는 아직도 미개한 나라라는 생각이 꽉 차 있습니다. 아마도 이 사태가 진정이 되더라도 당분간 전 세계 사람들은 중국을, 특히 후베이성의 우한을 여행하기를 꺼려할 수도 있습니다.

그러면서 중국을 다시 보게 되었습니다. 리원량이라는 의사의 안타깝고 의로운 죽음 앞에서 많은 언론들이 말하기를 중국의 사회체제가 사태를 이 지경까지 확대시켰고, 그를 죽음으로 몰고 갔다고 합니다. 시진핑 체제가 위기에 빠졌다고도 분석합니다.

자! 바로 이러한 때에 터트린 것이 아카데미 시상식입니다. 아카데미는 90년 넘는 역사를 이어 오는 동안 외국인들, 외국 영화에는 좀처럼 자리를 내주지 않았었습니다. 그러나 이번 아카데미의 심사위원들은 달랐습니다.

그들이 보여 준 것은 다름 아닌 미국의 힘이었습니다. 미국이라는 나라가 갖고 있는 다양성의 힘, 포용의 힘을 전 세계에 유감없이 떨친 것입니다. 세상이 가장 어렵고 위험한 시기에 극명하게 갈린 G2의 모습을 전 세계인에게 각인시켰습니다. 이 얼마나 절묘한 모습입니까?

더 이상 언급하지 않겠습니다. 남은 부분을 채우는 것은 독자님들의 몫입니다. 지금까지 그 어느 누구도 이렇게까지는 분석하지 않았을 겁니다. 그래서 제가 볼 때는 '기생충'의 승리는 봉준호 감독의 승리이고, 대한민국의 승리이고, 미국의 승리이고, 전 세계인의 승리가 되는 것입니다.


사랑하는 인산편지 가족 여러분!

제 사견이라고 말씀드렸으니 정치적이나 사회적인 논란이 되지 않을 것입니다. 이번 일을 어느 누구도 의도하지 않았다는 것도 분명합니다. 중국 내에서 1,000명이 넘는 사람들이 유명을 달리했다는 점에 대해서도 참으로 가슴 아픕니다.

다시는 이 지구상에서 이러한 아픔이 없어야 하지만, 인간이 대오 각성하지 않으면 언제든 다시 새로운 신종 전염병이 전 세계를 휩쓸고 다닐지도 모릅니다. 지금이라도 늦지 않았습니다. 분명히 정신 차려야 합니다.

4차 산업혁명이다, 5차 산업혁명이다 하여 인간이 이루고 있는 기술의 진보가 어디까지 갈지는 모르겠지만 인간이 지켜야 할, 인간이 행해야 할 가장 기본적인 정신을 망각한다면 우리가 사는 이 세상이 언제든 위태로울 수 있음을 이번 코로나 바이러스를 통해 깨달아야 할 것입니다.

오늘 시인도 기생충의 수상을 축하하며 맘껏 노래하고 있습니다. 대박이라고 직접적으로 표현하면서 말입니다. 얼마나 기분이 좋으면 그렇게 하겠습니까? 이 대목에서는 시어의 적절성이나 함축성, 은유를 따지고 자시고 할 필요도 없습니다. 그냥, 그저 함께 느끼고 함께 기뻐하면 될 일입니다.

하지만 짚고 넘어가야 할 것은 따로 있습니다. 오늘날 이 세상을 살아가는 사람들에게 기생충이 전하는 의미, 신종 코로나 바이러스로 죽어 가고 떨고 있는 인류가 깨달아야 할 의미 바로 그것입니다.

그것은 영원히 변하지 않아야 할 진리, 바로 인간에 대한 사랑, 인류에 대한 사랑임을 우리는 한순간도 잊지 말아야 할 것입니다. 인간은 어떠한 경우에 있어서도 한 사람 한 사람이 천하보다 귀한 존재입니다.

결코 누가 누구의 기생충일 수 없는 것입니다. 인간은, 사람이 결코 기생충이 되지 않는 세상을 우리가 만들어 가야 하는 겁니다. 이것이 오늘 이 아침 인산작가가 당신께 전하는 메시지입니다.

# 지금, 당신은 기쁘십니까?

기쁨이란 / 이해인

매인 데 없이 가벼워야만
기쁨이 된다고 생각했다
한 톨의 근심도 없는
잔잔한 평화가
기쁨이라고
석류처럼 곱게
쪼개지는 것이
기쁨이라고
생각하며 살았다
며칠 앓고 난
지금의 나는
삶이 가져오는
무거운 것

슬픈 것

나를 힘겹게 하는

모욕과 오해 가운데서도

기쁨을 발견하여

보석처럼 갈고 닦는 지혜를

순간마다 새롭게 배운다

내가 순해지고 작아져야

기쁨은 빛을 낸다는 것도

다시 배운다

어느 날은

기쁨의 커다란 보석상을

세상에 차려 놓고

큰 잔치를 하고 싶어.

　대다수의 사람들에게 우주는 늘 신비로운 곳입니다. 가고 싶은데 쉽게 갈 수 없고, 아무리 파고들어도 끝이 없는 곳이 우주라는 공간입니다. 그래서 우주는 현실의 공간임에도 불구하고 현실적이지 않은 이중적인 모습으로 우리에게 다가옵니다.

　인간은 이 우주에 대해 많은 연구를 해 왔고, 지금도 끊임없이 연구하고 있습니다. 고대 문명들의 유적지들을 보면 어김없이 우주에 대한 흔적들을 찾을 수 있습니다. 그 흔적들의 대부분은 우주와 연관된 미스터리로 남아 있습니다. 말 그대로 불가사의한 모습입니다.

　저는 지금 '모든 것의 기원'이라는 책을 읽고 있습니다. 미국의 명문인 예일대학교의 지구물리학과 교수이자 기후, 에너지 연구소장인 데이비드 버코비치 박사가 쓴 책입니다.

이 책은 저자가 예일대에서 학생들에게 강의한 내용을 정리한 것으로서, 예일대 최고의 과학 강의로 꼽히고 있습니다. 세계 최고 수준의 대학에서 최고의 강의라고 평가받는 것이니 그 내용이 궁금하지 않을 수 없습니다.

이 책의 내용은 매우 광범위합니다. 어느 한쪽 분야를 깊게 파고들기보다는 우주에 대한 전반적인 지식을 전하는데 목적으로 두고 있습니다. 우주와 은하로부터 별과 원소, 태양계와 행성, 지구의 대륙과 내부, 바다와 대기, 기후와 서식 가능성, 생명, 인류와 문명 등을 다루고 있으니까요.

이중에서 제 눈길을 끈 분야가 바로 '인류와 문명'입니다. 어제 인산 편지를 통해 제가 요즘 인류사와 문명사에 관심을 갖고 있다고 말씀드린 적이 있습니다. 그래서 그런 분야의 글이나 책을 찾아서 읽고 있습니다. 이 책도 그중의 하나입니다.

흔히 우주의 역사를 140억 년이라고 합니다. 우주의 역사에 대해 생소하신 분들도 들어 보셨을 법한 용어가 있습니다. 바로 '빅뱅'입니다. 과학자들에 의하면 우주는 이 빅뱅으로 탄생한 후 거의 140억 년 동안 꾸준히 팽창하여 오늘에 이르렀다고 합니다.

그러면 지구의 역사는 얼마냐구요? 많은 과학자들이 추정하건데 대략 45억 년이 되었다고 합니다. 45억 년 전에 만들어진 지구에서 지금 우리가 살아가고 있는 겁니다.

한번 상상해 보십시오. 45억 년이라는 시간이 얼마나 긴 시간인지 상상이 되십니까? 지금의 현생인류인 호모사피엔스가 지구에 존재하고 살게 된 게 불과 20만 년 전이라고 하니 그 시간의 차이를 생생하게 느끼실 수 있을 겁니다.

더 확실하게 느끼시려면 이 얘기를 꼭 들으셔야 합니다. 20만 년 전부터 현생인류가 지구상에 존재하기 시작했지만 인간의 역사는 그리 길지 않습니다. 학교 다니실 때 세계사 시간에 배우셨던 기억이 나실지도 모르겠습니다. 지금으로부터 약 9,000년 전에 메소포타미아에서 최초로 인류 문명이 탄생했습니다.

그러니까 인간의 문명은, 문명의 역사는 우주 속에서 가늠해 봤을 때는 불과 2백만 분의 1에 불과합니다. 우주의 역사를 통틀어 하루 24시간이라고 했을 때 인류 문명의 역사는 그 24시간 중 불과 0.04초밖에 지나지 않습니다.

얼마나 짧은 시간이고, 얼마나 찰나 같은 순간입니까? 9,000년 인류의 문명이 그렇게 숨 한 번, 호흡 한 번에도 미치지 못하는 순간인 것입니다. 그러니 이 장대하고 광활한 우주 앞에 어찌 겸손하지 않을 수 있겠습니까?

정말이지 이 우주 앞에서는 무얼 조금 가졌다고 우쭐하지도 말아야 하고, 조금 덜 가졌다고 기죽을 필요도 없습니다. 남들보다 조금 더 잘났다고 해 봐야 거기서 거기고, 남들보다 많이 못났다고 생각해도 역시 거기서 거기입니다.

눈을 들어 하늘을 보고, 우주를 보면 지금 우리가 겪고 있는 문제들이 하나도 중요하지 않습니다. 지금 당장 잘 나간다고 해도 그것이 평생 이어지는 게 아닙니다. 그래 봐야 불과 몇 십 년입니다.

인류 문명 9,000년이 우주에 비하면 아주 순간에 불과한데 불과 100여 년 남짓한 우리의 삶은 어떻겠습니까? 크기로 따지면 한 점 티끌보다도 작지 않겠습니까?

인문학의 기본은 바로 우리가 그런 짧은 시간, 찰나와도 같은 순간을 살다가 가는 유한한 존재라는 걸 깨닫는 것에서부터 시작합니다. 그걸 깨닫는 순간 세상을 바라보는 눈이 달라지고, 사람을 바라보는 마음이 달라집니다.

엄청나게 높은 지위에 올랐거나 대단한 권력을 쥐고 있는 사람이 부럽습니까? 셀 수 없을 만큼 많은 돈을 갖고 싶습니까? 사람들의 선망을 한 몸에 받으며 대단한 인기를 끌고 있는 사람이 되고 싶습니까?

천하를 호령했던 알렉산더나 징기즈칸, 나폴레옹이나 히틀러도 불과 몇 십 년의 삶을 살다가 떠났습니다. 불로장생을 갈망하던 진시황도 다를 바 없었습니다.

세계 최고의 갑부라는 소리를 듣는 제프 베조스나 빌 게이츠도, 워렌 버핏과 저커버그도, 마윈이나 손정의도 다 빈 손으로 떠나야 합니다. 그들이 그 많은 돈을 가지고 누릴 수 있는 시간도 그리 길지 않습니다.

그럼 무엇이 중요하냐구요? 당연히 그런 질문이 있으실 줄 알았습니다. 명확합니다. 이견이 없습니다. 저나 당신은 누구입니까? 누구로 태어났습니까? 나죠. 나입니다. 그러니 나로 살아가는 것입니다. 그것도 허상이나 허울을 좇는 내가 아닌 그야말로 참된 나로 살아가는 것입니다.

참된 나로 살아가려면 나를 알아야 합니다. 다른 사람을 알려고 하고, 다른 것을 알려고 힘쓰기보다 우선 내 자신, 나를 알려고 해야 합니다. 끊임없이 사유하고 성찰하면서 내가 누군지, 내가 어떤 사람인지 아는 것이 올바른 삶의 가장 기본입니다.

그다음에는 그런 나의 모습을 잃지 않으면서 살아가는 겁니다. 이 세상은 나 혼자 살아가는 세상이 아니기에 언제든지 흔들릴 수 있습니다. 때로는 내 모습을 잃어버릴 수도 있습니다. 그래도 순간순간 참된 나를 찾고, 참된 나로 살아가려고 늘 애써야 합니다. 그것이 진정한 의미에서의 카르페 디엠인 것입니다.

차마 헤아릴 수도 없을 정도로 까마득한 그 긴 시간들이 우리에게 의미 있는 이유는 그 영원과 지금의 순간이 이어지고 있다는 것이고, 그 역사의 흐름에 내 자신이 존재하고 있기 때문입니다. 우주가 우리에게 알려 주고자 하는 것이 바로 이것임을 우리는 깨달아야 합니다.

사랑하는 인산편지 가족 여러분!

그런 면에서 보면 이 세상에 짧은 시간 동안 소풍 와서 월세로 살다가 하늘나라로 떠나신 천상병 시인님은 참으로 탁월한 선지자가 아닐 수 없습니다. 이 오묘한 우주의 섭리를 온몸으로 깨닫고 실천하신 분이니 말입니다.

오늘 전해 드리는 이해인 수녀님도 마찬가지입니다. 맑고 깨끗한 영혼 속에 귀한 깨달음을 품고 계시는 선지자임에 틀림없습니다. 시인의 노래를 듣고 있노라면 절로 그런 생각이 듭니다.

이 짧은 시에는 시인의 삶이 담겨 있습니다. 시인의 깨달음이 들어 있습니다. 늘 기쁘게 살아온 시인의 모습은 어떤 모습이었습니까? 매인 데 없이 가벼운 삶, 한 톨의 근심도 없는 잔잔한 평화, 석류처럼 곱게 쪼개지는 삶이었습니다.

그 삶에 어디 약육강식이 있겠으며, 적자생존이 존재하겠습니까? 경쟁이라는 단어는 발도 붙이지 못할 것이며, 싸움이라는 말은 마치 먼 나라의 말에 불과할 것입니다. 그런데 말입니다. 거기에서 그치지 않았습니다. 시인은 혼자 고고하지 않았고, 혼자서만 높은 경지에 처하지도 않았습니다. 낮은 모습으로 낮은 자리에서 우리와 함께했습니다.

그 안에서 삶이 가져오는 무거운 것도 들어 보고, 슬픈 것도 앓아 보고, 힘겹게 하는 모욕과 오해도 다 당해본 것입니다. 마치 예수님이 온갖 멸시와 천대를 당하며 십자가에 오르신 것처럼 시인도 세상의 험한 일을 마다하지 않았던 것입니다.

왜 그랬을까요? 굳이 그럴 필요가 있었을까요? 그냥 홀로 독야청청 살아갈 수도 있었는데 왜 스스로 그렇게 살아가길 원했을까요? 한없이 겸손한 시인의 모습을 발견하면서 자연스레 그 궁금증이 해소됩니다.

기쁨은 그냥 주어지는 게 아니었습니다. 내가 찾고 원해야만 발견할 수 있는 것이었습니다. 기쁨을 발견하여 갈고 닦아 보석처럼 빛나게 해야 하는 것이었습니다. 날마다, 끝없이 순해지고 작아져야 기쁨은 빛을 낸다는 지혜를 시인은 알고 있었던 것이었습니다.

이런 시인의 마음을 담아 오늘 인산이 당신께 묻습니다.

"지금, 당신은 기쁘십니까?"

기쁘시다고요? 참 좋습니다. 당신이 기쁘시다니 저도 기쁩니다. 감사합니다. 그런데 기쁘지 않으신 분이 있으시다고요? 어쩌면 좋습니까? 기쁨을 찾으셔야죠. 답은 앞에서 이미 말씀드렸습니다. 기뻐하려면 어떻게 해야 하는지를요.

이 물음을 붙들고 오늘 하루도 순간순간 사유하고 성찰하는 귀한 하루가 되시길 마음 모아 소망합니다.

# 이 세상에서, 당신도 작은 풀씨 하나가
# 되어야 하지 않겠습니까?

풀씨 하나 / 백무산

이렇게 작은 풀씨 하나가

내 손에 들려 있다

이 쬐그만 풀씨는 어디서 왔나

무성하던 잎을 비우고

환하던 꽃을 비우고

마침내 자신의 몸 하나

마저 비워 버리고 이것은 씨앗이 아니라

작은 구멍이다

이 텅 빈 구멍 하나에서

어느 날 빅뱅이 시작된다

150억 년 전과 꼭같이

꽃은 스스로 비운 곳에서 핀다

이렇게 작은 구멍을 들여다본다

하늘이 비치고
수만 리 굽이진 강물 소리 들리고
내 손에 내가 들려 있다.

월요일입니다. 한 주가 시작되는 상쾌한 월요일 아침입니다. 요즘은 여러 가지 세상이 어렵다 보니 밝게 인사하는 게 미안하다 싶을 정도지만 그래도, 이런 때일수록 더 밝고, 씩씩하게 살아가야 하지 않을까 생각합니다.

우리 인산편지 독자님들 모두 주말 편히 쉬셨습니까? 저도 아주 푹 쉬었습니다. 제 생활에 대해 아주 약간 말씀드리자면 저는 혼자만의 시간을 꽤나 즐기는 편입니다. 견디는 수준을 넘어 즐깁니다. 오랜 시간 동안 혼자 살아서 그런 건 절대 아닙니다.

주위에 있는 동료들을 보면 혼자 있는 시간을 견디지 못하는 사람들이 꽤 있습니다. 직업이 직업이다 보니 본의 아니게 떨어져 살아야 하는 경우가 많은데 그런 사람들에겐 혼자 있는 게 참으로 힘든 일이 될 겁니다.

그렇다면 저는 다행인 걸까요? 물론, 당연히 가족들과 모여서 함께 사는 게 좋긴 하지만 혼자서 있는 시간, 혼자서 지내는 시간도 나쁘지 않습니다. 저 혼자 하고 싶은 일, 해야 할 일이 많기 때문입니다.

지난 주말에도 혼자 있었습니다. 대비태세를 유지해야 하다 보니 근처를 벗어나지 못하기 때문입니다. 이 시간 동안 많은 일들을 했습니다. 새벽까지 책도 읽었고, 시장 구경을 하면서 장도 보고, 산책도 했습니다.

그동안은 혼자서 밥을 해 먹지는 않고 주로 부대 안에서 먹었지만 어제는 큰 결심⁽ᵎ⁾을 하고 셰프가 되어 직접 해 먹기로 했습니다. 이름하여 저도 '혼밥의 달인'이 되어 보고 싶었던 겁니다.

마트에서 이것저것을 사서 나오다가 마침 시장 골목에 여러 가지 잡곡을 올려놓고 파시는 할아버지를 만났습니다. 날이 조금 풀렸다고는 하나 아직도 밖은 쌀쌀하기에 팔아 드릴 요량으로 곡식들을 샀습니다.

수수, 기장, 찰보리, 귀리, 서리태콩, 병아리콩을 샀으니 오곡이 아니라 육곡입니다. 마침 지난 토요일이 정월대보름이었기에 맛있는 오곡밥을 지어 먹을 생각에 기분이 좋았습니다.

어르신은 남자 혼자 와서 이것저것 물어보며 여러 가지를 사니 다정하게 말도 건네시고 물에 불리는 요령까지 자세히 알려 주셨습니다. 마음이 참 따뜻했습니다. 됫박이 넘치게 가득 담아 주셨고, 거기다가 덤까지 담아 주시는 것이었습니다.

그야말로 다른 데서는 보기 힘든 시장의 인심이었습니다. 힘드시지 않으신지 여쭈었더니 어르신은 돈 벌려고 하는 게 아니라고, 사람들이 한 됫박씩 사 가면서 곡식이 줄어드는 게 좋아서 하는 일이라고 말씀하셨습니다.

참으로 감사했습니다. 자그마한 도움이나마 드리겠다고 들른 곳에서 제가 위로받고 선물까지 잔뜩 받은 기분이었습니다. 이런 것이 정말 소확행이 아니고 무엇이겠습니까?


사랑하는 인산편지 가족 여러분!

때가 때이니 만큼 오늘도 코로나 얘기를 하지 않을 수 없습니다. 중국 국가위생건강위원회는 9일 0시 현재 전국 31개성에서 신종 코로나 누적 확진자가 3만 7천 198명, 사망자는 811명인 것으로 집계됐다고 발표했습니다.

더 슬픈 소식은 이 코로나 바이러스 확산에 대해 처음으로 경고하였고, 그로 인해 문책까지 받았던 리원량(李文亮) 우한 중앙병원 안과의사가 숨졌다는 소식입니다. 1985년생이니 그의 나이 만 35세입니다. 참으로 안타깝고 가슴이 아픕니다.

비록 그는 우리 곁을 떠났지만 영원히 우리 마음속에 살아 있을 영웅입니다. 결코 영웅이길 원치 않을 그이지만 그 누구보다도 영웅입니다. 세계 2위의 대국이라 하는 중국을 이끌고 있는 시진핑이라는 지도자보다도 훨씬 더 훌륭한 사람임에 틀림없습니다.

그리고 보면 사람의 삶은 결코 지위의 높고 낮음, 돈이나 실력의 많고 적음에 달려 있지 않다는 것을 우리는 생생하게 느낄 수 있습니다. 과연 어떠한 삶을 살아야 하는지, 남은 생을 어떻게 살아가야 할 것인지 리원량 의사는 우리에게 생생하게 가르쳐 주고 있는 것입니다.


요즘 저는 '눈먼 자들의 도시'라는 책을 읽고 있습니다. 그야말로 요즘 상황에 딱 맞는 소설입니다. 작가인 주제 사라마구는 노벨 문학상을 받은 사람으로, 20세기 세계문학의 거장으로 꼽힙니다. 이 소설이 오늘날 우리에게 던져 주는 의미는 꽤 의미 있고, 시사하는 바가 큽니다.

어느 날, 아무 이유 없이, 원인도 영문도 모른 채 눈이 멀었다고 생각해 보십시오. 길을 걷다가, 차를 몰다가, 사무실에서 일을 하다가, 집에서 가사 일을 하다가 갑자기 눈이 보이지 않습니다. 책에서 언급한대로

'백색의 악'이 닥친 것입니다.

과연 어떤 일이 벌어질까요? 만약에 당신에게 그런 상황이 닥친다면 어떻게 해야 할까요? 무슨 허황된 일이냐구요? 말 같지도 않은 얘기 꺼내지 말라구요?

그런데 말입니다. 정말 그런 일이 일어났습니다. 비록 소설 속이지만 말입니다. 한번만 더 깊이 생각해 보십시오. 지금 우리에게 닥친 상황이, 지금 우리가 살아가는 이 도시가 과연 '눈먼 자들의 도시'와 무엇이 다른지 말입니다.

눈에 보이지 않는 바이러스와 상대해야 하는 우리입니다. 누가 접촉했는지, 누가 보균자인지, 누가 확진자인지 격리하기 전에는 아무도 알 수 없습니다. 곁에 있는 사람이 그 사람인지도 모르고, 심지어는 자기 자신도 잘 모릅니다. 지금 이 상황이 '눈먼 자들의 도시'와 무엇이 다르단 말입니까?

꼭 몸으로 겪어야만 할까요? 꼭 마음으로 감내해야만 할까요? 몸으로 마음으로 겪지 않아도 같이 느끼고, 같이 공감할 수 있는 삶을 살아야 하지 않겠습니까?

저는 이렇게 생각합니다. 문학을 해야 하는 이유, 책을 읽어야 하는 이유가 여기에 있습니다. 문학이 갖는 이 허구적 서사가 우리의 사유를 거쳐 경험적 서사로 바뀌는 과정, 저는 이것이 우리가 문학을 해야 하는 이유라고 말입니다.


편지를 마치며 당신께 전하는 시를 음미합니다. 오늘 시인은 노래합니다. 작은 풀씨 하나를 말입니다. 지금껏 세상을 살면서 화려한 꽃이

길 원했고, 튼실한 열매이길 원했으면서도 작고 볼품없는 씨앗은 생각하지 않았습니다.

버리지 못했기 때문입니다. 다 비우고, 마침내 자신의 몸까지 비워야 하는 작은 씨앗의 삶에 한참이나 미치지 못한 것입니다. 비운다. 비운다 하면서도 꽉 움켜쥐고 있었기에, 무성하던 잎과 환하던 꽃을 잊지 못하고 아쉬워했기에 그랬던 겁니다.

그래서 이제라도, 지금이라도 풀씨 하나의 마음을 닮고 싶습니다. 풀씨 하나의 삶을 살아가고 싶습니다. 특별히 저의 마음은 더욱 간절합니다. 세상의 미래를 바꾸어 나갈 젊은이들에 대한 소망을 품고 있기에 더 그렇습니다.

이 마음을 담아 오늘 인산이 당신께 묻습니다.

"이 세상에서, 당신노 삭은 풀씨 하나가 뇌어야 하지 않겠습니까?"

다미차(다음, 미래, 차세대)를 위해서 작은 씨앗, 이름 없는 풀씨가 되겠습니다. 곁에 있는 사람들, 함께하는 사람들에게 같이 풀씨 하나가 되자고 하겠습니다.

이 세상을 살아가는 우리 모두가 다 무성한 잎, 화려한 꽃, 튼실한 열매를 다 버리고 풀씨 하나의 삶을 살아갈 때 우리가 사는 이 세상은 보다 살맛나고, 보다 아름다울 거라 저는 믿습니다.

# 당신이라는 꽃도 이 거친 세상을
# 등대처럼 밝히고 있습니까?

꽃밭 / 오세영

지층에 심지 꽂고 용암을 빨아들여
환하게 타오르는 배롱꽃을 보았다
그 어찌 배롱꽃뿐이랴 모든 꽃이 그런 것을
인생길이 어둡다 막막하다 하지 마라
가로등, 보안등, 조명등, 신호등…
깜깜한 이 거친 세상을 등대처럼 밝히는 꽃.

혹시 인류 역사상 가장 뛰어난 의사를 들라면 제일 먼저 누가 생각나
십니까? 지극히 당연하지만 히포크라테스나 편작, 허준 등의 인물이
떠오르실 겁니다.

서양을 대표하는 명의가 히포크라테스라면 동양에는 편작, 우리 조
상 중에는 허준 선생이 있습니다. 이분들은 인간의 소중한 생명을 질병
으로부터 구해 낸 생명의 은인들입니다.

이중에 편작에 대해 잠시 말씀드릴까 합니다. 널리 알려진 얘기이기 때문에 아마도 아시는 분들이 많으실 겁니다. 편작은 지금으로부터 2,500년 전인 중국 춘추전국시대의 인물입니다. 편작은 3형제 중에 막내였는데 두 명의 형도 명의로 이름을 날렸다고 합니다.

어느 날 이 편작에게 위나라 임금이 물었습니다. 세 명의 형제 중에서 가장 뛰어난 명의가 누구인지 말입니다. 편작은 주저함이 없이 큰형이라고 대답했습니다. 막내이기 때문에 큰형을 대접하느라고 한 소리가 아닙니다.

그 이유를 묻는 왕에게 편작은 이렇게 말합니다. "자기 자신은 병으로 고통을 받는 환자들을 치료하여 낫게 하지만, 자기의 큰형은 환자들이 앞으로 겪을 병, 환자들에게 닥쳐올 병이 무엇인지 미리 알고 처방함으로써 병을 예방합니다. 그러니 형이 더 훌륭한 명의입니다."라고 말입니다.

지금 우리가 들으면 지극히 당연하다고 생각하겠지만 실제 상황이라면 과연 어떠하겠습니까? 과연 세상이 큰형을 최고의 명의라고 인정하겠습니까?

우리가 살아가는 이 세상에는 이런 일들이 비일비재합니다. 그야말로 눈에 보이는 것이 전부가 아닙니다. 그래서 정말이지 할 수만 있다면 보이지 않는 것까지 보려고 노력하며 살아가야 하는 겁니다.

아주 쉽게 예를 들어 보겠습니다. 어느 빌딩에 큰 불이 났습니다. 당시 그 빌딩에는 관리인 한 분이 계셨습니다. 그분은 신속하게 화재를 신고하고, 경보도 울리고, 미처 빠져나오지 못한 분들을 구하기 위해

방마다 두드리면서 단 한 분의 피해도 없이 다 구해 냈습니다.

화재가 진압되고 이 사실이 알려지면서 이분은 영웅으로 떠오릅니다. 자기 자신의 목숨은 아랑곳 하지 않고 다른 사람들을 구하기 위해 위험을 무릅쓴 의인으로 높이 평가받습니다. 당연합니다. 이런 분들이 의인이라는 점에는 이론의 여지가 없습니다.

그 옆에도 빌딩이 하나 있었습니다. 그 빌딩도 옆에 있는 빌딩과 똑같은 시기에 세워졌고, 역시 빌딩을 관리하는 분이 계셨습니다. 이분은 누가 알아주지 않아도 묵묵히 헌신적으로 맡겨진 소임을 완수하는 분이셨습니다. 그래서 매사에 꼼꼼하게 사전 점검을 함으로써 화재나 안전사고가 일어나지 않도록 노력했습니다.

그분은 화재가 난 빌딩 관리인에게 늘 화재가 일어나지 않도록 잘 관리해야 한다고 잔소리처럼 얘기했습니다. 그러나 화재가 난 빌딩의 관리인은 주의 깊게 듣지 않았고, 꼼꼼하게 점검도 하지 않았습니다. 그러다가 화재가 일어나게 된 겁니다.

자! 어떻습니까? 누가 더 훌륭한 사람입니까? 물론 화재로부터 사람들을 구한 관리인이 훌륭하지 않다고 말씀드리는 것은 아닙니다. 그분의 행동도 마땅히 칭찬받아야 하고, 아무나 할 수 없는 행동임에 틀림없습니다.

그러나 한번 냉정하게 생각해 보십시오. 단순하게 비교한다면 과연 누가 더 올바른 사람입니까? 굳이 말씀드리지 않아도 답은 나와 있습니다. 그런데 현실은 누구를 더 높이 평가하고 있습니까? 이것이 우리가 세상을 살아가면서 어쩔 수 없이 겪는 '사실과 진실'의 차이이기도 합니다.

전쟁의 경우도 마찬가지입니다. 역사는 전쟁을 막기 위해 치열하게 노력한 정치가나 장군들보다 전쟁에서 큰 공을 세우고 승리한 장군들을 더 높이 평가하고 기억합니다. 이는 마치 고려시대에 있어서 서희 장군보다 강감찬 장군을 훨씬 더 높이 평가하는 것과 같습니다.

위대한 인물들의 삶을 그냥 이렇게 아주 단순하게 비교하는 것 자체가 난센스일 수 있으나, 편작과 편작의 형의 차이를 보다 쉽게 알려 드리기 위해 예를 든 것입니다.

편작과 비슷한 시기에 살았던 손자도 그의 병법서에서 이렇게 말했습니다. "백전백승이 비선지선자요, 부전이 굴인지병이 선지선자야라." 백 번 싸워서 백 번 이기는 것이 최선이 아니라, 싸우지 않고 이기는 것이 최선이라고 말입니다.

최근의 여러 가지 어려운 상황을 겪으면서 우리는 사유하고 성찰해야 합니다. 우리가 살아가고 있는 이 세상을 보다 안전하고, 보다 편안하게 만들기 위해서 불철주야 노력하고 있는 진정한 인류의 영웅들이 누구인지를 말입니다.

그런 분들을 기억하고, 그런 분들을 응원하고, 그런 분들의 삶을 본받으며 살아가야 합니다. 우리가 편안하게 살아가고 있는 이 세상은 우리가 잘 알지 못하는 어느 누군가의 헌신으로 이루어지고 있음을 늘 잊지 말아야 할 것입니다.


사랑하는 인산편지 가족 여러분!

오늘은 3월하고도 3일입니다. 이 생각만 해도 마냥 좋은 날입니다. 정말이지 삼삼한 날 아닙니까? 다소 우울한 날들이 계속되지만 오늘은 정말 삼삼한 하루가 되시길 마음 모아 소망합니다.

이제 낼 모레면 개구리도 잠에서 깨어난다는 경칩입니다. 한 이틀 반짝 추위도 있다고는 하지만 이번 주만 지나면 완연한 봄이 우리 곁에 찾아올 겁니다. 이 봄이 오면 우리를 괴롭혔던 못된 바이러스도 물러갈 거라는 희망을 가져 봅니다.

그런 면에서 오늘은 우리 인산편지 독자님들께 환하게 꽃을 선사하고 싶습니다. 그것도 한두 송이나 백 송이가 아니라 아예 꽃밭을 통째로 드리고 싶습니다. 바로 시인의 마음처럼 말입니다.

꽃은 봄의 상징입니다. 꿈의 상징이요, 희망의 상징입니다. 무엇보다 사랑의 상징입니다. 그래서 꽃이 존재하는 것만으로도 이 세상은 아름다울 수 있는 겁니다. 이 꽃, 저 꽃 구별하고 구분할 필요도 없습니다. 모든 꽃이 그렇습니다.

지금 우리의 현실이 어둡다고요? 막막하다고요? 언제까지 이렇게 살아야 하느냐고요? 그래서 많이 우울하다고요? 답은 꽃입니다. 꽃에 있습니다. 꽃을 선사하십시오. 꽃밭을 통째로 선사하십시오. 그러면 달라질 겁니다.

시인이 노래한 것처럼 깜깜한 이 거친 세상을 등대처럼 밝히는 꽃을 생각합니다. 그 꽃이 있어 우리의 삶은 희망이 있습니다. 비록 지금은 조금 어렵고 힘드나 따뜻하고 아름다운 날이 찾아올 거라는 꿈을 잃지 않을 수 있는 겁니다.

이 마음을 담아 오늘 인산이 당신께 묻습니다.

"당신이라는 꽃도 이 거친 세상을 등대처럼 밝히고 있습니까?"

어려운 시기를 더 어렵게 만드는 사람들을 우리는 보고 있습니다. 곁에 있는 사람들에게 꽃이 되지 못할망정 더 힘들게 하는 사람들도 많습니다. 비난하고 비방하고 상처를 줍니다. 그 사람들은 이 세상에서 과연 어떤 존재일까요? 꽃일 수 있을까요?

부디 바라기는 저와 당신은 이 세상에서 꽃이길 원합니다. 저와 당신이라는 꽃은 깜깜한 이 거친 세상을 등대처럼 밝히는 꽃이길 원합니다. 그래야 우리가 살아가는 세상이 조금 더 아름답고, 조금 더 따뜻하지 않겠습니까?

# 당신도 많은 것을 잊어버리십니까?

잊어버리세요 / 사라 티즈데일

잊어버리세요 꽃이 잊혀지듯이

잊어버리세요

한 시절 세차게 타오르던 모닥불처럼

영원히, 영원히 잊어버리세요

시간은 친절한 벗

우리를 늙어 가게 하니까요

만일 누군가 묻거든 대답하세요

그건 벌써 오래전 일이라고

꽃처럼 모닥불처럼 아주 먼 옛날

눈에 살짝 찍혔던 발자국처럼

잊었노라고.

죽음을 바라보는 사람들의 생각은 그 사람들의 삶만큼이나 다 다릅니다. 죽음을 두렵게 생각하는 사람들은 가급적이면 회피하게 되고, 죽음을 생각해 본 적이 있거나, 다소 편하게 받아들이는 사람들은 진지하게 생각하는 편입니다.

누구의 죽음이냐에 따라서도 다릅니다. 그냥 신문 부고란에 나와 있는 수많은 사람들(내가 알든, 모르든 간에)의 죽음에는 별다른 느낌이 없지만, 가족 등 가까운 사람이나 친구, 동료들의 죽음에는 마음이 흔들리게 마련입니다.

요즘처럼 신종 바이러스가 창궐하고, 전 세계를 위협하게 되면 죽음이라는 것이 나와는 별개의 것, 아주 먼 미래의 것이거나 먼 사람들의 것이라고 생각하지는 않을 겁니다. 언제든지 위험에 빠질 수 있고, 위협받을 수 있기 때문입니다.

며칠 전 미국의 대표적인 농구스타였던 코비 브라이언트 선수가 헬기 추락사고로 유명을 달리했다는 소식을 접했습니다. 그를 사랑한 전 세계의 많은 사람들이 깜짝 놀랐고, 슬픔에 잠겼을 것입니다.

많은 언론에서 그의 죽음을 비중 있게 다루고 있습니다. 단지 그가 불세출의 농구스타였다는 것만으로, 13세인 딸의 농구지도를 위해 자가용 헬기를 타고 가다 사고를 당했다는 것으로 관심을 끄는 것이 아닙니다. 바로 그의 인간성 덕분입니다.

그는 1996년부터 2016년까지 20년 간 LA레이커스에서 프랜차이즈 스타로 활약하면서 역대 득점 순위 상위권을 차지하고 있었는데, 사고 전에 르브론 제임스가 자신의 기록을 넘어서자 사고 전날에 SNS에 글을 올려 제임스를 응원했다고 합니다.

"형제여, 네가 이룬 것에 경의를 표한다. 이제 다음 목표를 향해 전진해."라는 말로 말입니다. 자신을 딛고 일어선 후배 선수를 칭찬하고, 더 발전하는 농구가 되길 응원하는 그 마음이 과연 대인배라 하기에 부족함이 없습니다.

자기의 길에서 세계 정상에 선 사람, 뛰어난 실력과 인기를 한몸에 얻은 사람, 엄청난 부를 쌓은 사람이 바로 코비 브라이언트 선수입니다. 그럼에도 불구하고 그는 42세의 젊은 나이에 세상을 떠났습니다. 이 얼마나 안타깝고 아까운 죽음입니까?

그러나 한번 생각해 보십시오. 이 세상에 태어나 살아가는 수많은 사람들을 생각해 보고, 또 그 수많은 사람들의 죽음을 생각해 보십시오. 어느 누군들 죽임이 안타깝지 않고, 아깝지 않겠습니까? 나이와 부와 인기에 따라 더 많이 아깝고, 조금 덜 아까운 것도 아니지 않습니까?

중요한 것은 이 세상을 살아가는 그 누구도 자기 자신의 죽음을 알 수 없는 일이라는 것이고, 그렇기에 매일매일을 자기 자신의 삶에서 마지막 날인 것처럼, 지금 바로 이 순간의 자기 자신의 삶에서 마지막 순간인 것처럼 살아야 하는 것입니다.

그런 삶이고, 그런 삶의 죽음이라면 그 죽음은 결코 안타깝지도, 결코 아깝지도 않을 것입니다. 모든 걸 아낌없이 다 쏟고 가는 삶이니, 아쉬움도 미련도 남겨 놓지 않고 가는 삶이니 그 죽음이 어찌 안타깝기만 하겠습니까?

오늘 이 지면을 빌어 불세출의 농구스타 코비 브라이언트 선수의 명복을 빕니다. 아울러 그와 그의 어린 딸인 지안나 양과 함께 유명을 달리한 나머지 이름도 모르는 일곱 사람의 명복을 빕니다.

우리 독자님들도 잘 아시다시피 저는 군인입니다. 이 세상에 존재하는 3만 개가 넘는 직업 중에서 군인만큼 죽음을 가까이하는 직업은 없을 것입니다. 군인은 늘 죽음을 생각해야 하는 직업입니다. 군인은 언제, 어느 때라도 국가가 원하면 죽음을 바칠 수 있는 사람입니다.

'위국헌신 군인본분' 이 말은 군인의 죽음, 군인의 사생관을 잘 표현한 말입니다. 나라를 위해 바치는 죽음은 가장 고귀한 죽음입니다. 가장 가치 있는 죽음입니다. 그러니 그 어떤 죽음보다도 기려야 하고, 빛내야 하는 것입니다.

저는 오늘도 다짐합니다. "내 나라 내 겨레 위해서라면 재구처럼 이 목숨 아끼지 않으리." 그야말로 조국이 원한다면, 국가와 국민을 위해서라면 "아 아, 이슬처럼 죽겠노라." 외치며 기꺼이 죽을 수 있는 의미 있고, 가치 있는 죽음을 다짐합니다.


사랑하는 인산편지 가족 여러분!

한겨울인데도 한겨울 같지 않은 날씨가 이어지고 있습니다. 봄 날씨처럼 따뜻하고, 심지어는 덥기까지 합니다. 우리는 우리의 겨울을 잃어버렸습니다. 그래서 많이 아쉽기도 합니다.

다행인 것은 다음 주에는 조금 춥다고 합니다. 입춘이 있는 주, 혹한기훈련이 있는 주다 보니 그래도 다행입니다. 큰 추위 한번 없이, 큰 눈한번 없이 지나가는 겨울이 지구온난화 때문이라고 생각하니 아쉬움을 넘어 안타깝습니다.

환경 소녀 그레타 툰베리의 말처럼 세계 각국을 이끌어 가는 지도자들이 더욱더 환경문제에 관심을 가져야 하겠습니다. 이 환경과 건강의 문제는 어느 한 나라만의 문제가 아닙니다. 인류 전체의 문제입니다.

코로나 바이러스가 전 세계로 퍼져 가는 것을 보면서 더더욱 심각하게 느껴야 합니다. 그래야 우리와 우리의 자손들이 안심하고 살아갈 수 있는 지구를 물려줄 수 있음을 잊지 말아야 할 것입니다.

오늘 시인은 노래합니다. 잊어버리라고 말입니다. 무슨 말일까요? 한참을 음미하고 또 음미합니다. 잊어버린다는 것에 대해 사유합니다. 지금 우리의 세상이 어려운 건 잊어버려야 할 것은 똑똑히 기억하고 있고, 잊지 말아야 할 것은 허망하게 잊어버리는 사람들이 넘쳐나기 때문이 아닐까요?

꽃이 잊히듯이 잊어버리고, 세차게 타오르던 모닥불처럼 영원히 잊어버리라는 시인의 마음에 침잠합니다. 맞습니다. 친절한 벗 시간이 약입니다. 시간이 흐르고 흐르면 자연스럽게 잊어버리고, 또 잊히니까요.

한때 목숨 걸고 달려들었던 것들, 정말 이거 아니면 안 되었던 것들, 죽을 만큼 사랑했던 것들, 그것이 사람이든, 사물이든, 일이든 간에 지금 다 어디에 있습니까? 아직까지도 당신의 마음에 잊히지 않고 시퍼렇게 살아 꿈틀거리고 있습니까?

아닐 겁니다. 절대 아닐 겁니다. 그건 벌써 오래전 일이 되어 버렸을 겁니다. 꽃처럼, 모닥불처럼, 눈에 살짝 찍혔던 발자국처럼 잊어버리고 또 잊어버렸을 겁니다.

서운하지 않습니다. 아쉽지도 않습니다. 자조하고 싶지도 않습니다. 잊어버리지 않았으면 그 잊힘이 없었다면 아마도 우리는 우리의 생을 제대로 살아 내지 못했을 겁니다. 견뎌 내지 못했을 겁니다. 참으로 다행인 겁니다.

이 마음을 담아 오늘 인산이 당신께 묻습니다.

"당신도 많은 것을 잊어버리십니까?"

잊어버리십시오. 더 많이 잊어버리십시오. 정말 중요한 것은 잊어야 할 것은 잊고, 잊지 말아야 할 것은 잊지 말아야 하는 일입니다. "은혜는 바위에 새기고, 미움은 모래에 새기라."는 말도 있지 않습니까?

저와 당신이 걸어가는 길이 사람다운 삶, 인간다운 삶의 길에서 벗어나지 않으려면 잊어버려야 할 것들을 잊어버리고, 정말이지 꽃처럼, 모닥불처럼, 눈에 살짝 찍혔던 발자국처럼 잊어버려야 합니다.

왕년에 잘 나갔던 것들, 과거에 화려했던 것들도 다 잊어버리십시오. 그러면서 지금, 지금 이 순간에만 집중하십시오. 저와 당신께는 오직 지금 이 순간만 있다는 것을 깨달으십시오. 다른 건 다 잊어도 그것만은 잊어버리지 마십시오.

지금 이 순간, 곁에 있는 사람을 소중히 여기고 사랑하십시오. 지금 이 순간, 우리가 살아가는 세상을 위해 선한 일을 행하십시오. 그것이 우리가 할 수 있는 가장 의미 있고, 가치 있고, 아름다운 일이니까요.

# 지금, 당신은
# 밥 잘 챙겨 드시고 계십니까?

밥 꽃 필 무렵 / 류지남

세상에서 제일 따뜻한 말은
'밥 먹자'
엄마가 부르는 말
한 이틀 토라졌디 풀린
아내의 꽃 같은 말
'밥 드시우'
객지에 떨어져 홀로 사는
큰딸에게 보내는 카톡 문자
'밥 잘 챙겨 먹어라 이'
주말 저녁 해걸음에 걸려 오는
전화기 너머 강물 같은 목소리
'저녁에 소주 한잔 어뗘?'

모처럼 일찍 관사에 들어왔습니다. 텅 빈 방 안, 길게 늘어서 있는 책상과 책들만이 저를 반겨 줍니다. 하나하나가 귀한 시인들의 마음을 한가득 품고 있는 보석입니다.

제 책상 위에 가득 그 보석들이 놓여 있습니다. 내다 팔면 값을 많이 쳐 주는, 번쩍이는 보석들은 아니지만 우리의 마음을 그 무엇보다도 아름답게 만들어 주는 보석들임에 틀림없습니다.

시인인 제가 자칭 시인 예찬을 한다는 게 조금은 쑥스럽기는 하지만, 정말이지 우리 인간이 살아가는 이 세상에서 시인이 없다면 우리의 세상은 얼마나 황량하겠습니까? 얼마나 쓸쓸하겠습니까?

비록 이름만 알고 한번 만나지도 못했지만, 제 책상 위에 놓은 수많은 시인들의 마음에 제 작은 마음이나마 보태고 싶은 밤입니다. 올해 접어들면서 저는 시인들에 대해 보다 더 깊이 알아 가기로 했습니다. 먼저 제 자신이 더 깊어지길 바라는 마음이고, 우리 인산편지 독자님들께 더 많은 좋은 시들을 접할 수 있도록 하겠다는 마음입니다.

참으로 다행인 것은 이런 저의 마음을 우리 독자님들이 잘 알아주고 계신다는 점입니다. 그래서 감사합니다. 가끔 인산편지 글이 너무 길다고 하시는 분들도 계시는데, 그때마다 저 역시 노력하고 있다는 말씀을 드리곤 합니다.

사실 요즘 세상은 짧은 게 대세입니다. 아무리 좋은 것도 길면 안 됩니다. 집중력도 떨어지고, 투자할 시간도 부족합니다. 그보다도 먼저 길다고 하면 쳐다보지를 않습니다.

혹시 '퀴비(Quibi)'라는 말을 들어 보신 적이 있으신지요? 이 말은 Quick

Bites에서 유래된 말로 우리나라 말로 직역하면 '빨리 베어 무는 한 입'이라는 뜻입니다. 오는 4월부터 미국에서 선보일 '10분 영상' 서비스의 이름입니다.

지금 우리나라도 마찬가지지만 짧은 콘텐츠가 대세라고 합니다. 짧은 콘텐츠는 엔터테인먼트의 새로운 혁명이라고 불릴 정도로 요즘의 밀레니엄세대들은 이동 중에 아주 짧게, 그리고 빠르게 보는 영상을 선호한다는 것입니다. 유튜브 시대, 그것도 짧은 콘텐츠인 '퀴비'의 시대에 접어든 것입니다.

충분히 이해하고도 남음이 있습니다. 바쁘게 돌아가는 세상에서 무엇이든지 짧은 것을 선호하는 대중들을 사로잡으려면 그렇게 해야 할 겁니다. 그래야만 대중들을 빠르게 흡인할 수 있을 테니까요.

이러한 현상은 비단 미국뿐만이 아닙니다. 우리나라도 벌써 그런 현상이 지배적입니다. 온라인 동영상 '클립', 유튜브 콘텐츠인 '애니멀봐' 등은 수요도 엄청 늘고, 구독자도 몇 백만 명에 다다른다고 합니다.


그런데 말입니다.(모처럼 쓰는 김상중 버전입니다.) 그런 면에서 보면 인산편지는 정말 시대에 뒤떨어진 구닥다리 중에 상구닥다리가 아닐 수 없습니다.

일단 영상이 아니라 글이고요, 그것도 ○○○의 아침편지처럼 짧은 글이 아니라 단락이 30여 개 가까이 되는 긴 글이니 시대에 뒤떨어져도 이렇게 뒤떨어질 수 없습니다.

그러면 어떻게 해야 할까요? 사실 답이 어렵지는 않습니다. 이러한 시대적 조류에 걸맞은 인산편지가 되려면 먼저 글이 아닌 영상편지가 되어야 하고, 길지 않고 짧은 메시지를 전하면 되지 않겠습니까?

그럼에도 불구하고, 저는 아직입니다. 아직은 그럴 생각이 없습니다. 어제도 말씀드렸지만 단기 속성으로 배우는 지식이, 그렇게 얻는 학위나 자격이 제대로 된 역할을 할 수 있을지 의문이 해소되지 않기 때문입니다.

물론, 제가 우려하든 안 하든 도도한 역사의 강물은 흘러갈 겁니다. 그렇게, 그런 방향으로 변해 갈 겁니다. 이 시대적 대세를 어찌 거스를 수 있겠습니까? 그러나 할 수만 있다면 조금만이라도 더 늦게, 할 수만 있다면 저만이라도 더 늦게 가고 싶을 뿐입니다.

부디 바라는 것은 우리 인산편지 독자님들의 마음과 성원뿐입니다. 독자님들이 외면하지만 않으신다면 인산편지는 지금의 이 방식대로 오래갈 겁니다. 그렇게 오래가고 싶은 게 솔직한 제 심정임을 꼭 말씀드리고 싶습니다.


사랑하는 인산편지 가족 여러분!

겨울 같지 않은 겨울이 지나가고 있습니다. 대한도 지나고 이제 불과 2주 후면 입춘입니다. 유독 춥지 않은 겨울, 눈이 많지 않은 겨울이라 아쉽고 서운한 것도 있지만 그래도 큰 추위 없이 겨울이 지나고 있다는 것은 안 그래도 추운 사람들에게는 더없이 좋은 일일 겁니다.

이런 겨울밤이면 만나는 사람마다 꼭 물어보고 싶은 게 있습니다. 밥은 먹었느냐는 말, 그것도 따뜻하게 잘 먹었느냐는 말입니다. 제가 특별히 따뜻해서가 아니라 이 한겨울에 따뜻한 밥 한 끼만큼 우리를 달래주는 게 또 어디 있겠습니까?

이곳에 와서 혼밥을 자주 먹다 보니 밥 먹었냐는 소리가, 맛있게 잘 먹었냐는 소리가 그렇게 듣기 좋을 수가 없습니다. 정말 중요한 것은 그 말 한마디에 담긴 마음인 줄 알기 때문입니다.

오늘 시인은 노래합니다. 그런 마음을 담아 노래합니다. 제일 따뜻하고, 토라졌다가 풀리고, 홀로 떨어져 살아도 외롭지 않은 말이 있다고 노래합니다. '밥 먹자', '밥 드시우', '밥 잘 챙겨 먹어'라는 소리입니다.

정말 그렇습니다. 그 어떤 상황에서 들어도 따뜻한 말, 화가 났다가도 금세 풀릴 수밖에 없는 말입니다. 특히 요즘 같은 겨울날이면 더 훈훈하고 정겹게 들리는 그런 말입니다.

그런 시인의 마음을 본받아 오늘 저도 당신께 이렇게 묻고 싶습니다.

"지금, 당신은 밥 잘 챙겨 드시고 계십니까?"

아무리 바빠도, 아무리 빨리 빨리를 좋아하는 세상이라도, 그야말로 '10분 영상'이 대세인 삶이라도 절대 빼먹거나, 대충 빨리 넘겨서는 안 되는 일이 있습니다.

그건 밥 먹는 일입니다. 바쁘다고 빼먹지 말고, 급하다고 대충 먹지 말고 좋은 음식을, 맛있게 먹어야 합니다. 몸과 마음의 건강을 위해 그리하셔야 합니다. 우리 인산편지 독자님들은 꼭 잘 드시리라 믿습니다. 그러면서 오늘은 이렇게 편지를 맺고 싶습니다.

"이 한겨울에, 저도 당신과 따뜻한 밥 한 끼 먹고 싶습니다."라고요….

# PART 3  사랑

# 당신이 엄마의 입맛이었음을
# 알고 계십니까?

엄마의 입맛 / 김인수

아프신 엄마를 모시고

밥을 먹으러 갔다

많이 드시라 하면서

연신 엄마 앞에 익은 고기를 놓는 내게

엄마는 말씀하신다

맛있다

고기가 맛있는 게 아니라

아들과 먹으니 맛있다

곁에 계신 아버지가 거드신다

네 엄마는 밥 먹을 땐 무얼 먹느냐보다

누구하고 먹느냐가 중요하다고 늘 그러신단다

엄마는 분명,

큰아들하고 밥 같이 먹는 시간을 많이 기다리셨을 거다

그래서 그렇게 말씀하신 거다

난 이제서야 깨닫는다

평생을 자식만 바라보고 사셨던 엄마가

지금껏 특별히 좋아하는 음식이 없었던 이유를

그리고

엄마에겐

자식들이, 이 큰아들이

어떤 음식보다도 가장 소중한 삶의 맛이라는 것을

지금 보다 더 자주

엄마의 입맛이 되어 드려야겠다.


요즘에는 워낙 줄임말이나 신조어가 많이 생기고, 젊은이들이 이런 말을 즐겨 사용합니다. 어른들은 잘 모르는 경우가 많기에 어떤 사람들은 신조어를 아는지 모르는지에 따라 세대를 구분하기도 합니다. 저는 이런 단어에 관심이 많습니다. 물론, 작가이기 때문이기도 하지만 젊은 장병들과 늘 함께 호흡하며 살아가고 있는 저로서는 이런 단어에 더 민감할 수밖에 없습니다.

"그들의 언어로 대화하라." 제가 인문학 강의 때 자주 얘기하는 말입니다. 젊은이들을 대상으로 강의를 하기 때문에 그들의 언어를 모르면 일방적인 주장으로 그칠 수 있기에 할 수만 있다면 젊은이들의 생각, 젊은이들의 언어, 젊은이들의 취향에 다가가려고 노력하고 있습니다.

여기서 잠깐, 제가 단어 하나를 말씀드릴 테니 무슨 뜻인지 한번 알아 맞혀 보시기 바랍니다. '개린이날', '개족사진'이 무슨 뜻인지요?

처음 들어 보셨다고요? 무슨 뜻인지 잘 모르시겠다고요? 인산편지 독자님들의 대부분은 중장년층이기에 아마도 잘 모르실 수 있을 겁니다. 모르는 게 당연한 건지도 모릅니다. 저도 엊그제 신문을 보면서 처음으로 접한 단어입니다.

'개린이날'이라는 말은 개를 반려동물로 키우고 있는 사람들이 만든 말로서 '개+어린이날'을 합친 신조어라고 합니다. 물론 한자로 고양이 묘를 써서 '묘린이날'이라고 부르기도 한답니다. 그렇게 반려동물의 날을 정해 축하하고, 반려동물에게 선물까지 주는 게 요즘의 풍습이라고 합니다.

그러면 이번 단어는 조금 수월하게 알아차리실 겁니다. '개족사진' 맞습니다. '개+가족사진'을 합친 신조어입니다. 반려동물인 개와 함께 사진을 찍어서 크게 걸어 놓는데 이것이 '개족사진'입니다.

이밖에도 엄청 많습니다. '개춘기'는 개가 겪는 사춘기를 말하고, 나이든 개는 '개르신(개+어르신)'이라고 한다니 정말이지 다른 많은 말에도 '개'를 붙여도 전혀 이상하지 않을 듯하다.

아시다시피 한 시대의 언어는 그 시대의 모습을 보여 줍니다. 언어를 알면 그 시대의 모습이 보이는 것이죠. 지금 많은 사람들이 사용하는 이런 단어만 보아도 오늘날 반려동물이 사람들의 삶에 있어서 가족의 구성원으로 자리를 잡았다는 것을 알 수 있습니다.

반려동물이 늘어나면서 좋은 점만 있는 것은 아닙니다. 부작용도 만만치 않습니다. 나이를 먹거나 병들면 아무데나 유기하는 사람들이 많아지면서 들개, 길고양이 등 야생에 방치되는 반려동물이 대폭 늘어나는 것은 새로운 문제로 대두되고 있습니다.

이 문제는 그냥 쉽게 넘길 문제가 아닙니다. 이는 권리와 의무의 문제이기도 합니다. 반려동물을 키우는 것은 개인의 권리이지만, 그 권리를 누리기 위해서는 반드시 해야 할 의무를 지켜야만 하는 것입니다.

어릴 때, 예쁘고 귀여울 때는 키우다가 나이 들고, 병에 걸리면 내다버리는 사람들은 반려동물을 키울 자격이 없는 사람들입니다. 그런 사람들은 아예 키울 생각을 하지 말아야 합니다.

더 냉정하게 생각해 보아야 합니다. 내 맘대로 내다 버리는 건 개인의 자유가 아니라 그야말로 범죄입니다. 이에 대한 사회적 공론화, 법적인 뒷받침 등이 더 치열하게 요구되는 시점입니다.

제가 오늘 인산편지에 반려동물 얘기를 꺼낸 건 사실 반려동물에 대한 얘기를 하고 싶어서가 아닙니다. 사람에 대한 얘기를 하고 싶기 때문입니다.

반려동물을 키우고, 사랑하고, 관심을 두는 것은 나쁜 일이 아닙니다. 자연을 사랑하고, 생명을 사랑하는 게 어찌 나쁠 수가 있겠습니까? 문제는 반려동물 이전에 인간을, 사람을 더 깊이 사랑하고 있는지 성찰해야 합니다.

제가 아는 우스갯소리가 있습니다. 그런데 듣고 나면 우스갯소리가 아니라 가슴 아픈 소리입니다. 실제로 있었던 일인지 꾸며 낸 일인지 모르겠으나 저도 누군가에게 들은 얘기입니다.


분가해서 살고 있는 아들 집에 아버지가 오셨습니다. 며칠을 함께 보내고 나서 아버지는 아들에게 짧은 편지 한 통을 써 놓고 집을 나섰습니다. 그 내용은 이랬습니다. "3번아! 잘 있어라. 4번은 간다." 무슨 뜻인지 알고 계십니까?

아버지는 아들을 3번, 자기 자신을 4번이라 호칭한 겁니다. 며칠 살면서 아버지가 느낀 며느리의 우선순위입니다. 1번은 손자, 2번은 강아지, 3번은 남편인 아들, 4번은 시아버지인 자기 자신인 것이었습니다.

집에서 키우는 강아지만도 못한 대접을 받는 아들과 자신의 신세를 한탄해서 자조적인 표현으로 3번과 4번을 쓴 것입니다. 그러니 어찌 우스갯소리로 치부할 수 있겠습니까? 그저 실제로 일어난 일이 아니길 바랄 뿐입니다.


오늘은 어버이날입니다. 우리 인산편지 독자님들 중에서도 부모님께서 생존해 계신 분도 계실 것이고, 이미 돌아가신 분들도 계실 겁니다. 생존해 계시더라도 건강하신 분도 계실 것이고, 아파서 고생하시거나 요양원에 계시기도 할 겁니다.

지금 부모님의 모습이 어떠하고, 형편이 어떠하든 간에 중요한 것은 그런 부모님으로 인해 우리가 태어났고, 우리의 지금이 있다는 사실을 잊지 말아야 한다는 것입니다.

살아가면서 부모님께 감사는 못할망정 패륜을 저지르는 자식들의 소식을 많이 접하게 됩니다. 방송을 통해, 신문을 통해 수시로 접합니다. 그런 내용들을 들을 때마다 도저히 이해되지 않는 소식들이 많습니다. 정말 안타깝지만 그런 모든 일들이 다 인간에 대한 성찰, 인간의 삶에 대한 성찰이 부족한 탓입니다.

부디 바라기는, 어버이날을 맞이해서 인간에 대한 성찰의 마음을 회복하는 우리 모두가 되었으면 합니다. 4차 산업혁명이 빠르게 진행되면서 점점 더 상실되어 가는 인간에 대한 이해, 인간에 대한 사랑이 절실함을 늘 기억하면 좋겠습니다.

사랑하는 인산편지 가족 여러분!
어제도 말씀드렸다시피 제게는 아프신 엄마가 계십니다. 기억도 잘 못하시고, 행동도 많이 불편하십니다. 그러다 보니 아직 80세가 안 되신 연세임에도 불구하고 더 많이 나이 들어 보이십니다. 아프시다 보니 노화현상이 더 빨리 온 겁니다.

지금은 아버지께서 보살피시고, 요양보호사님의 도움을 받아 생활하고 계셔서 큰 걱정을 안 하지만 그래도 마음에는 걱정과 염려로 남아 있습니다. 무엇보다도 나라에 매인 몸이라 자주 찾아뵙지 못하는 게 가장 죄송하고 아쉽습니다. 그래도 살아계신 것 자체가 기쁨이고, 감사고, 행복입니다.

인산편지 독자님들 중에서도 부모님이 생존해 계시지 않은 분들도 많기 때문에 그분들을 생각하면 저와 처지가 비슷한 분들은 행복한 사람임에 틀림없습니다.

오늘 전해드리는 제 졸시는 엄마가 많이 아프시기 전에 썼던 시입니다. 저 시를 쓸 때만 해도 상태가 나쁘시지는 않았습니다. 지금은 그런 표현조차 하지 못하시니 생각해 보면 그때가 참 좋았습니다.

이런 마음을 담아 오늘 인산이 당신께 묻습니다.

"당신이 엄마의 입맛이었음을 알고 계십니까?"

참으로 마음이 따뜻해집니다. 생각만 해도 흐뭇하고, 참 좋습니다. 저역시도 제 시를 읽으며 다시 다짐합니다. 비록 잘 기억하지 못하시고, 많이 아프셔도 지금 제 곁에 살아계심을 감사하며 살겠다고 말입니다.

# 봄밤, 당신도 더 이상 외롭지 않습니까?

꽃이 피면 온다던 그대가 / 권희수

진달래꽃이 피면 온다던 그대가
오지 못하는 충분한 이유가 있으니
꽃이 피고 지면 내년에 또다시 필 때
그때 꽃길 걸으면 되지 않겠는가?
벚꽃이 피면 온다던 그대가
사회적 거리두기로 못 온다고 기별이 와도
피고지는 꽃들이 한두 가지가 아니거늘
혼자 걸으면 꽃길이 아니겠는가?
소쩍새 울면 온다던 그대가
아파트에 살면서 소쩍새 소리를
들을 수 없어 깜박 잊었다 하여도
소쩍새처럼 슬프지 않으리라
수많은 사연을 안고 울어도

수많은 추억을 안고 울어도

그대의 별과 나 하나의

별을 같이 바라볼 수 있으니

봄밤

더 이상

외롭지 않으리라.


4차 산업혁명 시대를 맞아 기술이 급속도로 발달하면서 점점 더 인간성이 메말라 간다는 것은 누구나가 다 공감하고 있는 문제일 것입니다. 그 어느 누구도 이에 대해 동의하지 않거나 반론을 제기하기는 어려울 겁니다. 기계에 의존하면 할수록 인간을 찾는 일이 적어지기 때문에 지극히 당연한 결과입니다.

이러한 상황을 더 가속화시킨 게 코로나19입니다. 그야말로 불난 집에 부채질하는 격입니다. 아슬아슬하게 유지되던 인간과 인간과의 컨택트는 이제 거의 자연스럽게 언택트로 나아가고 있습니다.

저는 이런 언택트 시대를 맞아 언택트가 아닌 나택트(Natact)로 나아가야 한다고 늘 말하고 있습니다. 나택트는 내 자신을 바라보고, 내 내면을 바라보는 일입니다. 또한 자연을 바라보는 일입니다.(Nature Contact)

4차 산업혁명, 코로나 등의 바이러스가 가져오는 인간 세상의 변화는 사실 피할 수 없습니다. 마치 큰 물줄기와 같이 돌려놓을 수 없습니다. 우리 인간이 통제할 수 있는 범위 내에서 조절하는 것이 최선입니다. 그러기 위해서는 무엇보다도 나택트가 필요합니다. 내 자신을 바라보는 일, 내 내면을 바라보는 일은 끊임없는 사유와 성찰입니다. 지금 우리가 하고 있는 일이 어떤 일인지 돌아보고 또 돌아보는 일입니다.

자연을 돌아보는 일은 참으로 중요합니다. 자연은 인간에게 생명을 주고, 생명을 영위하게 만듭니다. 그 자연으로 돌아가야만 인간은 생명을 유지할 수 있습니다. 어디로 가야 할지 길을 잃은 아포리아 시대에 우리가 찾을 수 있는 해답은 자연입니다.

또 하나 말씀드리고 싶은 게 있습니다. 바로 인간에 관한 일, 사람에 관한 일입니다. 기술의 발전과 바이러스는 사람에게는 아주 치명적입니다. 사람의 중요성이 점점 더 줄어들고, 사람이 사람을 회피하게 하며, 사람이 외면하게 만듭니다.

이 문제는 우리 인류가 공동으로 극복해야 할 문제입니다. 이미 우리는 그런 시대로 접어들었습니다. '사회적 거리두기'라는 말은 결국 가급적 사람을 가까이하지 말라는 말에 다름 아니기 때문입니다.

이런 시대를 어떻게 살아가야 하는지 우리 모두가 사유하고 성찰해야 할 때입니다. 이럴 때일수록 더욱더 자연과 사람에 집중해야 합니다. 이는 인산편지가 일관되게 주장해 오고, 집중해 온 일입니다.

그래서 이 시대에 인산편지가 어떤 역할을 해야 하는지 늘 생각하고 있습니다. 이는 어떠한 일이 있어도 인간의 길을 잃어버리지 말자는 외침이기도 합니다. 우리 독자님들과 함께 기꺼이 감당하며 나아가고 싶습니다.


혹시 이런 말 들어 보신 적이 있으신지요? '콜포비아'라는 말이 있습니다. '폰포비아'라고 부르기도 합니다. 말 그대로 전화통화를 하는 것에 대한 부담감, 두려움을 뜻하는 말입니다.

지난 2017년, 잡코리아에서 신입사원 325명을 대상으로 조사를 했는데, 직장생활에서 가장 어려움을 느끼는 순간 2위가 전화벨이 울릴 때라고 답했다고 합니다. 무려 40%가 그렇게 말했습니다.

전화벨이 울리면 긴장하게 되고, 어떻게 통화를 해야 할지 당황합니다. 상대방과의 대화에 대한 부담감, 상호작용에 대한 두려움입니다. 사실 이런 일은 비단 신입사원에게만 해당되는 일은 아닙니다.

오랫동안 군 생활을 해 온 저 역시 '콜포비아', '폰포비아'가 있습니다. 물론 저의 포비아는 성격이 조금은 다른 포비아입니다. 군의 지휘관들은 대부분, 아니 거의 전부가 '폰포비아'입니다. 특히 야간이나 휴일에 오는 전화는 더 그렇습니다. 좋은 일보다는 안 좋은 일로 오는 전화가 많기 때문입니다. 즉시 지휘관에게 보고해야 하는 긴급한 상황이나 사건 등의 전화가 대부분이니까요.

그래서 군인들은 상급 지휘관에게 전화를 가급적 안 하는 것이 좋고, 부득이하게 전화를 해야 할 때에는 인사를 한 다음에 바로 "부대 이상 없습니다." 또는 "근무 중 이상 없습니다."라는 말을 붙여 지휘관이나 상급자가 긴장하지 않도록 하는 것이 불문율입니다.

오늘날 많은 사람들이 '콜포비아', '폰포비아'가 된 이유에는 각종 SNS의 발달이 가장 큰 역할을 했습니다. 서로의 목소리를 듣고 싶은 연인이나 반드시 전화로 해야 할 긴급한 일들을 제외하고는 대부분 SNS를 통해 소통하고 있습니다.

문자메시지나 카톡이나 메신저 등을 통해 언제든지 의사를 표현할 수 있고, 더군다나 상대방이 읽었는지 안 읽었는지 확인할 수 있는 기능까지 있으니 굳이 전화를 할 이유가 없는 겁니다.

또 하나 중요한 이유가 있습니다. 직접 통화를 하게 되면 상대방의 말에 바로 반응을 해야 합니다. 상대가 묻는 말에 답을 해야 하고, 상대의 말에 반응을 해야 합니다. 이런 것이 불편하고 부담됩니다.

반면, 문자메시지나 카톡 등을 받으면 여유가 있습니다. 질문을 받아도 생각할 수 있는 시간이 있습니다. 말 그대로 부담이 없습니다. 이런 연유로 점점 더 직접적인 대화 대신에 '서면대화'를 선호하는 겁니다.

심지어는 직접적인 대화를 통해 느낄 수 있는 상대방의 감정을 메시지나 카톡 등의 서면대화는 잘 모르기에 이를 보완하고자 다양한 이모티콘이 점점 더 늘어나면서 그 역할을 대신하고 있기도 합니다.

자! 우리는 지금 이런 세상에서 살아가고 있습니다. 그러니 어떻게 해야 하겠습니까? 우리 인산편지 독자님들만이라도 '콜포비아', '폰포비아'를 과감하게 떨쳐 버리고 기회가 있으면, 시간만 허락한다면 서로 듣고 싶은 목소리를 들으면서 직접 통화하고 대화하는 인간다운 소통을 해야 하지 않겠습니까?

저부터 그렇게 하겠습니다. 우리 인산편지 독자님들 하고도 적극적으로 그렇게 하겠습니다. 혹시나 저와 직접 통화를 원하시는 독자님들은 언제든지 제게 전화해 주십시오. 망설이지 마십시오. '콜포비아'는 극복할 수 있습니다. 그리고 극복해야만 합니다. 더 나은 삶을 위해서 말입니다.


지난 주말, 저는 한 권의 책을 다 읽었습니다. '어둠의 눈'이라는 소설입니다. 미국의 초대형 베스트셀러 작가 딘 쿤츠가 쓴 장편소설입니다. 40년 전에 지금의 코로나19를 예견했다고 해서 화제가 된 책입니다. 자세한 것은 나중에 다시 말씀드리겠습니다.

이 책은 제가 참여하고 있는 '책좋아' 독서모임에서 정한 '이달의 책'입니다. 코로나19로 인해 몇 달 쉬다가 이번 주 토요일에 다시 모입니다. 여러 회원님들과 함께 서로의 마음을 나눌 생각을 하니 벌써부터 가슴이 뜁니다.

요즘 들어 책 읽기에 속도가 붙었습니다. 퇴근 후에 시간만 나면 책을 읽고, 글을 쓰기에 늘 빨리 읽는 편이었는데 요즘에는 밖에 돌아다니는 일이 없이 방콕만 하다 보니 더 늘었습니다. 요즘 같은 때 우리 독자님들도 책 읽기의 재미에 흠뻑 빠져 보시길 권합니다.


사랑하는 인산편지 가족 여러분!

오늘 시인은 꽃을 노래합니다. 그대를 노래합니다. 꽃과 함께 오는 그대, 꽃이 피면 온다던 그대, 꽃을 보면 떠오르는 그대를 노래합니다. 시인이 노래하는 그대는 누구입니까? 이 세상을 살아가는 우리 모두가 바로 그 그대가 아닙니까?

어느 누군가에게 있어 그대는 바로 당신이고, 바로 저입니다. 그 그대가 있어 꽃이 피는 게 의미가 있습니다. 그 그대가 없다면 꽃이 피는 게 무에 그리 좋겠습니까? 꽃이 피는 걸 그리 애타게 기다릴 일이 무어란 말입니까?

이런 시인의 마음을 담아 오늘 인산이 당신께 묻습니다.


"봄밤, 당신도 더 이상 외롭지 않습니까?"

'봄밤/더 이상/외롭지 않으리라'고 노래하는 시인의 마음속에는 그대가 있습니다. 오지 못하는 충분한 이유, 사회적 거리두기로 오지 못하는 사정을 다 이해하고도 남을 그대가 있기에 이 봄밤에 더 이상 외롭지 않을 수 있는 겁니다. 그러니 당신도 이 봄밤에 더 이상 외로워하지 마십시오. 당신 곁에는 인산작가가 있을 테니까요.

# 당신도 트로트를
# 불러 보시지 않겠습니까?

트로트(trot)를 부른다 / 권희수

웃고 우는

덩실대는 가락 속에

진한 삶의 애환이 서린다

기쁨과 슬픔

애잔한 가락 속에

가슴 저민 눈물이 흐른다

사랑과 이별

밀려오는 가락 속에

애타는 그리움만 절절하다

인연과 결별

눈물 고인 가슴속에

아픔도 사랑으로 노래한다

굽이굽이

휘어지는 강물에

울며불며 꺾고 꺾는 가락

꺽꺽 삼킨 눈물에 행복이 스민다.

 

초저녁에 설핏 잠들었다가 어느 순간 번쩍 눈이 떠졌습니다. 불을 끄지 않았으니 사방이 환합니다. 제일 먼저 눈이 간 건 바로 시계입니다. 지금이 몇 시쯤 되었을까?? 다행히도 자정 전입니다. 안도의 숨이 나옵니다.

가끔 인산편지를 통해 어릴 적 기억의 편린을 끄집어내어 말씀드리곤 하는데 지금 이 순간도 마찬가지입니다. 지금도 선명한 한 장면이 떠오릅니다. 학창 시절에 시험공부를 하다가 책상 위에 엎드려 깜박 잠들었던 순간 말입니다.

지금보다 훨씬 더 놀라서 시계를 보니 한밤중이었으나, 아직도 공부할 시간이 많이 남아 안도의 한숨을 쉬었던 그 순간이 말입니다. 정말 얼마나 감사했는지 모릅니다. 만약에 아침까지 내처 잤으면 얼마나 불안하고 허망했을까요? 그랬던 날은 머리도 맑아 시험공부도 더 잘됐고, 당연히 시험도 잘 봤던 기억이 생생합니다.

어제 저녁엔 퇴근 후에 쉼이 있는 시간을 가졌습니다. 하루 종일 예하 부대를 다니고, 인문학 강의를 하고, 장병들과 간담회를 하면서 쉴 새 없이 에너지를 쏟았기에 마음은 뿌듯함으로 충만했지만 몸은 약간의 쉼이 필요했습니다.

자고 일어나 스마트폰을 확인해 보니 이름이 저장되어 있지 않은 번호로 문자메시지 몇 건이 들어와 있었습니다. 어제 인문학 강의를 하고 온 대대의 장교들이 고맙다는 메시지를 보낸 것이었습니다.

"충성! ○○대대 인사과장 대위(진) ○○○입니다. ○○○○님 오늘 교육 정말 뜻 깊은 시간이었던 것 같습니다. 우리 용사 및 간부들을 one of them에서 special one으로 바꾸어 나가겠습니다! 감사합니다."

"충성! ○○○○님. ○○대대 소대장 중위 ○○○입니다. 오늘 강의 너무 값진 강의였고 많이 웃고 행복했던 시간이었습니다. 말씀하신대로 지금 행복하지 않으면 앞으로 행복할 수 없다는 생각 가지고 행복하게 군 생활 임하겠습니다. 독서 강의 꼭 와 주시리라 생각하고 신청하여 참여하겠습니다. 다시 한 번 감사합니다. 항상 행복하십시요. 충성!"

요즘 들어 제 인문학 강의를 원하는 장병들이 훨씬 더 많아졌습니다. 저의 일정을 도와주고 있는 장교의 말에 따르면 대대장들이 전화를 해서 서로 자기 부대를 먼저 해 달라고 요청한다고 합니다. 참으로 감사한 일입니다.

말쓰드렸다시피 제가 군에서 인문학 강의를 하는 것은 장병 인성교육 차원에서 하는 활동입니다. 제가 해야 할 기본적인 임무를 수행하면서 부가적으로 더 하는 것이지만 저는 기쁜 마음으로 감당하고 있습니다.

거듭 감사합니다. 부족하나마 제가 그런 강의를 할 수 있는 능력이 있고, 열정이 있고, 여건이 허락되기에 매일매일 멋진 장병들을 만날 수 있는 것이니 이 어찌 감사하지 않을 수 있겠습니까?

또 한 가지 감사한 일이 있습니다. 바로 오늘 말씀드리려고 하는 '잠'에 관한 것입니다. 초저녁에 설핏 잠들었다가 일어나 정신을 차리고 인산편지를 쓰고 있는 이 시간이 저는 참 좋습니다.

다른 사람들이 다 잠자리에 든 야심한 밤에, 그것도 조금 있으면 새벽으로 이어지는 깊은 밤에 홀로 깨어 글을 쓰고 있다는 생각을 하면 참으로 묘한 기분에 사로잡힙니다.

무엇에 깊이 침잠하는 듯한 느낌이 들면서 갈수록 머리가 맑아집니다. 자주 느껴 보진 않았지만 영적으로 충만한 기도나 참선을 하면 느껴지는 경지가 이와 비슷하지 않을까 싶습니다.

요즘 세상엔 여러 가지 복잡한 일도 많고, 신경쓸 일도 많기에 밤이 되어도 잠을 잘 못 자는 분들이 많다고 합니다. 잠을 잘 자야 건강하다는 것은 삼척동자도 알고 있는 상식이기에 잘 자고 싶어도 잘 수 없으면 얼마나 힘들지 짐작할 수 있습니다.

서울대병원 정신건강의학과 윤대현 교수님은 단 한마디로 이렇게 말씀하십니다. "잠은 피곤할 때가 아니라 졸릴 때 자라!"라고 말입니다. 피로와 졸림을 구별해야 한다는 말입니다.

피곤하다고 누우면 불면의 전쟁터가 되기에 피곤하다고 눕지 말고 독서나 음악감상을 하다가 꼭 졸릴 때만 누우라고 권하고 있습니다. 또 잠자리에서 일어나는 시간도 늘 일정한 게 좋다고 합니다. 저는 이 경우에 딱 맞습니다.

우리 인산편지 독자님들 중에서 혹시 잠이 안 와서 힘들었거나, 지금도 힘든 경험이 있을지 모르겠습니다. 생각해 보면 저는 거의 없었던 것 같습니다. 유일하게 기억나는 단 하나는 고등학교 2학년 때 수학여행을 앞둔 하루 전날 잠이 안 와서 거의 뜬눈으로 밤을 새웠던 날입니다.

제 기억 속에 남아 있는 불면의 밤은 그 전에도 없었고, 그 후에도 없었습니다. 고등학교 때도 마음이 설레고 즐거워서 잠을 못 잔 것이니 따지고 보면 불면으로 고통받았던 시간은 단 한순간도 없었던 거라고 봐도 무방할 것입니다. 그러니 이 얼마나 복이 많은 겁니까?

인산편지를 주로 밤에 쓰기에 다 쓰고 나면 거의 자정을 넘깁니다. 그 이후에 씻고 정리하고 누우면 거의 1분 이내에 잠에 빠져듭니다. 중간에 일어나는 경우는 거의 없고, 아침 일찍 맞춰 놓은 알람 소리를 듣고서야 잠에서 깹니다.

인산편지를 쓰기 시작한 이래 7년 동안 하루에 자는 시간이 4시간에서 5시간 정도로 다소 부족하다고 하나 그 누구보다 깊은 잠, 숙면을 취하기에 피곤함을 느끼지 않고 버틸 수 있는 거라고 생각합니다. 그래서 감사합니다.


사랑하는 인산편지 가족 여러분!

오늘은 금요일입니다. 봄이 시작된 지 꽤 오랜 시간이 지났고, 잔인한 달 4월도 거의 막바지에 다다라 어느덧 4월의 라스트 주말입니다. 이번 한 주도 인산편지와 함께하시고 성원해 주신 우리 독자님들께 깊이 감사드립니다.

특별히 이번 주에는 미스터트롯이라는 화두를 통해 함께 마음을 나누는 행복한 시간을 가졌습니다. 그래서 오늘, 이 한 주를 정리하는 의미 있는 금요일 아침의 인산편지의 주제 역시 트로트로 합니다.

마침 인산편지의 애독자이시며 세미책의 공동대표로 계신 권희수 시인님께서 귀한 시 한 편을 올려 주셨습니다. 오늘은 인산의 마음은 잠시 접어 두고, 권 시인님의 마음으로 다시 한 번 시를 들여다보겠습니다.

웃고 우는
덩실대는 가락 속에
진한 삶의 애환이 서린다
기쁨과 슬픔
애잔한 가락 속에
가슴 저민 눈물이 흐른다
사랑과 이별
밀려오는 가락 속에
애타는 그리움만 절절하다
인연과 결별
눈물 고인 가슴속에
아픔도 사랑으로 노래한다
굽이굽이
휘어지는 강물에
울며불며 꺾고 꺾는 가락
꺽꺽 삼킨 눈물에 행복이 스민다.

**시인님은 이 시를 노래하면서 이런 글도 함께 보내 주셨습니다.**

"눈물로 써 내려간 얼룩진 일기장! 이 일기장이 몇 권이 된다고 하면 너무 서러운 일이 있었을까? 사람의 마음속에 감동의 그 정서는 많이 교감되는가 봅니다. 인산편지에는 주로 시인들의 시를 인용하는데~~ 그런 노래가 있는지도 몰랐던 나에게 그 프로그램에서 몇 곡의 노래를 배우고 악보도 구하여 기타를 치며 불러 보았습니다. 원곡자보다 표현을 더 잘한 임영웅 씨의 목소리는 가사 표현을 자신의 가슴으로 하고 있었습니다. 그 프로그램에 출연한 가수들은 모두 보기 드문 최고의 가수들이었습니다.^^"

이런 시인의 마음을 담아 오늘 인산이 당신께 묻습니다.

"당신도 트로트를 불러 보시지 않겠습니까?"

저는 부르고 있습니다. 열심히 부르고 있습니다. 우리 독자님들 앞에서 불러 드리고 싶다고 했으니 대충 불러서는 안 되지 않습니까? 그래서 연습하고 있습니다. 제가 트로트를 부르는 이유는 분명합니다. 행복하기 위해서입니다. 꺽꺽 삼킨 눈물에 행복이 스민다고 시인도 노래하셨으니 맞지 않습니까? 정말 제가 행복하기 위해서 부르는 겁니다.

사회적 거리두기가 계속되고 있습니다. 주말이 와도 별로 반갑지 않을 수도 있습니다. 그래도 그래도 행복하셔야 합니다. 행복은 다름 아닌 지금, 바로 이 순간 당신 곁에 있기 때문입니다. 그리고 말입니다. 더 행복해지기 위해서 오늘 한번 트로트를 불러 보시는 건 어떻겠습니까?

# 60대에, 아니 80대에 당신은
# 어떤 이야기를 쓰시겠습니까?

어느 60대 노부부 이야기 / 김목경 작사

곱고 희던 그 손으로 넥타이를 매어 주던 때
어렴풋이 생각나오 여보 그때를 기억하오
막내아들 대학시험 뜬눈으로 지새던 밤들
어렴풋이 생각나오 여보 그때를 기억하오

세월은 그렇게 흘러 여기까지 왔는데
인생은 그렇게 흘러 황혼에 기우는데
큰딸아이 결혼식 날 흘리던 눈물 방울이
이제는 모두 말라 여보 그 눈물을 기억하오

세월은 그렇게 흘러 여기까지 왔는데
인생은 그렇게 흘러 황혼에 기우는데
다시 못 올 그 먼 길을 어찌 혼자 가려 하오

여기 날 홀로 두고 여보 왜 한 마디 말이 없소
여보 안녕히 잘 가시게
여보 안녕히 잘 가시게.


요즘 들어 인산편지가 조금 더 길어졌죠? 길어서 읽기가 힘들다는 일부(아주 일부) 독자님들이 계셔서 조금 짧게 쓰고 싶은데 주저리주저리 털어놓다 보면 생각보다 더 길어지는 날이 꽤 많았습니다. 최근에 더 그랬습니다.

인산편지는 사유와 성찰의 편지이니 저부터 잠시 반성을 하고 넘어가겠습니다. 우리 독자님들의 생각과 의견을 무시한 건 아니지만 더 귀담아 듣고 실천했어야 했는데 그러지 못했습니다.

거창한 공약은 아니지만, 앞으로 할 수만 있다면 편지 양을 조금 더 줄이겠습니다. 읽으시는데 힘드시지 않도록 말입니다. 그러다가도 혹시 조금 길어지게 되면 또 넓은 마음으로 받아 주시고, 힘드시더라도 잘 읽어 주시길 소망합니다.

그래도 그냥 물러가고 싶지는 않습니다. 길어도 좋다고 하시는 분들도 많기 때문입니다. 변명이지만 제 착각이 그냥 아무 근거 없는 착각이 아니란 걸 이렇게라도 알려 드리고 싶습니다. 바로 우리 독자님들의 생각입니다.


"길어도 포기하지 않고 끝까지 읽게 하는 마력은 무엇인가? (?)+폴리레이온헤어 중량은 60, 280g, 전에 작업했던 데이터 찾아서 응용하기…
디자인은 범벅으로… 2~3주 전부터 가을 아이템에 풀리지 않은 요 며칠… 새벽에 인산편지 읽으면서 정리되었습니다. ㅎ 처음엔 너무 길어서 읽다 포기했었는데… 얼마 전부터 글이 들어오기 시작했습니다. 요즘엔 인산편지를 찾아 읽고 있습니다. 그리고 오늘 새벽 긴 글을 읽으면서… 가을 상품 아이디어가 잡혔습니다. ㅎ 어제는 직원들 고용 유지 신청서 시도하느라 끙끙… 피로한 하루였지요.^^"

길지만 마력이 있어서 끝까지 읽게 된다고 말씀하신 독자님, 인산편지를 읽으면서 생각을 정리하신다는 독자님입니다. 이 외에도 많은 분들이 이렇게 뜨거운 마음으로 인산편지를 지지하고 계십니다. 감사합니다. 더 힘을 내겠습니다.

어제 인산편지를 보내고 나니 전보다 훨씬 뜨거운 반응이 이어졌습니다. 기분이 좋아 우쭐했는데 가만히 생각해 보니 미스터트롯의 인기가 인산편지에까지 옮겨 온 덕분이 아닌가 싶습니다.

전에 어떤 애독자님이 인산편지가 더욱더 깊어지고 풍성해졌다고 해서 인기도 덩달아 올라갔는지 알았는데 그게 아니었던 겁니다. 착각은 자유라고 정말 착각이었습니다. 그래도 잠시나마 행복했습니다. 이런 기분 좋은 착각은 가끔 해 볼 필요도 있음을 느낍니다.

그래서 내친 김에 오늘도 역시 미스터트롯을 노래할까 합니다. 제가 임영웅 씨를 좋아한다는 건 이미 공공연하게 밝혀진 사실이기 때문에 어제의 '보랏빛 엽서'에 이어 오늘은 '어느 60대 노부부 이야기'를 가지고 찾아왔습니다. 제가 아주 아끼는 후배 장교 한 분은 '바램'을 제게 추천했지만 오늘은 노부부 이야기로 하겠습니다.

혹시 이 노래가 만들어진 것이 언제이고, 누가 어떻게 만든 노래인지 알고 계십니까? 아마도 거기까지는 잘 모르실 수 있을 겁니다. 김목경이라는 가수가 20대에 영국 유학을 떠나서 그곳에 있는 예술대를 다닐 때 만든 노래라고 합니다.

당시 그가 살고 있는 옆집에 어느 영국인 노부부가 살고 있었는데 어느 날 우연히 한 장면을 목격하게 되었다고 합니다. 그 노부부에게는 한 달에 한 번 꼴로 아들과 손자들이 찾아왔는데 함께 지내다가 배웅을 하고 나서 두 사람이 손을 잡고 현관으로 들어가는 모습을 본 것이었습니다.

그 모습을 본 순간 고향도 생각나고, 부모님도 생각나고 해서 영감을 받아 쓴 곡이 바로 이 '어느 60대 노부부 이야기'입니다. 참 신기합니다. 20대 청년이 이런 노래 가사를 쓰고, 곡을 붙였다는 게 믿기지 않을 정도입니다.

이렇게 만들어진 이 노래는 지금으로부터 30년 전인 1990년에 발표되자마자 빅히트를 기록했고, 김목경 씨는 지금까지 1,000번도 넘게 이 노래를 불렀다고 합니다.

들을 때마다 느끼는 거지만 참 좋은 노래입니다. 좋은 노래의 조건에는 여러 가지가 있겠지만 가장 우선하는 건 뭐니 뭐니 해도 심금을 울리는 노래여야 하지 않겠습니까? 그런 면에서 이 노래만한 노래도 그리 흔치 않습니다.

어제 '보랏빛 엽서'를 맹연습하고 있다고 말씀드리니 몇몇 열렬한 독자님께서 설운도 씨도 아니고, 임영웅 씨도 아닌 바로 제 목소리로 부

르는 '보랏빛 엽서'를 듣고 싶다고 하셨습니다. 제가 인기가 없는 게 아니었습니다. ㅎㅎ

기다리십시오. '보랏빛 엽서'에 더해 오늘 들려 드리는 이 노래, '어느 60대 노부부 이야기'도 바로 제 목소리로 들려 드리겠습니다. 마치 시 낭송을 하듯이 잔잔한, 그러면서도 떨림과 울림이 있는 목소리도 들려 드리고 싶습니다.

사랑하는 인산편지 가족 여러분!

저는 늘 예술은 감동이라고 생각합니다. 감동이 없는 예술은 아무리 뛰어나거나 화려해 보여도 생명이 없는 거나 마찬가지입니다. 문학이든, 음악이든, 미술이든 간에 사람의 마음에 깊은 울림을 주어야 합니다.

물론 사람에 따라서 느끼는 감동도 다 다를 수 있다는 걸 분명히 알고 있습니다. 성별에 따라 다를 수도 있고, 나이에 따라 다를 수도 있습니다. 살아온 환경이나 문화적 차이도 무시할 수 없습니다.

그러나 제가 믿는 게 하나 있습니다. 사람의 마음은 다 똑같다는 겁니다. 어느 나라에 살건, 어느 민족으로 살건 간에 사람이면 다 사람입니다. 사람인 이상 느끼고, 생각하고, 행동하는 것이 아주 크게 차이 날 리 없습니다.

그러니 중요한 것은 어느 누구에게든 감동을 주는 예술을 만들어 내는 일입니다. 사람에 따라서는 매우 지난한 작업이 될 수 있지만 결코 멈추어서는 안 되는 일인 것입니다. 우리 독자님들도 날마다 숨 쉬는 순간마다 늘 감동을 만들고 감동이 넘치는 삶을 살아가시길 소망합니다.

오늘도 노래 한 곡을 선사합니다. 이 노래 앞에서 다른 설명은 사족입니다. 저도 지금 부르고 있습니다. 지금 인산편지를 쓰고 있는 이 시각에도 이 노래를 듣고 있고, 부르고 있습니다.

지금은 자정이 넘지 않은 시각입니다. 마침 오늘, 22일이 엄마의 생신이었습니다. 그래서 저는 생신을 맞으셨지만 아프신 엄마와 연로하신 아버지를 생각하며 '어느 7~80대 노부부 이야기'로 제목을 바꿔 부르고 싶습니다. 뜨거운 사랑을 담아서 말입니다.

이런 제 마음을 담아 오늘 인산이 당신께 묻습니다.

"60대에, 아니 80대에 당신은 어떤 이야기를 쓰시겠습니까?"


세월은 그렇게 흘러
여기까지 왔는데
인생은 그렇게 흘러
황혼에 기우는데….


당신에게 다가올 인생의 황혼을 한번 미리 생각해 보십시오. 카르페 디엠이라고 늘 말씀드리면서 내일이 올지 안 올지도 모른다고 하는 사람이 무슨 인생의 황혼까지 생각해 보라고 하냐고 탓하지 마시고 깊이 생각해 보십시오.

그리고 그 순간의 한 장면에 당신의 생각을 멈추십시오. "여보 그때를 기억하오. 여보 그때를 기억하오." 하면서 지금 이 순간을 되돌아 회상하는 당신의 모습이 보이지 않습니까? 어떻습니까? 분명하죠? 그래서 카르페 디엠인 것입니다.

　부디 바라기는 60이건, 70이건, 80이건 언젠가 당신의 살아갈 미래의 어느 한순간에 서서 당신만의 이야기를 쓰고, 이 노래를 부를 때 마음속에 많은 아쉬움이 없었으면 좋겠습니다. 쉽지 않은 일이지만 할 수만 있다면 그랬으면 좋겠습니다. 이것이 이 아침에 드리는 인산의 마음입니다.

# 당신의 삶에도 눈물로 써 내려간
# 얼룩진 일기장이 있습니까?

보랏빛 엽서 / 김연일 작사, 설운도 노래

보랏빛 엽서에 실려 온 향기는
당신의 눈물인가 이별의 마음인가
한숨 속에 묻힌 사연 지워 보려 해도
떠나 버린 당신 마음 붙잡을 수 없네
오늘도 가 버린 당신의 생각에
눈물로 써 내려간 얼룩진 일기장에
다시 못 올 그대 모습 기다리는 사연.

얼마 전에 끝난 미스터트롯이라는 예능프로그램이 있었습니다. 아닙니다. '있었습니다가' 아니라 '있습니다'로 고쳐야겠습니다. 미스터트롯경연은 끝났지만 그와 관련한 내용들은 지금도 계속 이어지고 있으니까요.

TV를 잘 안 보기도 하려니와 본방송이 나오는 목요일 저녁 10시는 제가 늘 책을 읽고 인산편지를 쓰는 시간이라 처음에는 관심도 없었고, 시청하지도 않았습니다.

하지만 미스터트롯이 방송되고 나서 다음 날 출근을 하면 지휘관, 참모들과 함께 점심식사를 하는 자리에서 늘 그 프로그램이 화제가 되었습니다. 누구 노래는 어땠고, 또 누구 노래는 감동적이었다… 라는 식의 심사평⁽?⁾까지 더해서 말입니다.

그 프로그램을 못 본 사람은 대화에 끼지도 못할 뿐더러 꽤나 오랫동안 이어지는 대화의 내용도 잘 모르고 눈만 껌뻑이고 있는 모양이니 더 이상 외면할 수 없었습니다. 그래서 보기 시작한 게 준결승 때부터입니다.

그때, 바로 그때입니다. 제 마음을 사로잡은 가수와 노래가 있었으니 바로 앞에 써 놓은 '보랏빛 엽서'라는 노래입니다. 원래는 설운도라는 가수가 부른 노래인데 임영웅 씨가 불러서 준결승에서 1위를 한 노래입니다.

임영웅 씨는 결국 초대 미스터트롯 진으로 선발되었습니다. 거짓말 하나도 안 보태고, 정말 지금까지 그렇게 노래 잘 부르는 사람 별로 못 봤습니다. 제가 노래를 좋아하고, 그래도 꽤 잘 부른다는 건 인산편지 독자님들이라면 잘 아실 겁니다. 비록 들어 보시지는 않으셨어도 제가 늘 자화자찬하니까 말입니다.


저와 비슷한 또래이거나 그 위인 분들에게 있어 노래 잘하는 가수 하면 단연 이미자, 나훈아, 패티킴, 남진, 조용필, 최백호, 김광석, 이승철 등등을 꼽으실 겁니다. 트로트 분야만 놓고 보면 현철, 태진아, 송대관,

설운도, 주현미, 장윤정, 김연자 같은 가수들이 먼저 떠오르실 거구요.

저 역시 이런 분들에게 익숙해져 있는 세대입니다만, 임영웅 씨의 노래는 그 어느 가수의 노래보다도 훨씬 더 감동으로 제게 다가왔습니다. 어느 분의 말씀대로 소리와 공기가 반반씩 나오는 창법에 감탄하면서 말입니다.

유튜브를 보니 임영웅 씨를 비롯하여 TOP7이 불렀던 모든 노래가 망라되어 있습니다만, 저는 개인적으로 이번에 있었던 초대 미스터트롯 경연대회에서 최고의 노래는 임영웅 씨의 '보랏빛 엽서', '어느 60대 노부부 이야기', 영탁의 '막걸리 한 잔', '찐이야' 등 네 곡을 꼽습니다.

그중에서도 '보랏빛 엽서'는 베스트 오브 더 베스트입니다. 그래서 요즘 날마다 한번씩 부르면서 맹연습을 하고 있습니다. 코로나가 물러가면 제 노래를 듣고 싶어 하시는 애독자님 앞에서 한 곡 멋있게 뽑고 싶은 마음도 있습니다.

정말 기회가 된다면 보컬 연습도 정식으로 하고 싶은 생각도 있습니다. 인문학 강의를 하면서 중간중간 시 낭송과 노래도 곁들이면 훨씬 더 좋을 거라고 생각하기 때문입니다. 물론 우리 젊은 장병들, 아들들은 그런 노래를 썩 좋아하지 않지만 말입니다.


장병들 얘기를 하자니 문득, 2년 전의 일이 떠오릅니다. 육군훈련소, 연무대에서 근무하던 시절 어느 봄날에 우리 아들들을 모아 놓고 인문학 강의를 하면서 최백호 씨 노래를 들려준 적이 있었습니다.

조교라고 하죠. 지금은 분대장이라는 명칭을 사용하는데, 약 60여 명의 분대장들을 모아 놓고 인문학 강의를 하는 자리였습니다. 우리 아들들이 아이돌 노래를 좋아하는 걸 알면서도 저는 계절에 맞게 최백호 씨가 부른 '봄날은 간다'라는 동영상을 틀어 주었습니다.

노래 참 좋지 않습니까? 가사 내용도 좋고 최백호 씨만의 애절한 창법도 그렇고 참 좋은 노래라고 저는 생각합니다만, 그 노래를 다 들은 우리 아들들은 별로 느낌이 없는 듯했습니다.

그래서 저는 혹시 최백호라는 가수를 아는 사람 손 한번 들어 보라고 했습니다. 어땠을 것 같습니까? 결과가 궁금하시죠? 저도 깜짝 놀랐습니다. 아니, 우리 아들들의 반응은 둘째 치고 그런 걸 모르고 있었던 제 자신에게 더 놀랐는지도 모릅니다.

단 한 명도 없었습니다. 60명이 넘는 우리 아들들 중에 최백호라는 당대의 낭만가객을 아는 아들이 단 한 명도 없었던 겁니다. 아무리 그래도 최백호 씨는 알고 있을 줄 알았는데 저의 착각이었습니다. 혹시, 우리 독자님들은 어떻습니까? 예상하셨습니까?

이걸 교훈 삼아 그 이후엔 더욱더 우리 아들들의 세계에 가까이 가려고 노력하고 또 노력하고 있습니다. 결국 제 강의를 듣는 주고객인 우리 아들들하고 소통하고 공감해야 하기 때문입니다.

다행스러운 건 미스터트롯은 워낙 인기를 끌다 보니 거기에 나온 노래들도 우리 아들들도 다 잘 알고 있어 제가 연습을 하고 불러주면 호응이 있을 거라는 저만의 생각을 해 봅니다.

어제 인산편지를 띄우고 나니 제 인문학 강의를 듣고 싶다고 하신 독자님들이 몇 분 계셨습니다. 나중에 정말 우리 독자님들과 함께 '인산 작가와 함께하는 인문학 강의' 시간이 주어지면 열심히 연습한 노래도 들려 드리겠습니다. 기대하십시오.

사랑하는 인산편지 가족 여러분!
오늘 띄워 드리는 노래를 다시 한 번 조용히 음미해 보십시오.

보랏빛 엽서에 실려온 향기는
당신의 눈물인가 이별의 마음인가
한숨 속에 묻힌 사연 지워 보려 해도
떠나 버린 당신 마음 붙잡을 수 없네
오늘도 가 버린 당신의 생각에
눈물로 써 내려간 얼룩진 일기장에
다시 못 올 그대 모습 기다리는 사연.

이 노래를 들으면서 가사를 음미해 보십시오. 원곡자인 설운도 씨 노래도 좋고, 임영웅 씨 노래도 좋습니다. 유튜브를 보면 윤경옥 여사님이 부르신 노래도 좋습니다. 이분은 전국노래자랑 창원시 편에서 최우수상을 수상하셨는데 수상곡이 '보랏빛 엽서'였습니다.

연세가 당시 69세였고, 지금은 71세라고 하시는데 얼마나 담백하게 노래를 부르시는지 정말 깜짝 놀랄 정도로 좋았습니다. 저는 이 세 버전의 노래를 몇 번씩 듣고 인산편지를 쓰고 있습니다.

오늘은 그냥 이 노래에 스며 있는 마음을 담아 인산이 당신께 묻고 싶습니다.

"당신의 삶에도 눈물로 써 내려간 얼룩진 일기장이 있습니까?"

있을 겁니다. 분명히 있을 겁니다. 기억을 더듬어 보고, 되살려 보면 분명히 가슴 한편에 고이 접어 놓은 얼룩진 일기장이 있을 겁니다. 한 번 잘 들여다보십시오. 그 안에 무엇이 들어 있습니까? 어떤 내용이 담겨 있습니까?

당신의 눈물이 들어 있고, 이별의 마음도 들어 있을 겁니다. 한숨 속에 묻힌 사연도 당연히 들어 있겠죠. 가 버린 당신의 생각에 눈물로 써 내려간 얼룩진 일기장이 다시 못 올 누군가를 기다리는 사연 담아 고이고이 남아 있을 겁니다.

눈물로 얼룩진 그 일기장이 곧 저와 당신의 삶입니다. 바로 저와 당신입니다. 잊으려 해도 잊을 수 없는, 지우려 해도 지울 수 없는 삶입니다. 그 삶이 있었기에 지금 저와 당신이 있는 겁니다.

이제는, 지금부터는 또 어떤 눈물로 얼룩진 일기장을 써 나가시렵니까? 그 안에 또 어떤 기다리는 사연을 담으시렵니까? 부디 바라기는 한숨 속에 묻힌 사연보다는 기쁨 가득 담은 사연이길 원합니다.

슬픔과 회한의 눈물로 얼룩진 일기장이기보다는 기쁨과 보람의 눈물로 얼룩진 일기장이면 좋겠습니다. 어찌 우리 삶에 다 기쁜 일만 있겠습니까만은 할 수만 있다면 그 눈물로 짙게 짙게 얼룩진 일기장이면 더 좋겠습니다.

오늘은 수요일입니다. 수요일에는 빨간 장미를! 오늘은 특별히 장미 한 송이와 함께 임영웅 씨의 노래를 선사합니다. 이 노래를 들으면서 인산편지를 읽으실 당신을 위해서 말입니다.

# 오늘 당신은 무슨 결심을 하시겠습니까?

오늘의 결심 / 김경미

라일락이나 은행나무보다 높은 곳에 살지 않겠다

초저녁 별빛보다 많은 등을 켜지 않겠다

여행용 트렁크는 나의 서재

지구 끝까지 들고 가겠다

썩은 치아 같은 실망

오후에는 꼭 치과엘 가겠다

밤하늘에 노랗게 불 켜진 보름달을

신호등으로 알고 급히 횡단보도를 건넜으되

다치지 않았다

생각하면 티끌 같은 월요일에

생각할수록 티끌 같은 금요일까지

창틀 먼지에 다치거나

내 어금니에 혀 물린 날 더 많았으되

함부로 상처받지 않겠다

목차들 재미없어도

크게 서운해하지 않겠다

너무 재미있어도 고단하다

잦은 서운함도 고단하다

한계를 알지만

제 발목보다 가는 담벼락 위를 걷는

갈색의 고양이처럼

비관 없는 애정의 습관도 길러 보겠다.


오늘은 20일입니다. 어제 4.19혁명 60주년 기념일 뜻 깊게 잘 보내셨는지요? 어떤 날인지, 어떤 의미인지 잘 아실 테니 더 말씀드리지 않겠습니다. 그리고 보니 4월도 어느덧 하순에 접어들었습니다.

여러 가지 어려운 상황 속에서도 시간은 변함없이 흐르고 있습니다. 우리가 카이로스의 시간을 말할 때 즐겁고 행복한 시간은 빨리 지나가고, 괴롭고 힘든 시간은 더디 흐르는 것 같다고 말합니다. 정말입니다. 맞는 말입니다. 혹시 누군가로부터 이런 질문 받아 보신 적이 있으신가요? 서울에서 부산까지 가장 빨리 가는 방법이 뭐냐는 질문 말입니다. 정답은 비행기도, KTX도 아닌 사랑하는 사람과 함께 가는 것입니다.

권투경기에서 일방적으로 몰리고 있는 선수에게 있어 한 라운드 3분은 다른 때의 30분, 아니 3시간보다도 긴 시간일 겁니다. 어서 빨리 공이 울리길 기다리는데 쉽게 울리지 않습니다.

그래서 3분이라는 시간이 얼마나 긴 시간인지 알고 싶은 사람은 글러

브를 끼고 권투경기를 해 보라고 합니다. 굳이 말로 설명하지 않아도 몸으로 처절하게 체득할 수 있을 테니까요.

그런데 말입니다.(참으로 오랜만에 쓰는 김상중 버전입니다.) 요즘의 시간은 참 이상합니다. 엄청 즐겁지도, 유쾌하지도 않은 루틴한 일상이 계속되고 있는데 이상하리만치 시간이 금방 지나갑니다. 혹시 저만 그렇게 느끼는 것일까요? 제 의견에 동의하지 않으시는 독자님들도 계실 것 같아 전제를 하겠습니다. 제 경우라고 확실하게 말입니다. 정말 요즘 저는 하루하루가 어떻게 지나가고 있는지 모릅니다. 그래서 가만히 생각해 봤습니다. 그 이유가 무엇인지를요.

솔직히 말씀드리면 저도 똑같은 사람인데 이 상황이 좋겠습니까? 신나겠습니까? 마냥 즐겁고 행복하겠습니까? 그렇지 않습니다. 인류가 살아가는 이 세상을 생각하면 늘 안타깝기만 합니다. 딱히 어떻게 할 도리가 없어서 그저 기도하면서 글로나마 희망을 전하는 작가의 한 사람일 뿐입니다.

그런데 하루하루 시간이 금방 지나갈 정도라고 하니 왜 그런지 궁금하시죠? 저는 금방 답을 찾았습니다. 정확하게 찾았습니다. 그 이유는 지금의 이 어려운 시간이 제게는 더없이 좋은 기회로 다가왔다는 것입니다. 위기를 호기로 만든 것입니다.

어떤 기회냐면 바로 우리 젊은 장병들, 멋진 아들들과 함께할 수 있는 시간이 더 많아졌다는 겁니다. 코로나가 가져온 여러 가지 제약으로 인해 어렵고 힘들어 하는 장병들의 마음을 파고드는 인문학 강의를 더 활발하게 할 수 있어서 그렇습니다.

제 강의를 들은 용사들, 아들들이 제게 문자메시지를 보내옵니다. 힘들고 어려운 시기에 힘이 되고, 용기가 되는, 무한 긍정의 에너지를 얻는 강의를 듣게 되어 정말 좋았다고 합니다.

누가 시켜서 쓰진 않았을 겁니다. 강의가 별로인데 립서비스를 하려고 일부러 꾸미지도 않았을 거라 믿습니다. 계급과 나이를 넘어 장문의 메시지로 전해지는 우리 아들들의 진정성 있는 마음을 저는 분명하게 느끼고 있습니다.


저는 인문학 강의를 통해 다가올 세상에서는 우리 모두가 더욱더 인간으로 돌아가야 한다는 신르네상스, 지금 행복하지 않으면 영원히 행복할 수 없다는 카르페 디엠, 남을 남이 아닌 나처럼 여기는 가치 있는 삶, 지각하는 만큼 존재하는 것이기에 자기 자신의 지각의 세계를 더욱더 넓혀 가야 한다고 강조합니다.

독서를 통해 세상의 미래를 바꿔 나가야 한다는 강한 메시지도 열정을 다해 전합니다. 그러니 젊은이들의 반응이 뜨거울 수밖에 없을 거라 생각합니다. 자화자찬이라고 혼날지는 모르겠으나, 저는 그렇게 여기고 있습니다. 무엇보다도 중요한 게 있습니다.

제가 행하는 모든 일이 우리 아들들을 위한 것이라는 점입니다. 저를 위한 일이 아닙니다. 제 자신을 높이고자 하는 일이 아니고, 제 자신을 빛내고자 하는 일도 아닙니다. 저는 그저 쓰임 받는 도구일 뿐입니다.

이 일에 뜨거운 소망이 있습니다. 장차 우리 대한민국 군대의 미래를 바꾸고, 대한민국의 미래를 바꾸고, 세상의 미래를 바꿀 우리 아들들, 이 멋진 젊은이들을 향한 저의 소망입니다. 이 소망이 있기에 어렵고 힘든 상황 속에서도 저는 행복하게 하루하루, 순간순간을 살아갈 수 있는 것입니다.

부디 바라기는 우리 독자님들께서도 이런 저의 소망을 함께 염원해 주시길 빕니다. 이런 저의 열정을 응원해 주시길 빕니다. 인산편지 독자님들과 함께라면 저는 지치지 않고 헤쳐 나갈 수 있을 것입니다.

사랑하는 인산편지 가족 여러분!

세상을 살아가면서 우리는 많은 결심들을 합니다. 매일매일, 순간순간 결심을 합니다. 결심은 그냥 생각이 아닙니다. 굳은 생각입니다. 생각과 마음에만 머무르지 않고 행동까지 하기로 다짐한 것이 결심입니다.

당연한 말이지만 좋은 결심은 좋은 행동으로 이어집니다. 그래서 우리가 더불어 살아가고 있는 사회가, 나라가 옳은 길로, 좋은 길로 가려면 우리 모두가 좋은 결심을 해야 합니다.

나 혼자 잘 먹고 잘 살겠다는 결심이 아니라, 다른 사람과 더불어 잘 먹고 잘 살겠다는 결심이어야 합니다. 내 자신을 먼저 챙기고 앞세우는 결심이 아니라 때로는 과감하게 양보하고 배려하는 결심이어야 합니다.

특히 저같이 직업군인으로 살아가는 사람에게 결심은 대단히 중요합니다. 절체절명의 순간에서 어떤 결심을 하느냐에 따라 크게는 승패가 좌우될 수도 있기 때문입니다. 인류가 겪어 온 수많은 전쟁사와 전투사의 교훈들이 이를 말해 주고 있습니다.

무엇보다도 중요한 결심은 아름다운 결심입니다. 이 세상을 아름답게 하겠다는 결심이어야 합니다. 자연을 사랑하고, 사람을 사랑하면서 우리가 살아가는 이 세상을 조금이라도 더 아름답게 만들어 나가겠다는 결심이어야 됩니다.

그런 면에서 오늘 시인이 노래하는 오늘의 결심은 참으로 아름답습니다. 순수하고, 소박합니다. 때로는 단호하기도 하지만 어떤 것에는 한없이 여리고 순수합니다. 삶을 관조하고 달관하는 모습까지 다 담겨 있습니다. 이 모든 것을 다 통틀어 사랑의 결심이라 평하고 싶습니다.

시인의 노래를 들으면서 제 머릿속에는 문득 이런 장면도 떠오릅니다. 오늘의 결심을 노래하면서 어금니를 꽉 깨무는 시인의 모습 말입니다. 참으로 순수하고, 겸손하고, 아름다운 시인의 마음이 엿보입니다. 그 마음을 들여다볼 수 있음이 행복입니다.

시인의 결심은 그렇습니다. 세상을 향한 결심입니다. 누구보다도 깊은 사랑을 품고 있기에 그만큼 간절하고 진정성 있는 모습으로 오늘의 결심을 선포하고 있는 것입니다. 우리가 살아가는 이 세상을, 사람을 더 많이 사랑하자고 외치는 시인의 모습이 고맙고 또 고맙습니다.

이 마음을 담아 오늘 인산이 당신께 묻습니다.

"오늘 당신은 무슨 결심을 하시겠습니까?"

한번 생각해 보십시오. 당신만의 결심에 대해서 말입니다. 그리고 주저하지 마십시오. 과감하게 결심하십시오. 저와 당신이 이 세상을 깊이 사랑하면서 더 아름답게 만들겠다는 결심을 할 때 코로나는 반드시, 곧 물러갈 것이라 저는 믿습니다.

# 당신도 길을 걷다 멈출 때가 많습니까?

눈을 감고 / 박 준

눈을 감고 앓다 보면
오래전 살다 온 추운 집이
이불 속에 함께 들어와
떨고 있는 듯했습니다
사람을 사랑하는 날에는
길을 걷다 멈출 때가 많고
저는 한 번 잃었던
길의 걸음을 기억해서
다음에도 길을 잃는 버릇이 있습니다
눈을 감고 앞으로 만날
악연들을 두려워하는 대신
미시령이나 구룡령, 큰새이령 같은
높은 고개들의 이름을 소리내 보거나

역을 가진 도시의 이름을 수첩에 적어 두면

얼마 못 가 그 수첩을 잃어버릴 거라는

이상한 예감들을 만들어 냈습니다

혼자 밥을 먹고 있는 사람에게

전화를 넣어 하나하나 반찬을 물으면

함께 밥을 먹고 있는 것 같기도 했고

손을 빗처럼 말아 머리를 빗고

좁은 길을 나서면

어지러운 저녁들이

제가 모르는 기척들을

오래된 동네의 창마다

새겨넣고 있었습니다.


벌써부터 포스트 코로나, 즉 코로나 이후 인간의 삶을 걱정하는 사람들이 많습니다. 학자들을 포함한 전문가들과 실물경제를 담당하는 사람들까지 다양한 견해가 쏟아집니다.

그 사람들의 의견은 꼭 들어볼 필요가 있습니다. 깊이 새겨야 할 이유도 분명합니다. 당연하게도 그들이 말하는 그 문제가 바로 내 자신의 문제요, 내 가족, 친구, 내 동료들의 문제이며, 나아가서 우리 인류 공동체 모두의 문제이기 때문입니다.

이 문제에 있어 어떤 사람이든 간에 공통적으로 꼭 얘기하는 말이 있습니다. 바로 온라인 세상이 더욱더 늘어난다는 것입니다. 이미 우리는 온라인으로 많은 것을 해결하는 세상에서 살아가고 있습니다. 그럼에도 불구하고 더 많이 늘어난다는 것입니다.

학습효과도 있습니다. 불과 몇 개월 전만 해도 사람들과 만나서 껴안고 더불어 살아가는 것이 전혀 위험하지 않았습니다. 위험하다는 생각을 해 본 적도 없습니다. 지금 많은 사람들이 아주 귀하게 여기는 마스크는 미세먼지로부터 보호하는 용도로만 여겼지 사람과 사람 사이를 가리는 것으로 생각해 본 적도 없습니다.

그런 삶이 불과 몇 달 만에 바뀌었습니다. 사람과 사람이 만나서 부둥켜안고 살아가는 것이 위험하기도 하고, 위태롭기도 할 수 있다는 걸 알게 된 것입니다.

그래서 이제 가급적이면 만나지 않고, 사람 많은 곳에 직접 가지 않고도 잘 살아갈 수 있는 세상을 찾기 시작했습니다. 전부터 인기를 누리던 배달과 배송은 더욱더 탄력을 받았습니다. 지금 그쪽 시장은 일손이 딸려 허덕일 정도로 일거리가 몰린다고 합니다.

그뿐만이 아닙니다. 학생들의 수업도 원격으로 이루어지고 있고 영화나 연극, 음악감상도 온라인 매체 등을 통해 다 이루어지고 있습니다. 지금은 어쩔 수 없이 일시적으로 그렇게 한다고 하지만 이러한 모습이 앞으로 굳어질 개연성도 충분합니다. 이밖에 이루 열거하지 않아도 많은 부분에서 온라인의 삶은 깊숙이 자리잡았습니다.

직접 발로 밟아 보고, 눈으로 보고, 귀로 듣고, 손으로 만져 보는 삶이 바뀌어 가는 겁니다. 4차 산업혁명도 이렇게까지 인간의 삶을 순식간에 바꾸진 못했습니다. 전혀 생각하지도 않았던 바이러스가 이렇게 만든 것입니다.

이러한 세상의 모습에 많이 당황하신 분들도 계시고, 어이없다고 생각하실 분들도 계실 겁니다. 그러나 이러한 일은 이미 예견되어 있었습니다. 스티븐 호킹 박사를 비롯하여 많은 사람들이 바이러스가 가져올 인간 세상의 변화를 예측하고 대비해야 한다고 경고하고 또 경고했습니다.

간과한 것은 아니지만 발 빠르게 대비하지 못하고, 충분히 준비하지 못했기에 전 세계에서 이런 어처구니없는 사태가 일어나고 있는 것만은 부인할 수 없습니다. 처절하게 반성하고 또 반성해야 할 일입니다.

물질적인 삶만 바뀌는 것은 아닙니다. 먼저 정신적인 부분부터 바뀌고 있습니다. 기존에 추구했던 생각들, 마음들이 바뀌고 있습니다. 저는 개인적으로 이것을 코로나가 가져온 신르네상스라고 표현하고 싶습니다.

사람이 살아가는데 있어 중요한 것들, 이를테면 삶의 가치, 행복과 성공의 기준, 살면서 닮고 싶고 추구하고 싶은 모습들에 있어 변화가 일어나고 있습니다. 기존에 중요하게 생각했던 것들이 그 자리를 내어 놓고 있는 것입니다.

사람들은 보았습니다. 그리고 느꼈습니다. 눈에 보이지 않는 바이러스가 사람들의 모습을, 인간의 삶을, 인류가 살아가는 세상을 어떻게 바꾸고 있는지를 말입니다. 다시 인간으로 돌아가야 함을 보고, 느끼고 있는 것입니다.

중요한 것은 바뀌는 것은 분명하다는 사실입니다. 많은 전문가들이 지적하고 있듯이 예전으로 돌아가는 것은 불가능하다는 것을 받아들여야만 합니다. 참으로 안타까운 일이지만 어쩔 수 없는 현실입니다.

포스트 코로나, 코로나 이후의 시대를 당신은 어떻게 살아가실 겁니까? 이 질문을 당신께 던진다면 당신은 무어라고 대답하실 겁니까? 아니, 굳이 지금 당장 대답하시지 않아도 됩니다. 그 질문은 앞으로도 늘 당신을 찾을 테니까요.

사랑하는 인산편지 가족 여러분!

코로나로 인한 어려운 상황에도 불구하고 지금 우리나라는, 우리 국민들은 전 세계적으로 대단히 놀라운 모습을 보여 주고 있습니다. 누구의 공을 따지기에 앞서 이 모습 자체가 대한민국의 위대함을 보여 주는 일입니다.

그런 와중에 국회의원 선거도 다 끝났습니다. 이제 다시 시작해야 합니다. 우리 앞에 놓인 방역과 민생과 경제와 여러 난제들을 온 국민이 힘을 합쳐 다 이겨 내야 합니다. 우리는 할 수 있습니다.

저 역시 우리 국민들이, 아니 좀 더 시야를 넓혀서 이 세상을 살아가는 지구촌의 모든 사람들이 보다 더 행복한 삶을 살아갈 수 있도록 긍정의 힘, 희망의 마음을 전하는 일에 더욱더 힘쓰겠습니다.

잠시 눈을 감아 봅니다. 눈을 감고 생각합니다. 오늘은 세월호 6주기가 되는 날입니다. 그 참담하고 아픈 기억이 지금도 제 머릿속에 생생합니다. 아마 우리 인산편지 독자님들도 대부분 그러하시리라 생각합니다.

저는 인문학 강의를 할 때마다 우리 젊은 장병들에게 늘 "어떻게 살 것인가?"라는 질문을 던집니다. 세상의 미래를 바꿔 갈 젊은이들이기에 그들의 생각이 무엇보다 중요하기 때문입니다.

그러면서 강조합니다. "남을 남이 아닌 나처럼 여기는 삶"을 살아가라고 말입니다. 이는 제 강의의 핵심입니다. 특별히 이 나라를 이끌어갈, 이 사회를 책임질 위치에 있는 사람이 되려면 더욱더 이런 마음을 가져야 한다고 합니다.

우리와 우리의 아이들, 후손들이 안전하고 행복한 나라에서 살아가도록 하려면 우리 모두가 남을 나처럼 소중히 여기는 사람이 되어야 합니다. 그런 사람들이 살아가는 세상을 만들어야 합니다. 이것이 "남이 너를 대접하길 원하는 대로 너도 남을 대접하라."는 황금률인 것입니다.

오늘 시인도 눈을 감고 노래합니다. 눈을 감은 시인의 머릿속에는 무엇이, 그 어떤 것이 명멸하고 있을까요? 수없이 많겠지요. 그 기억들과 그 기척들을 이루 다 말할 수 없을지도 모릅니다.

특별히 사람을 사랑하는 날에는 길을 걷다 멈출 때가 많다고 고백하는 시인의 마음을 들여다봅니다. 그랬겠지요. 그럴 수밖에 없었을 겁니다. 문득, 시인은 아주 자주 길을 걷다 멈추었을 거라는 생각을 해봅니다.

생각해 보면 저도 그랬습니다. 그랬던 적이 많았습니다. 사람을 사랑하는 날, 사람을 사랑하는 순간이면 길을 걷다 멈추곤 했습니다. 앞만 바라보고, 목적지만 생각하고 바삐 걸어가는 삶에는 사람을 사랑하는 일이 끼어들 틈이 부족하지 않을까요?

앞으로 더 자주 그래야겠습니다. 더 자주 길을 걷다가 멈추어 서는 날이 있으면 좋겠습니다. 그날은 내가 누군가를 사랑하는 날이고, 그 순간은 내가 누군가를 사랑하는 순간이기 때문입니다.

이 마음을 담아 오늘 인산이 당신께 묻습니다.

"당신도 길을 걷다 멈출 때가 많습니까?"

오늘 이 물음을 붙들고 당신의 마음속에 사랑하는 사람을 떠올리십시오. 그리고 길을 걷다 한번 멈춰 보십시오. 저와 당신이 날마다 걸어가는 길에서 자주 멈추어 설 때 우리의 사랑은 좀 더 많아진다는 것을 꼭 기억하시길 소망합니다.

# 당신의 사랑의 깊이는 얼마나 됩니까?

그 사랑의 깊이 / 권희수


살아도, 살아 봐도

제 사랑의 원천은 당신으로부터 시작하였습니다

당신의 몸을 사르며

부어 주신 큰 은혜의 강물

나답게 살도록

인과의 과정은 거룩한 역사의 선물

셀 수 없는 바닷물 같은 사랑

그 보답의 시늉은 지금도 작은 섬에 불과합니다

살아도, 살아 봐도

언제나 제 삶의 위로의 밤

그 사랑의 깊이

이순이 되어도 잴 수 없는 축복

어머니!

늦가을 여린 햇살에 당신이 어른거립니다
파란 하늘에 당신의 옥색 저고리가 눈가에 와 닿습니다
노을이 질 무렵
전화하면 대답하실 것이지요?


오늘은 아주 기쁜 소식으로 하루를 엽니다. 다 아시겠지만 어제 있었던 아카데미 시상식 관련 내용입니다. 워낙 대단한 사건이다 보니 지금도 흥분됩니다. 문학으로 말하면 노벨 문학상 수상에 필적할 만한 쾌거입니다.

'기생충'은 지난해 세계 최고의 영화제라고 할 수 있는 칸 영화제에서 대상인 '황금종려상' 수상에 이어 올해는 '아카데미 4관왕'이 되었습니다. 사상 두 번째이고, 아시아에서는 최초입니다. 대한민국 영화 100년의 역사에서 가장 위대한 일입니다.

특별히 신종 코로나 바이러스로 인해 이른바 동양인 혐오증이 퍼져가는 때에 미국 할리우드를 대한민국 영화가 뒤덮었으니 어찌 장하지 않습니까? 전 세계에 문화선진국인 대한민국의 위상을 드높였기에 더 가슴이 뜁니다.

혹자는 너무 떠들썩한 게 아니냐고 할 수도 있겠지만, 이는 미국이라는 나라, 아카데미라는 상을 조금만 들여다본다면 아무리 떠들썩해도 지나치지 않음을 알 수 있습니다.

그것도 하나가 아니라 '작품상', '감독상' 등 4관왕에 올랐으니 더 대단합니다. 특히, 신종 코로나 바이러스로 인해 육체적, 정신적, 경제적 어려움을 겪고 있는 우리 국민들에게 큰 힘과 희망이 되었습니다.

아카데미상에는 상금이 따로 없고, 오직 트로피만 수여된다고 합니다. 이 트로피는 '오스카'라는 애칭의 인간입상(人間立像)입니다. 금으로 도금된 오스카상은 높이 34.5㎝, 무게 3.4㎏로, 5개의 필름 릴 위에 검을 짚고 선 기사 모습을 하고 있습니다. 특히 밑부분 5개의 필름통 형상은 아카데미의 초기 시상 부문인 배우, 감독, 제작, 기술, 각본의 5개 분야를 상징한다고 합니다.

비싸냐구요? 순금이 아니라 도금한 것이기에 그리 비싸지는 않다고 합니다. 다만, 가격이 문제가 아니라 그 영예로 인해 천문학적인 부가 가치가 창출된다고 합니다. 오랜 전통과 권위에 빛나는 아카데미만의 가치와 수상작의 작품성, 흥행성이 따르기 때문입니다.

그래서 다른 모든 걸 떠나서 세계 최고의 영화제를 꼽으라면 많은 사람들이 주저 없이 아카데미를 꼽는 것입니다. 저 역시 글을 쓰는 작가로서, 예술가로서 이러한 예술적 성취에 대해서는 그 누구보다도 아낌없는 찬사를 보내고 싶습니다. 그것이 얼마나 어려운 일이고, 그것이 얼마나 가치 있는 일이며, 그것이 얼마나 의미 있는 일이라는 걸 알기 때문입니다.

우리 인간의 삶은 그러한 창조적인 예술가들로 인해 조금씩 조금씩 더 발전해 왔습니다. 지금 우리 곁에 있는 4차 산업혁명, 5차 산업혁명이 앞으로 우리들의 삶을 지배할지라도 우리는 굳은 믿음이 있습니다.

바로 예술이 갖는 창조성만큼은 우리 인간에게서 절대 뺏어 가지 못할 것이라는 그 믿음, 그 신념 말입니다. 그것은 개개인의 믿음과 신념을 넘어 우리 인간의, 인류의 마지막 자존심임을 우리 모두가 깨닫고 지켜 가야 할 것입니다.

그러기 위해서는 예술을 사랑해야 하고, 예술가들을 아껴야 합니다. 우대해야 한다고까지 말씀드리고 싶으나, 설령 우대는 아니더라도 그 가치를 제대로 인정하는 풍토가 마련되어야 합니다. 필요에 의해, 목적에 의해 필요할 때만 찾는 예술이 되어서는 안 됩니다.

"인생은 짧고, 예술은 길다."는 금언을 잘 아실 겁니다. 우리의 삶에서 늘 예술을 가까이하고, 즐긴다면 우리 대한민국이 지금의 쾌거를 넘어 앞으로도 늘 세계 속에서 빛나는 예술 국가, 문화 국가가 될 것이라 믿습니다.


사랑하는 인산편지 가족 여러분!

언젠가 인산편지를 통해 저는 조선왕조 오백 년의 역사에서 가장 안타까운 예술가를 허난설헌이라고 한 적이 있습니다. 조선 최고의 여류시인이라고 불리는 분입니다.

그런데 말입니다. 이 허난설헌과 함께 조선 최고의 여류시인으로 불리는 또 한 분이 있습니다. 바로 이옥봉 시인입니다. 이옥봉은 어려서부터 천재 시인이었음에도 불구하고, 조원이라는 사랑하는 사람의 소실이 되기 위해 절필한 사람입니다.

나중에 남편의 누명을 벗겨 달라는 이웃집 여인의 하소연을 거절하지 못해 직접 시를 쓰는 바람에 발각이 되어 친정으로 쫓겨났고, 그 이후로는 단 한 번도 조원을 만나지 못하고 평생 시를 지으며 여생을 보낸 분입니다.

그리고 보면 조원이라는 남자는 참으로 안타깝고, 불쌍한 남자입니다. 자기 옆에 있는 부인이 백 년이 아니라 오백 년에 한 명 나올까 말까 하는 천재적인 시인인지도 모르고 내쫓았으니 말입니다. 이 어찌 바보 같은 남자라 아니할 수 있겠습니까? 혹여나 그분의 후손들이 들으면 절 탓하겠지만 말입니다.

이렇듯 과거 조선시대에는 예술을 하는 사람을 높이 평가하지 않았습니다. 문인은 그래도 좀 나았지만 그것도 양반에 국한된 얘기였습니다. 평민이나 천민이 글을 쓰거나 시를 짓는다는 것은 생각도 못할 일이었습니다. 또한 음악을 하거나, 그림을 그리는 예술가들은 양반들이 하대하거나 천시했고, 악극을 하는 사람들은 아예 광대라고 하여 더 낮은 신분에 처할 정도였으니 말입니다.

이러한 역사를 지닌 나라에서 전 세계를 주름잡는 BTS라는 아이돌 그룹이 나오고, 세계 최고의 영화인 칸 영화제와 아카데미 영화제의 작품상을 수상하고, 맨부커상을 받는 문학작품이 나오고 하니 가슴이 뿌듯합니다. 이제 곧 노벨 문학상이 나올 차례입니다. 물론 저도 그 후보입니다. 아주 강력한 후보 말입니다. ㅎㅎㅎ


오늘 이 좋은 아침에, 그것도 한파가 물러가고 봄날의 따뜻한 기운이 퍼지는 참 좋은 아침에 시인이 노래하는 한 편의 시를 당신께 들려 드립니다. 바로 우리 인간의 영원한 주제, 예술의 영원한 주제인 사랑 노래입니다.

"제 사랑의 원천은 당신으로부터 시작하였습니다."로 시작하는 노래를 들으며, 시인의 당신, 저의 당신을 떠올립니다. 저 역시 제 사랑의 원천이 저의 당신으로부터 시작하였음을 부인할 수 없습니다.

비단 저뿐이겠습니까? 당신도 그러하실 테지요. 분명 그러하실 겁니다. 그 사랑은 어느 누구를 막론하고 다 품고 있는 사랑입니다. 당신의 몸을 사르며 일군 사랑이고, 나답게 살도록 해 준 사랑입니다. 그러니 큰 은혜의 강물이자 거룩한 역사의 선물이라는 엄청난 찬사를 붙인다 해도 부족하고 또 부족할 따름입니다.

그 위대한 사랑에 대한 보답의 시늉은 지금도 작은 섬에 불과하다는 시인의 고백은 저 역시도 지금까지 미처 해 보지 못하고 들어 보지 못했던 이 세상에서 가장 솔직하고, 이 세상에서 가장 아름다운 고백입니다.

그러니 "노을이 질 무렵 전화하면 대답하실 것이지요?" 이렇게 전하는 시인의 애절한 고백과 간청은 분명 전달되었을 거라 믿습니다. 다른 누군가 아닌 시인의 당신께 말입니다.

이런 시인의 마음을 담아 오늘 인산이 당신께 묻습니다.


"당신의 사랑의 깊이는 얼마나 됩니까?"


우리가 인간일 수 있는 이유는 사랑 때문입니다. 사랑이 있기에 우리는 구별된 존재일 수 있는 겁니다. 오늘 우리를 존재하게 하고, 우리를 살아가게 한 그 사랑의 원천을 깊이 생각하면서 우리의 사랑의 깊이도 사유하지 않을 수 없습니다.

깊어야겠죠. 할 수만 있다면 깊고 또 깊어야겠죠. 저와 당신의 사랑의 깊이가 결국 우리가 살아가는 이 세상의 사랑의 깊이일 테니까요. 그 사랑의 깊이가 이 세상을 아름답게 만들어 가는 원천이 될 테니까요.

# 당신이 놀던 고향의 겨울은
어떠했습니까?

내 놀던 고향의 겨울 / 권희수

봄 여름 가을 섬진강 자락

부산했던 삶이 눈 속에 잠긴다

눈빛에 눈이 시리고

유리처럼 맑은 얼음장 밑으로

강물만 조용히 흐른다

반나절이 되면

썰매와 스케이트 타고

강의 긴 가장자리를 신나게 내달렸다

한나절에는

강 언덕배기에서 둘이 셋이 손잡고

몸 뒷면을 맡겼던 눈사진 놀이

빈 무밭에서 머슴애들과

꿈을 멀리 쳐올리는 자치기 놀이

어느새 짧은 해는 서산에 걸리었다
겨우 내내 더운 계절
내 놀던 고향의 그곳.


지금도 비가 옵니다. 3일 동안 줄기차게 비가 많이 내리고 있습니다. 겨울비치고는 대단히 많은 양입니다. 정월이라는 달, 절기도 소한을 지난 한겨울에 눈이 아닌 비가 이렇게 많이 내리는 경우도 매우 드문 일입니다.

아마도 지금 내리는 비가 눈이 되었다면 폭설이었을 것입니다. 물론 눈을 치워야 하고, 길도 미끄럽고 여러 가지 불편하기도 했겠지만, 그래도 모처럼 겨울의 정취는 만끽했을 겁니다.

작년 12월에도 눈이 거의 오지 않았고, 올해에 접어들어서도 눈을 보기 힘드니 이러다가 올겨울은 눈다운 눈을 구경하지 못하고 보내는 게 아닌가 걱정이 됩니다.

제가 걱정이라고까지 표현한 이유가 있습니다. 흔히 말하지 않습니까? 겨울에 눈이 많이 오면 그다음 해에는 풍년이 든다고 말입니다. 아예 근거가 없는 말은 아닙니다. 과학적으로 이미 증명된 말입니다.

미국 하버드대의 대기환경화학과 연구팀이 7년 동안의 연구 끝에 겨울철의 강설량이 다음해 여름 식물의 생장에 큰 영향을 끼친다고 발표한 바 있습니다.

겨울철에 눈이 많으면 여름철 식물의 탄수화물 생성에 관여하는 물질이 평균 25% 이상 증가하고, 광합성 역시 10% 가량 활발해져 강설량이 풍년과 흉년을 가르는데 결정적인 역할을 한다는 것입니다.

그러고 보면 우리 조상들의 말씀은 단순한 '근자감(근거 없는 자신감)'이 아니었습니다. 비록 하버드대 연구팀처럼 과학적인 수치를 제시하면서까지 분석적인 연구 성과를 발표하지는 않았지만 오랜 경험에서 나오는 지혜는 과학을 능가하고도 남음이 있습니다.

사실 요즘 세상에는 쌀이 남아돌고, 어떨 때는 처치 곤란인 경우까지 있기 때문에 옛날처럼 풍년이냐 흉년이냐를 깊게 따지는 사람도 거의 없습니다. 또 어쩌면 아이들은 풍년과 흉년의 의미조차도 모를 수 있습니다.

그래도 가르쳐야 합니다. 우리의 자식들, 손자들은 못 먹고 못 사는 시대를 처절하게 체험하면서 그 시대를 관통하지 않았기에 잘 모를 수도 있습니다. 관심 밖일 수도 있습니다. 그래도 최소한 그런 것만큼은 알아야 하고, 가르쳐야 합니다.

지혜의 단절이 있어서는 안 됩니다. 우리의 자연은 그냥 거저 주어지는 게 아님을 알아야 하고, 자연은 늘 같은 모습으로 변함없이 있는 게 아니라는 걸 알아야 합니다.

지금 우리가 맞닥뜨리고 있는 기후변화, 환경문제 등 수많은 절실한 문제들이 우리들이 생각하고 있는 것보다 훨씬 더 심각하고 훨씬 더 급박하다는 것을 깨달아야 합니다.

정말이지 이제는 갈 데가 없습니다. 막다른 골목까지 와 있습니다. 그래서 우리 곁에 늘 있는 자연의 현상에 끊임없이 관심을 갖는 게 무엇보다 중요하다는 걸 꼭 기억해 주십시오.

사랑하는 인산편지 가족 여러분!

어제 올린 편지를 보시고 많은 분들께서 고향을 떠올리셨다고 하셨습니다. 어디에 살고 있든지 간에 우리가 늘 마음속에 품고 있는 그곳이 바로 고향 아닙니까?

시인이 노래한 그 겨울 저녁의 풍경은 정말이지 동시대를 살아온 저와 수많은 분들의 겨울 모습이었을 겁니다. 그 겨울 속에는 수많은 이야기들이 숨겨 있습니다. 그 이야기들을 하나 둘 꺼내서 들여다보는 재미도 제법 쏠쏠할 겁니다.

그래서 오늘은 또 하나의 겨울시, 그 안에 우리의 고향이 꿈틀거리는 아주 아름다운 시 한 편을 당신께 선사합니다. 저는 저 시에 담겨 있는 섬진강 자락의 그곳, 시인의 고향을 이미 알고 있습니다.

시를 음미해 나가면 겨울날 시인의 고향이 눈앞에 막 펼쳐지고, 그 모습이 그렇게 아름다울 수 없습니다.

눈빛에 눈이 시리고
유리처럼 맑은 얼음장 밑으로
강물만 조용히 흐른다.

그냥 한 폭의 그림이나 사진이 되어 눈앞에 펼쳐지지 않습니까?

저도 겨울철이면 썰매와 스케이트를 신나게 탔습니다. 그때는 겨울철이 되면 집에 스케이트가 있느냐 없느냐가 빈부를 가르는 기준이 되기도 했습니다. 믿거나 말거나입니다. ㅎㅎ

그러니 "반나절이 되면/썰매와 스케이트 타고/강의 긴 가장자리를 신나게 내달렸다"는 시인님의 회상이 저의 회상일 수밖에 없습니다. 아무리 그래도 어쩜 그리 같을 수 있습니까?

그때 겨울날은 짧았습니다. 밤이 길다는 것을 모르는 때였습니다. 그저 수없이 많은 이야기와 놀이가 담겨 있으니 짧을 수밖에 없었습니다. 길고 긴 겨울밤을 지새우는 수없이 많은 사람들의 정이 담겨 있으니 더울 수밖에 없습니다.

생각해 보면 그 이야기로, 놀이로, 정으로 겨울을 보냈던 게 아닐까 합니다. 그래서 "겨우 내내 더운 계절/내 놀던 고향의 그곳"인 시인의 고향이 곧 제 고향인 것입니다.

이 마음을 담아 오늘 인산이 당신께 묻습니다.

"당신이 놀던 고향의 겨울은 어떠했습니까?"

오늘 이 아침, 이 물음을 붙들고 당신의 고향과 마주해 보십시오. 당신의 겨울과 만나 보십시오. 그곳에 당신이 있습니다. 그 속에 당신이 있습니다. 그 당신이 전하는 겨울 이야기를 맘껏 들어 보십시오. 저도 당신 곁에서 당신이 전하는 그 겨울 이야기를 듣고 싶습니다.

# 당신의 동네엔 빵집이 몇 개 있습니까?

빵집이 다섯 개 있는 동네 / 최정례

우리 동네엔 빵집이 다섯 개 있다
빠리바게뜨, 엠마
김창근 베이커리, 신라딩, 뚜레쮸르
빠리바게뜨에서는 쿠폰을 주고
엠마는 간판이 크고
김창근 베이커리는 유통기한
다 된 빵을 덤으로 준다
신라당은 오래 돼서
뚜레쮸르는 친절이 지나쳐서
그래서
나는 빠리바게뜨에 가고
나도 모르게 엠마에도 간다
미장원 냄새가 싫어서 빠르게 지나치면

김창근 베이커리가 나온다

내가 어렸을 땐

학교에서 급식으로 옥수수빵을 주었는데

하면서 신라당을 가고

무심코 뚜레주르도 가게 된다

밥 먹기 싫어서 빵을 사고

애들한테도

간단하게 빵 먹어라 한다

우리 동네엔 교회가 여섯이다

형님은 고3 딸 때문에 새벽교회를 다니고

윤희 엄마는 병들어 복음교회를 가고

은영이는 성가대 지휘자라서 주말엔 없다

넌 뭘 믿고 교회에 안 나가냐고

겸손하라고

목사님 말씀을 들어 보라며

내 귀에 테이프를 꽂아놓는다

우리 동네엔 빵집이 다섯

교회가 여섯 미장원이 일곱이다

사람들은 뛰듯이 걷고

누구나 다 파마를 염색을 하고

상가 입구에선 영생의 전도지를 돌린다

줄줄이 고깃집이 있고

김밥집이 있고

두 집 걸러 빵 냄새가 나서

안 살 수가 없다

그렇다

살 수밖에 없다.


최근 몇 년 간 인류의 최고 화두는 단연 '4차 산업혁명'이었습니다. 어느 나라, 어떤 조직 할 것 없이 4차 산업혁명을 입에 달고 살았고, 그걸 언급하지 않으면 마치 시대에 뒤떨어지는 것처럼 여기며 살아왔습니다.

군대라고 예외는 아니었습니다. 제가 몸담고 있는 대한민국 육군도 마찬가지였습니다. 4차 산업혁명 기술을 적용한 디지털 군대를 만들기 위해 엄청난 노력을 기울여 왔습니다. 미래 육군이 나아가야 할 방향도 '한계를 넘어서는 초일류 육군'이라고 정했습니다.

워리워플랫폼, 드론봇전투체계, 히말라야 프로젝트 등 이름도 생소한 단어들이 각종 정책보고서를 장식했고, 민관군산학연의 협력체계를 구축하기 위해 동분서주했습니다.

군대가 이럴진대 민간 기업이나 사회는 어떠했겠습니까? 누가 조금 더 빨리, 누가 조금 더 많이 4차 산업혁명 기술을 적용하고, 활용하느냐에 따라 기업이나 조직의 존망이 달려 있기에 필사적인 노력을 기울이지 않을 수 없었던 겁니다.

그런데 말입니다. 한번 지금의 상황을, 지구촌에 있는 우리 인류가 살아가는 모습을 생각해 보십시오. 지금 이 모습과 4차 산업혁명을 연관시킬 수 있습니까? 아니, 조금이라도 연관되거나 연상될 정도로 떠오르는 게 있습니까?

조금 심한 표현일지는 모르겠으나 아무것도 아니었습니다. 정말이지 죽고 사는 문제는 더더욱 아니었습니다. 지금 눈에 보이지 않는 이상한 바이러스 하나가 전 세계 인류를 엄청난 공포에 떨게 만들고, 사람들의 삶을 완전히 바꾸어 놓았습니다. 사회적 거리두기 운동에 무슨 4차 산업혁명이 필요하며, 무슨 첨단기술이 필요하겠습니까?

저는 이런 주장을 하고 싶습니다. 인류가 어둠 속을 헤매던 중세 시절을 알고 계실 겁니다. 그 당시에 한 줄기 등불이 되었던 것은 르네상스였습니다. 그것은 다름 아닌 신에게서 인간 본연의 정신으로 돌아가자는 것이었음을 우리는 똑똑히 기억해야 하고 있습니다.

지금 필요한 것도 역시 르네상스입니다. 이제는 과거의 르네상스가 아닌 신르네상스입니다. 과거의 르네상스가 신에게서 인간으로였다면, 신르네상스는 기술로부터 인간으로여야 합니다. 자고 일어나면 온통 세상을 획기적으로 바꿀 것이라 여겼던 기술만능주의에서 벗어나 인간 본연의 정신으로 다시 돌아가야 합니다. 오직 인간을 위한 기술이어야 합니다.

그런 면에서 빌 게이츠가 말한 대로 이번 코로나19 사태는 비록 안타깝지만, 우리 인류에게 있어 대단히 의미 있는 마지막 성찰의 기회가 되어야 한다고 저는 확신합니다. 이 기회를 놓쳐 버리면 어쩌면 두 번 다시 기회가 없을 수도 있습니다.

아주 멀지 않은 장래에 스티븐 호킹 박사님이 말씀하신 인류 최대의 위협에 직면할 수 있습니다. 우리의 아이들, 그 아이들의 아이들은 우리가 겪고 있는 지금의 이 고통과 공포보다 몇 십 배, 몇 백 배 더한 심각한 상황과 맞닥뜨릴 수도 있습니다.

　이것을 한 시도 잊어서는 안 됩니다. 각국의 정치지도자들을 포함하여 전 인류가 심각하게 고민하면서 머리를 맞대야 합니다. 자기만 잘 먹고 잘 살겠다는 사람, 자기 조직만 잘 되면 문제없다는 소아적인 사람들은 생각을 바꿔야 합니다.

　죽음 앞에서, 멸망 앞에서 그 무엇이 중요하겠습니까? 지위가 아무리 높아도, 권력이 엄청나게 커도, 돈이 주체할 수 없을 정도로 많아도 아무 소용없는 일임을 우리는 분명히 알고 있음에도 불구하고 현실에서는 부나방처럼 여전히 그것만을 쫓으며 살아가고 있는 건 아닌지 돌아보고 또 돌아보아야 할 일입니다.


　사랑하는 인산편지 가족 여러분!

　인류의 역사를 놓고 볼 때 엄청난 사건들이나 전쟁들을 겪고 난 이후의 세상은 그 이전과 획기적으로 달라졌습니다. 개개인이 겪어야 했던 어려움은 물론이고, 사회와 나라가 감내했던 일들이 그 이전과 같이 그냥 내버려두지 않았습니다.

　잘 아시는 바와 같이 산업혁명과 정보혁명과 같은 사회적인 변화를 포함하여 제1차 세계대전, 제2차 세계대전, 6.25전쟁, 월남전, 이라크전과 같은 전쟁은 해당 나라는 물론이고, 전 세계를 바꾸어 놓았습니다.

　이제 코로나19가 가져온 팬데믹도 분명 우리 인류의 삶을 바꾸어 놓을 것입니다. 이 코로나는 어느 한 나라, 어느 한 대륙에 국한되지 않고 지구촌 전체에 해당되기 때문에 그 영향은 더욱더 클 것이라 생각합니다.

잠시 한번 생각해 보십시오. 그러면 어떻게 바뀔까요? 어떻게 변할까요? 이 문제는 대단히 중요한 문제입니다. 어쩌면 향후 인류가 살아가야 할 큰 방향과 흐름을 결정하는 게 될지도 모를 일입니다.

4차 산업혁명 기술에만 함몰되어 앞으로는 AI와 로봇이 모든 걸 다 해결해 주는 세상만을 꿈꿔 왔던 인간의 생각을 바꿔야 합니다. 그 세상이 물론 편리하고 좋은 점도 많겠지만, 한편으로는 얼마나 위험할 수 있을지 구체적으로 논의하고 준비하고 대비해야 합니다.

무엇보다도 인간이 인간다움을 잃지 않으면서 살아가야 할 방법에 집중해야 합니다. 먹고사는 문제인 의식주의 해결은 여전히 중요한 문제입니다. 사흘 굶어 도둑질 안 하는 사람 없다는 말이 그냥 빈말이 아닙니다.

어느 일정한 시점에 팬데믹의 공포가 물러가고 나면 현실적으로 볼 때 당장은 경제문제가 가장 큰 이슈가 될 것입니다. 엊그제 G20정상회의를 통해 주요 각국의 정상들이 머리를 맞댔습니다. 자주 맞대야 합니다. 그래서 이 상황 이후의 모습을 준비해야 합니다.

그것을 얼마나 잘 하느냐 마느냐에 따라 스티븐 호킹 박사가 말씀하신 수백 년 내에 찾아올 인류의 위협을 막을 수 있느냐 없느냐가 결정될 거라고 저는 확신합니다.


오늘 시인은 노래합니다. 아주 정겨운 노래이고, 아주 재밌는 노래입니다. 이 시를 음미하면서 저는 빵을 아주 좋아하시는 제 페친을 떠올렸습니다. 저 역시 빵을 좋아하기에 그 마음이 더 깊이 가슴에 와 닿았습니다.

1984년 1월의 어느 추운 날 저녁, 그날은 제가 육군사관학교에 가입교하기 전 날이었습니다. 부모님과 함께 서울에 살고 있는 누나의 집에서 하룻밤을 묵었습니다. 맛있는 저녁을 먹고 나서 집으로 오니 누나가 미리 사 놓은 빵을 주는 것이었습니다. 배가 너무 불러서 나중에 먹겠다고 해 놓고는 손도 안 대고 그대로 입교했습니다.

입교한 이후에는 상상도 못했던 6주간의 혹독한 기초 군사훈련이 이어졌습니다. 정말 문자 그대로 'beast trainning'이라고 할 정도로 가혹하고, 비인간적인 훈련이었습니다. 간식은커녕 주어진 밥도 잘 못 먹었습니다. 36년이 지난 지금에 와서 생각해 봐도 힘든 시간들의 연속이었습니다.

나중에 알고 보니 상급생도들이 일부러 그렇게 시킨 것이었습니다. 장차 전장에서 부하들을 이끌고 절체절명의 상황을 담대하게 헤쳐 나가기 위해서는 극한상황을 극복하는 힘이 꼭 필요하다고 하여 전통적으로 이어져 내려오는 훈련방법이었습니다.

저는 그래도 잘한 편이었습니다. 파이팅까지 외치면서 동기생들을 격려하기까지 할 정도였으니까요. 그런 제 머릿속에도 6주 내내 떠나지 않고 자리잡은 하나가 있었으니 바로 누나네 집에 놔두고 온 빵이었습니다. 얼마나 배가 고팠으면 그랬겠습니까?

빵이라는 단어를 들으면 제일 먼저 떠오르는 빵이 바로 그 빵입니다. 그러니 이 시를 음미하면서도 그때가 떠오르는 건 당연한 일입니다. 저역시 지금 제가 살고 있는 안양의 동네에 있는 빵집을 떠올립니다. 여기 와서는 그렇게 자주 가지는 않았지만 그래도 어디에 빵집이 있는지는 알고 있습니다.

　그렇습니다. 코로나19가 우리의 평범한 삶을, 소소한 일상을 앗아갔지만 그래도 우리는 변함없이 살아가야 합니다. 인간으로서, 인간의 길을 걸어가야 합니다. 사회적 거리두기를 하라고 해서 모든 걸 다 틀어막고, 걸어 잠그고 살 필요까지는 없습니다. 예방수칙을 잘 따르면서 얼마든지 소소한 일상을 누릴 수 있습니다.

　오늘 이 아름다운 봄날, 3월을 채 이틀 남겨 놓은 월요일 아침에 인산이 당신께 묻습니다.


"당신의 동네엔 빵집이 몇 개 있습니까?"


　오늘 퇴근하면서, 집에 들어가면서 빵집에 들러 빵 하나 사 가는 건 어떻습니까? 그 빵 속에 당신의 사랑을 가득 담아서 말입니다. 저도 우리 인산편지 식구님들께, 특별히 빵을 좋아하시는 페친님께 제 마음을 담아 구수한 빵을 드리고 싶습니다.

# 요즘, 당신도 정지의 힘을
# 느끼고 계십니까?

정지의 힘 / 백무산

기차를 세우는 힘, 그 힘으로 기차는 달린다
시간을 멈추는 힘, 그 힘으로 우리는 미래로 간다
무엇을 하지 않을 자유, 그로 인해 무엇을 해야 할 것인가를 안다
무엇이 되지 않을 자유, 그 힘으로 나는 내가 된다
세상을 멈추는 힘, 그 힘으로 우리는 달린다
정지에 이르렀을 때, 우리가 달리는 이유를 안다
씨앗처럼 정지하라, 꽃은 멈춤의 힘으로 피어난다.


4월의 첫 날입니다. 희망에 찬 마음으로 한 해를 시작한 지 벌써 1/4
이 지났습니다. 올해를 맞이할 때만 해도 지금과 같은 이런 상황이 있
을 줄은 어느 누구도 생각하지 못했을 겁니다.

작은 바이러스 하나가 세상을 이렇게 온통 뒤집어 놓을 줄 누가 알았
겠습니까? 생각만 하면 참으로 어처구니없기도 하고, 참혹한 만큼 안

타깝기만 합니다. 더 큰 문제는 이 상황의 끝이 보이지 않는다는 점입니다.

다음 주 월요일에 개학을 하겠다던 계획도 다시 연기가 되어 4월 9일에 고3과 중3부터 '온라인 개학'을 하겠다고 합니다. 학생들은 물론 학부모들도 많은 어려움이 있을 겁니다. 부디 바라기는 이 어려움들을 잘 헤쳐 나갔으면 좋겠습니다.

3월을 보내며 많은 독자님들께서 4월에 대한 희망을 노래했습니다. T. S 엘리엇의 '황무지'보다 더 간절한 희망을 담았고, 더 귀한 마음을 담았습니다. 그 마음들을 한번 같이 음미해 보시지 않겠습니까?

"희망의 3월이 우리에게 전 세계의 많은 소식을 전해 주고 파랗고 초록이 묻어나는 소식은 아직 기다리게 합니다. 그치지 않은 비는 없겠죠. 좀 더 우산을 더 쓰고 몸을 추스르면서 4월맞이를 준비해 봅니다."

"일상의 소중함 저도 늘 느끼는 겁니다. 과거 군 생활의 일상으로 돌아갈 순 없어도 코로나19 발생 전 일상으로는 빨리 돌아갔으면 좋겠습니다. 다양한 사람을 만나고, 좋아하는 강아지 고양이도 만나고, 교회에 가서 찬양대에서 찬양도 하고 싶습니다. 당연하다고 여겼던 일상이 다 망쳐진 요즘 그 소소한 일상이 너무나 그립습니다. 때론 코로나19가 밉기도 하지만 자연이 우리에게 가르침을 주고 있음을 느낍니다. 자연을 파괴하지 말고 사랑하라고 그렇게 말하고 있는 것 같습니다. 멈춘 지금… 세상을, 주변을 돌아보라고 하는 것 같습니다. 깊이 생각할 시간을 주는 것 같습니다. 이 기회를 놓치면 안 됩니다."

"여수행 전라선 마지막 열차를 읽으면서 아주 어린 시절 6~7세 정도

되었을 무렵. 온 가족이 목포에 있는 외갓집에 기차를 타고 갔던 날들이 기억납니다. 그땐 대전역에서 꽤 오래 멈춰서 역내에 우동을 사 먹을 시간이 있었습니다. 그때 아빠가 사 주신 생애 첫 우동 맛을 잊을 수가 없습니다. 정말 구수하고 맛있었습니다.^^ 지금은 느린 기차가 거의 사라지고 KTX만 많아서 그런 낭만을 즐길 순 없지만 지금도 가끔 어린 시절 생각이 나네요."

"열심히 읽다가 생각에 잠깁니다. 소리 내어 읽다가 하늘을 쳐다봅니다. 상념이 많아지면 글을 쓰기도 합니다."

"시를 대하니 저의 청년 시절 야간열차, 주로 밤 11시 이후에 출발하는 야간열차를 타고 고향 남원을 다녀오곤 했던 생각이 떠오릅니다. 한강을 건너 검은 들을 지나 달리다 보면 서대전역이 나오고, 잠시 머물다 남으로 남으로 달리면 새벽에 고향 남원역에 내리게 되곤 했습니다. 객실 안은 정겨운 풍경이었습니다. 웃음소리, 이야깃소리, 아기 울음소리… 그립습니다! '격리'니 '거리두기'가 사라지고 '함께', '가까이'가 회복되기를 기도합니다."


보내 주신 우리 독자님들의 마음에 참으로 감사합니다. 제가 인산편지 지면을 통해 가끔씩 우리 독자님들의 마음을 소개해 드리는 이유는 인산편지가 저 혼자만의 글이 아니라 작가와 독자가 날마다 마음으로 소통하는 글이기 때문입니다. 독자님들의 마음이 늘 함께하는 글이기 때문입니다.

인산편지를 받으시고 나서 하루하루 빠지지 않고 마음을 표현하는 것이, 길게 답장을 쓴다는 것이 결코 쉽지 않은 일임을 저는 잘 알고 있습니다. 그러나 쉽지 않기에 의미가 있는 것입니다. 저와 함께 늘 공감하며 마음을 나누고, 글을 나누다 보면 언젠가는 우리 독자님들도 다 작가가 되어 있을 거라고 저는 확신합니다.

사랑하는 인산편지 가족 여러분!

며칠 전에 세계적인 부호인 빌 게이츠가 코로나19 백신 개발에 써 달라고 무려 1,200억 원에 가까운 금액을 기부했다고 합니다. 빌 게이츠 부부가 세계 최고의 갑부이고, 그에 걸맞게 엄청난 기부를 하는 건 널리 알려진 사실이지만 그렇다고 매번 거액의 기부를 한다는 게 결코 가진 게 많아서 하는 건 아니라는 걸 알기에 늘 존경하는 마음을 갖게 됩니다.

기부를 하면서 빌 게이츠가 이렇게 말했답니다. 한번 음미해 볼 필요가 있는 말입니다. 핵심은 바로 이것이었습니다. 코로나19는 인류의 대재앙이 아니라, 올바른 교정자라며 코로나19가 준 교훈을 받아들이고 고쳐야 밝은 미래가 있다고 말입니다.

그러면서 지금 일어나고 있는 이 모든 일들은 우리에게 직업, 종교, 나이, 부자와 가난한 자 등 모든 사람이 평등하다는 것을 알려 줬고, 그와 더불어 아주 많은 것들을 알려 주었다고 했습니다.

예를 들면, 건강의 소중함, 손 씻기의 중요함, 짧은 인생을 살면서 서로 도와 가며 살아야 한다는 것, 생각을 바꾸지 않고 행동하지 않으면 바이러스는 언제든지 또다시 인간에게 위협을 줄 수 있다고 말입니다.

정말 옳은 말입니다. "어리석은 사람은 겪고 나서도 잊어버리고, 보통 사람은 겪고 나서 알고, 현명한 사람은 겪지 않고도 미리 알고 대처한다."고 했습니다. 사실 지금 지구상의 모든 나라, 모든 사람들은 현명하지 못했습니다.

그러나 지금부터라도 현명해져야 합니다. 서로 자기 입장만 생각하는 소아적인 마음, 당장 발등의 불을 끄기에 급급한 근시안적인 생각을 모두 벗어 버려야 합니다.

너 나 할 것 없이 우리 인류 공동체가 한마음으로 힘을 모아 대처해 나가야 합니다. 그것이 스티븐 호킹 박사와 빌 게이츠가 말한 인류에 대한 심각한 위협에 대처하고 앞으로 더 큰 위협을 예방하는 길임을 명심 또 명심해야 할 것입니다.


오늘 시인이 전하는 노래를 들으며 일상이 멈춘 우리의 삶을 돌아봅니다. 빨리 지나갈 때는 미처 몰랐던 것들, 바빠 살아가면서 애써 외면했던 것들이 하나 둘 마음에 들어옵니다. 혜민 스님이 쓰신 책 제목처럼 정말이지 '멈추면 비로소 보이는 것들'이 한두 가지가 아닙니다.

그럴 때마다 "왜 이렇게 살아왔나, 왜 진즉 돌아보지 못했나, 왜 좀 더 마음을 두고 살피지 못했나."라는 마음이 듭니다. 군이 자괴감까지는 아닐지라도 아쉬움과 미련과 후회까지 드는 게 사실입니다.

대나무가 높이 자라기 위해서는 매듭이 필요하다는 걸 알면서도 막상 우리의 삶에서는 그 매듭을 만들 생각을 하지 않습니다. 매듭을 만들 시간에 더 위로 쭉쭉 뻗어 갈 생각만 하고 있습니다. 매듭이 없으면 올라갈 수도 없거니와 언젠가 휘어지고, 부러질 수 있음도 모릅니다. 정지의 힘, 멈추는 힘을 모르는 안타까운 우리의 모습입니다.

이 마음을 담아 오늘 인산이 당신께 묻습니다.

"요즘, 당신도 정지의 힘을 느끼고 계십니까?"

저는 압니다. 때론 정지하기가 힘든 분들의 마음을요. 정지하면 다시 일어서기 어렵고, 다시 달려가기 어려운 분들의 입장도요. 그분들의 마음을 모르고 한낱 말장난이나 하는 게 아닙니다. 하루하루 피가 마르는 듯 생계를 걱정해야 하는 분들에게 있어서 정지는 곧 끝일 수도 있다는 생각도 해 봅니다.

혹여나 그분들이 인산편지를 보시면 한가하게 속 편한 소리나 하고 있다고 절 책망하실지도 모릅니다. 그래서 정말 그래서 이렇게나마 그분들의 가슴까지 헤아리고 싶다는 제 마음을 표현하고 싶습니다.

그분들에게 있어서 정지는 또 다른 절박한 의미겠지요. 그래도 그래도 다시 일어서야 합니다. 정지의 힘을 믿어야 합니다. 비록 정지하고 싶지 않은데 어쩔 수 없이 정지했다 하더라도 그 정지의 힘으로 달릴 수 있다는 무한 긍정으로 다시 일어서야 합니다.

그 힘은 분명히 있습니다. 그 희망은 반드시 존재합니다. 언제, 어떠한 상황 속에서도 이 세상에는 정지의 힘과 정지의 희망이 반드시 있음을 늘 기억하면서 힘을 내고, 힘을 주는 저와 당신이 되시길 마음 모아 소망합니다.

# PART 4 성찰

# 지금, 당신도 이만함에 감사하십니까?

이만함의 감사 / 김인수

그래, 이만하면 됐지
무얼 더 바래
아침이면 해 뜨잖아
해와 함께 너도 눈 뜨잖아
둘 다 안 뜰 수도 있고,
둘 중 하나가 못 뜰 수 있는데
그래, 둘 다 떴으면 됐지
무얼 더 바래
그래, 이 정도면 됐지
무얼 더 원해
일어나면 밥 먹잖아
밥 아니라도 먹을 게 있잖아
먹고파도 아파서 못 먹을 수 있고

먹을 게 아예 없을 수도 있는데

그래, 뭐든 먹으면 됐지

무얼 더 원해

우주의 작은 별 지구 모퉁이에서

날마다 하늘 보고, 별 대하며

철따라 바람 맞고, 비 맞으며

이렇게 살자, 저렇게 죽자 할 때

너에게 전하고 싶은 딱 한마디

그래, 이만하면 됐지

이만하면 감사

이만함에 감사

맞아!

이만함의 감사.


지난 주말 어느 독자님으로부터 한 통의 전화를 받았습니다. 잘 알고 있는 사이고, 모처럼 걸려온 전화였기에 그냥 오랜만에 안부전화를 하셨겠구나 생각해서 편하게 받았는데 그게 아니었습니다.

결론적으로 말씀드리면 일종의 상담전화였습니다. 군에서 지휘관 생활도 많이 했고, 작가로서의 삶을 병행하면서 독자님들이나 후배, 전우들의 인생 상담 요청도 많이 받고 있는 터라 그 전화 또한 그리 낯설지 않았습니다.

제가 전문적으로 상담학을 공부한 것도 아니고, 상담사 자격증을 가진 것도 아니지만 일반적으로 대다수 상담의 주제는 주로 관계의 문제임을 분명히 인식하고 있습니다.

또한 상담의 방법 면에 있어서는 가장 기본적인 것이 경청하는 것이라는 것도 잘 알고 있습니다. 들어주는 것, 무조건 들어주는 것이 가장 중요합니다.

지금까지의 제 경험으로 비춰 보면 사람 사이의 관계에 있어서 얘기를 들어주는 것만큼 중요한 것도 별로 없습니다. 서로 부대끼고 살아가면서 말들을 많이 하고 살아가지만 진정으로 자기의 말을 들어주는 사람은 그리 많지 않습니다.

마음속에 있는 말을 누군가에게 털어놓는다는 건 대단히 어려운 일입니다. 아무리 친한 사이라도 못할 말이 많습니다. 간혹 상대방의 어려움을 들으면서 자기 위안을 삼는 사람도 있고, 비밀을 털어놓는 순간 약점을 잡히는 경우도 있는 게 현실입니다.

그래서 저 역시도 그런 부분에 늘 주의를 기울이고 신경을 쓰는 편입니다. 그러면서 결코 강요하지 않습니다. 오히려 전문가하고 상담해 볼 것을 권유하는 편입니다. 전문가가 달리 전문가가 아니지 않습니까?

또 한 가지 중요한 것이 있습니다. 상대방의 말을 쉽게 생각하거나, 자기 자신의 잣대로 섣불리 판단해서는 결코 안 된다는 것입니다. 내게는 아무것도 아닌 일이 상대방에게는 죽고 사는 일일 수도 있다는 것을 분명히 알아야 합니다.

장병들을 대상으로 인문학 강의를 할 때 저는 가끔 스콧 피츠제랄드의 '위대한 개츠비'에 나오는 첫 문장에 대해 언급합니다. 개츠비의 아버지가 개츠비에게 한 말입니다.

"네가 누군가를 비판하고 싶을 때는 이 말 한마디를 꼭 기억해라. 세상 모든 사람들이 다 너처럼 유리한 입장에 있지 않다는 것을."

정말이지 우리가 다른 사람들과 관계를 맺고 살아가면서 늘 기억하고 실천해야 할 말이 아닐까 생각합니다.

근 1시간 가까이 얘기를 다 들어주면서 대화를 이어 갔습니다. 오죽했으면 제게 전화를 했을까 싶은 생각에, 저마저 외면하면 그분은 또 누구에게 의지할까 하는 생각에 끊을 수가 없었습니다.

앞에서 말씀드린 전문가와의 상담을 포함하여 몇 가지 조언을 하면서 저는 결론적으로 이런 말씀을 드렸습니다.

"감사하라. 무조건 감사하라. 이 세상에는 내가 알지 못하지만 나보다 훨씬 더 어렵고 힘든 처지에 있는 사람들이 많다. 그 사람들을 생각한다면 지금 내가 겪는 이 어려움도 이만함에 감사할 수 있음을 깨닫게 될 것이다."라고 말입니다.

물론 말처럼 그리 쉽게 해결될 문제도 아니란 걸 잘 압니다. 그러나 많은 문제들의 해결책이 의외로 가장 가까운 곳에 있고, 가장 기본적인 것에 있음도 또한 사실입니다.

마음 하나 바꿨을 뿐인데 문제가 해결되는 경우가 비일비재합니다. 저는 그 말씀을 드린 것입니다. 이만하면 감사, 이만함에 감사, 그것이 바로 이만함의 감사를 노래하는 제 마음입니다.

사랑하는 인산편지 가족 여러분!

새로운 한 주가 시작되었습니다. 사회적 거리두기가 2주 더 연장되면서 지치고 힘든 시간들이겠지만 오늘 이 새로운 한 주를 시작하면서

'이만함의 감사'를 외쳐 보면 어떨까요?

역사적으로 수많은 위인들은 하나밖에 없는 자기의 목숨을 바치는 순간에도 감사를 외쳤습니다. 죽음의 공포를 마주 대하는 순간에서도 감사를 잃지 않았습니다.

그 감사는 과연 무엇이었을까요? 한평생 잘 먹고, 잘 놀고, 잘 살다 가는 것에 대한 감사가 아니었음은 분명합니다. 자기 자신이 만족할 만큼 충분히 오래 살아서 감사했음도 아니었을 겁니다.

죽어 가면서까지 감사했던 것은 자기 자신이 이 세상에 한 인간으로 태어나서 가치 있게 살아왔고, 가치 있게 죽을 수 있는 것에 대한 감사였습니다. 자기 자신만을 위하지 않고, 더 큰 가치를 위해 죽을 수 있는 것에 대한 감사였습니다.

저는 생각합니다. 인간이 살아가면서 실천해야 하는 가장 최고의 가치는 "네 이웃을 네 몸과 같이 사랑하라."라고 말입니다. "네가 다른 사람에게 대접받길 원하는 대로 너도 다른 사람을 대접하라."는 황금률이 바로 그것입니다.

어제 뉴스에서 서울에 있는 어느 교회가 정부의 권유와 방역지침을 무시하고 예배를 드렸다는 소식을 접했습니다. 예배가 중요한 것을 모르는 크리스천은 없습니다.

그러나 저도 받아들이기 힘들고, 이해하기 힘든 부분이 있습니다. 그분들은 과연 예수님의 가르침인 "네 이웃을 네 몸과 같이 사랑하라."는 계명을 어떻게 생각할지 궁금하지 않을 수 없습니다.

결코 쉽지 않은 일입니다. 이런 말을 하고, 이 글을 쓰고 있는 저 역시도 다 지키지 못하는 일입니다. 그러나 마음속에 늘 담아 두면서 실천하려고 노력하고 있습니다. 이것이 우리가 행해야 할 사유와 성찰의 영원한 주제가 아닐까 생각하면서 말입니다.

이런 시인의 마음을 담아 오늘 인산이 당신께 묻습니다.

"지금, 당신도 이만함에 감사하십니까?"

지금도 늦지 않았습니다. 코로나 팬데믹의 세상이 심각할 정도로 인간을 위협하지만 그래도 지금도 늦지 않았습니다. 깊이 인간을 생각하고, 다시 인간으로 돌아가야 합니다.

그러면서 이 모든 것들이 우리의 과욕이 불러온 것은 아닌가, 우리의 과욕이 초래한 것은 아닌가, 되돌아보아야 합니다. 더 늦기 전에 해야 합니다. 그리고 말입니다. 그 사유와 성찰의 기본은 바로, 바로, '이만함의 감사'임을 꼭 기억하시길 두 손 모아 소망합니다.

# 지금, 당신은 어디에 서 계십니까?

겨울 바다에 서 있을게 / 박진형


겨울 바다에 서 있을게

여객선 먼바다로 선회할 때

밀려오는 파도는 서럽게 흩어져

너를 앗아간 바다 위로

너의 사진 파도에 밀려가듯

함께 나눈 시간 썰물처럼 멀어져

나 지금 여기

거침없이 일어서는 파도를 삼킬 수 없어

힘겨워 쓰러질 때마다 일어서는 저 물결

어느 해안을 돌아 밀려오나

비에 젖은 구두 위로

모래알이 네 눈동자처럼 빛나

내게 겨울은 너무 길어

*겨울 바다에 서 있을게*

*너를 잃은 봄은 쉽게 다시 오지 않아*

*물보라 어깨 위로 가라앉는 어스름*

*해안선은 무심히 졸음에 겨워하고*

*나는 오래도록 수평선을 바라봐*

*어두워 가는 바닷가*

*너의 미소를 기억하는 모래톱에 혼자 남아*

*오지 않을 너를 생각해*

*보이지 않는 밤하늘*

*겨울 바다에 서 있을게.*


디지털 세상은 우리가 생각하는 것 이상으로 대단합니다. 어떻게 이런 것까지 분석하고, 연구하나 싶을 정도로 상상을 초월하는 것들이 참 많습니다.

여전히, 그리고 앞으로도 계속 사생활 논란이 있을 테지만 스마트폰 위치 추적, 카드 사용, CCTV 등으로 인해 사람들이 더 이상 은밀하게 숨을 곳이 없다는 것은 공공연하게 알려진 사실입니다.

공공의 이익이 더 우선하기에 개인의 사생활 정도는 침해해도 괜찮다고 하는 논리는 이해하면서도 쉽게 동의하기에는 어려운 문제지만, 지금의 코로나 사태에는 그러한 것도 묻혀 지나가고 있습니다.

큰 차원에서 보면 지극히 당연하다고 생각할 수 있지만 입장을 바꿔 놓고 막상 자기 자신이 당사자라고 생각하면 쉽지 않은 부분도 있는 게 사실입니다. 문제는 갈수록 더욱더 그런 문제가 나타날 것이라는 점입니다.

최근 아주 흥미로운 분석 결과가 공개되었습니다. 애플이 전 세계 63개국을 대상으로 한 내용인데, 코로나 확산 직전인 1월 13일과, 그로부터 3개월 후인 지난 4월 13일을 비교하여 전국 운전량과 도보 이동량을 분석하였다고 합니다.

어떻게 이런 것까지 분석할 수 있는지 궁금했는데 마침 그 내용까지 상세하게 알려 주었습니다. 애플맵 앱이 탑재된 아이폰 이용자의 데이터를 수집해 분석했다고 밝혔습니다.

결과가 궁금하시지 않습니까? 우리나라의 경우에는 전국 운전량이 3개월 만에 40% 감소했고, 도보 이동은 무려 57%나 감소한 것으로 나타났다고 합니다.

이 결과가 무엇을 뜻하는 것일까요? 정부에서 강력하게 추진하고 있는 사회적 거리두기를 우리 국민들이 정말 모범적으로 잘 실천하고 노력했다는 뜻으로 볼 수 있는 것입니다.

다른 나라의 데이터는 잘 모르겠지만 기본적으로 우리 국민들이 우수한 선진 국민임을 전 세계에 드러낸 것으로 볼 수 있습니다. 이 단순한 수치 하나로 어떻게 그렇게 확대 해석할 수 있느냐고요? 충분히 알 수 있습니다.

단순히 정부 방침을 잘 따른다는 개념으로 보기보다는 나로 인해 다른 사람들이 피해를 입지 않도록 배려하고 조심하는 마음이 행동으로 나타난 것임을 이 수치를 통해 잘 알 수 있습니다. 이것은 대단히 아름다운, 정말 이타적인 마음이 아닐 수 없습니다.

실제 나타난 성과가 말해 줍니다. 지난 2월 23일부로 심각단계가 선포된 이래 거의 두 달 가까이 사회적 거리두기를 해 왔고, 한 달간은 더 강도 높은 단계로 실천했습니다. 그 결과 확진자도 대폭 줄었습니다.

일각에서는 벌써부터 생활방역으로 전환한다는 말까지 나오고 있습니다. 물론 해야 할 겁니다. 그래도 신중하게 결정해서 긴장이 해이해지지 않도록 해야 합니다.

자칫 지금까지 해 왔던 것이 흔들릴 수도 있음을 명심해야 합니다. 우리 국민들이 여러 가지 어려운 여건 속에서도 지금까지 잘해 왔듯이 앞으로도 현명하게 헤쳐 나가시리라 저는 믿고 있습니다.


사랑하는 인산편지 가족 여러분!

오늘은 금요일입니다. 벌써 또 한 주가 지나가고 있습니다. 이번 주에는 총선이 있어서 하루가 임시공휴일이 되는 바람에 더 빨리 지나간 듯한 느낌입니다.

어제 인산편지를 통해 저는 '남을 남이 아닌 나처럼 여기는 삶'을 살아가자고 말씀드리면서 세월호의 아픔을 잊지 말자고 말씀드렸습니다. 많은 분들께서 저와 같은 마음을 나눠 주셨습니다.

제가 늘 느끼는 거지만 우리 인산편지 독자님들은 한 분 한 분 정말 대단하십니다. 매일매일 답장을 보내 주시는 분들의 마음을 들여다보며 모두 다 휴머니스트들입니다.

어떤 분은 몇 년 동안 하루도 빠지지 않고 인산편지를 읽다 보니 자기도 모르게 생각과 마음과 행동이 달라졌다고 하십니다. 인산편지가 자기 자신의 삶을 바꿨다고 하시는 애독자님도 계십니다.

참으로 감사할 따름입니다. 부족한 제 글이 조금이나마 보탬이 되고, 도움이 되고, 삶을 변화시키는 마중물 역할을 할 수 있었다는 것이 참으로 기쁘고 감사합니다. 앞으로도 초심을 잃지 않고 변함없는 마음으로 나아가겠습니다.

어제 답장으로 나누어 주신 마음들을 살펴보면서 저는 지난 6년 전 우리 사회에 남긴 세월호의 아픔을 다시 들여다보았습니다. 우리 국민들 누구에게라도 그 상처가 쉽게 아물 수는 없을 겁니다.

그러니 어떻게 해야 합니까? 상처가 있으면 상처를 감싸고 치유해야 합니다. 상처는 눈에 보이지 않게 덮는다고 치유될 수 없습니다. 새 살이 돋고 딱지가 떨어질 때까지 보듬어 가야 하는 겁니다.

어제 하루 그런 마음으로 경건한 하루를 보냈습니다. 정말 허망하고 무기력하게 꽃다운 우리 아들딸들을 깊고 찬 바다로 보내야 했던 부족하고 못난 어른들의 한 사람으로서 우리 아이들에게 참으로 미안한 마음으로 하루를 보냈습니다.

어디 저뿐이겠습니까? 많은 우리 어른들이 저와 같은 마음이었을 겁니다. 저와 같은 심정이었을 겁니다. 그 절절한 마음을 저는 인산편지로나마 조금이라도 표현하고 싶기에 어제에 이어서 오늘도 이렇게 눈물로 추모하고 있는 것입니다.

오늘 시인이 부르는 노래는 그런 노래입니다. 6년 전에 흘렸던 그 숱한 눈물을 다 삼키고 무정하게도 출렁이고 있는 진도 앞바다, 맹골수로 그 바다에 서 있겠다는 마음으로 애절하게 노래하고 있는 겁니다.

차마 제 손으로 다시 쓸 수 없습니다. 차마 제 입으로 다시 읊조릴 수 없습니다. 가슴이 미어지고, 눈물이 앞을 가려 그냥 멍하니 있을 수밖에 없습니다. 그러니 오늘 시인의 마음을 제 마음으로 그냥 받아 주셨으면 좋겠습니다.

다만 이 한마디, 아니 두 마디 만은 그냥 시인을 따라서 노래하고 싶습니다. 언제까지나 언제까지나 제 슬픔이 묽어질 때까지 한없이 되뇌고 싶습니다.

너를 잃은 봄은 쉽게 다시 오지 않아

물보라 어깨 위로 가라앉는 어스름

해안선은 무심히 졸음에 겨워하고

나는 오래도록 수평선을 바라봐

어두워 가는 바닷가

너의 미소를 기억하는 모래톱에 혼자 남아

오지 않을 너를 생각해

보이지 않는 밤하늘

겨울 바다에 서 있을게.

이 마음을 담아 오늘 인산이 당신께 묻습니다.

"지금, 당신은 어디에 서 계십니까?"

부디 바라기는 오늘 하루 만이라도 우리의 아이들이 잠들어 있는 그

바다에 서 계시길 원합니다. "그 바다에 서 있을게."라는 한마디 말이면 족합니다. 그렇게나마 잊지 않고 기억하고 있다는 마음이 전해지면 우리 아이들이 조금이나마 위로받지 않겠습니까?

# 지난 당신의 소소한 일상이
# 얼마나 소중했었는지 깨닫습니까?

야간열차에서 만난 사람 / 곽효환


여수행 전라선 마지막 열차

자정을 앞둔 밤열차는 우울하다

듬성듬성 앉은 사람들을 지나 자리를 찾고

헝클어진 머리를 쓸어 올리고 긴 숨을 내뿜고 나면

일정한 간격으로 덜그럭거리며 출렁이는

리듬을 따라 차창밖으로 불빛이 흘러간다

강을 건너 한참을 달려도 끝없이 이어지는 야경들,

틈새가 없다

문득 창밖으로

어디서 본 듯한 그러나 낯선 얼굴이

물끄러미 나를 보고 있다

나는 그에게

그는 나에게

무엇인가 할 말이 있는 것 같은데
무엇인가 곧 물을 것만 같은데
정작 말이 없다
흘러간 불빛만큼이나 아득한 지난날들에서
누군가를 찾는데
없다
나도 그도 아무도 없다
문득 대전역에서 뜀박질하며 뜨거운 우동 국물이 먹고 싶다
옛날처럼.

3월의 끝날입니다. 긴 겨울을 밀어낸 화려한 봄의 등장과 함께 시작한 3월이 어느덧 지나가고 있습니다. 3월이 시작할 때만 해도 이렇게 시나갈 줄은 미처 몰랐습니다.

갈수록 기승을 부리는 코로나19로 인해 삶이 변화되었습니다. 사람들과의 만남도 자제하게 되고, 꽃구경도 쉽지 않은 일상이 이어집니다. 2020년 우리의 3월은 환영받지도, 각광받지도 못한 채 그렇게 조용히 지나가고 있습니다.

그 3월의 끝날이 오늘이라고 생각하니 지금 우리에게 주어진 이 하루가 더없이 소중하게 느껴집니다. 매일매일, 순간순간이 다 소중하지만 그래도 오늘 이 하루가 저와 당신의 삶에서 가장 아름답고 소중한 하루가 되길 마음 모아 소망합니다.

장병들을 대상으로 인문학 강의를 하면서 저는 "왜 책을 읽는가?",

"어떻게 책을 읽는가?"에 대한 내용을 전하고 있습니다. 이 두 가지에 대해 우리 아들들이 잘 모릅니다. 그냥 책을 읽으라고만 했지 왜 읽는지, 어떻게 읽는지 제대로 가르쳐 주지 않았기 때문입니다.

우리 인산편지 독자님들 중에도 제 강의를 듣고 싶어 하시는 분들이 꽤 많습니다. 제가 현역으로 근무하고 있기 때문에 그런 강의나 문학모임은 은퇴하고 난 후에나 해야지 라는 생각에 크게 마음에 담아 두지는 않았었는데 이제는 조금씩 조금씩 생각하고 있습니다.

더 늦기 전에 기회를 만들어서 우리 인산편지 애독자님들을 모시고 인문학 강의도 하고, 문학기행도 하면서 마음을 나누는 시간을 갖고 싶습니다.


강의를 하면서 제 서재의 모습도 사진으로 보여 주고 저의 꿈도 얘기합니다. 그러면서 "책상 위에 책을 쌓아 놓아라."라는 말을 합니다. 책이란 게 늘 옆에 있어야 하고, 손만 뻗치면 닿을 수 있는 곳에 있어야 쉽게 읽을 수 있습니다.

"30분마다 책을 바꿔라."는 말도 합니다. 흥미로운 소설책도 예외일 수는 없습니다. 책을 읽는 일은 고도의 집중력을 요하는 일입니다. 일부를 제외하고는 그리 재밌지도 않습니다.

그래서 가급적 오래, 많은 책을 읽으려면 30분마다 책을 바꿔 가면서 읽는 게 집중력 유지에 좋습니다. 물론, 이는 저만의 노하우이기 때문에 사람마다 다를 수는 있다는 걸 분명히 말씀드립니다.

어렸을 때부터 책을 좋아했고, 작가가 되어 매일 글을 쓰기 때문에 저는 책이 많습니다. 많이 선물도 하고, 기증도 하지만 지금도 가지고 있는 책이 상당히 많은 편입니다. 제게 있어 다른 것은 다 정리해도 책만은 예외입니다.

곤도 마리에라는 사람이 있습니다. '정리의 신'이라고 불리는 사람입니다. 물론 그녀에 대해 일부 비판적인 시각도 일부 있지만 많은 사람들에게 정리에 대한 생각을 일깨워 준 사람입니다.

그녀는 말합니다. 정리는 소중한 물건을 남기는 것이지, 그냥 아무것이나 버리는 것이 아니라고 말입니다. 정리에 대한 그녀만의 철학이 담겨 있는 말이라고 생각합니다.

그러면서 나름대로 정리법에 대해 소개를 하는데 그 첫 번째가 상당히 재미있습니다. 정리하는 물건의 순서를 정했습니다. 어떤 물건부터 정리해야 하는지 궁금하시지 않습니까?

1번이 의류입니다. 2번이 책, 3번이 서류입니다. 그다음엔 소품류, 추억의 물건 순으로 정리하라고 합니다. 다시 말씀드리지만 이 순서대로 버리는 게 아니고 정리하라는 겁니다.

의류는 의외로 쉽습니다. 지난 1년 동안 한 번도 입지 않은 옷은 정리해도 무방합니다. 극히 일부의 경우겠지만 옷이 너무 좋아 아끼느라 쉽게 못 입고 보관한 경우도 있었을 겁니다. 그러나 그런 옷은 내년에도 입을 확률이 그리 많지 않습니다. 정리해야 하는 이유입니다.

다음에 정리할 것이 책이라고 했습니다. 책은 어떻게 정리해야 할까요? 한 번 읽은 책을 다 정리해야 할까요? 아니면 낡은 순서대로, 발행한 연도별로 정리하는 게 맞을까요? 정말 쉽지 않은 일입니다.

이럴 때 저는 이 방법을 쓰고 싶습니다. 곤도 마리에도 저와 똑같이 말했습니다. "설레지 않으면 과감히 버리라."고 말입니다. 책도 마찬가지입니다. 설레지 않는 책을 정리하라고 자신 있게 말하고 싶습니다.

저는 우리 아들들에게 말합니다. 손에 들었을 때 설레지 않는 책을 읽지 마라. 이 세상엔 우리를 설레게 하는 책들, 꼭 읽고 싶은 책들이 정말 많다. 그런 책들도 다 읽지 못하는데 설레지 않는 책을 읽을 이유는 없다고 말입니다. 과감히 버리라고까지 합니다.

다만, 아주 지저분하고 읽지 못할 정도가 아니면 폐지를 재활용하는 곳에 버리지 말고 다른 누군가가 읽을 수 있도록 기증하는 방법도 좋다고 생각합니다. 그 책이 비록 나를 설레게 하지는 못하지만 다른 누군가에게는 설렘을 줄 수도 있을 테니까요.


사랑하는 인산편지 가족 여러분!

코로나19 상황이 장기화되면서 우리의 일상이 변했습니다. 불과 얼마 전까지 아무 생각 없이 편하게 누리던 일들이 지금은 신경을 써야 하고, 조심해야 하고, 다른 사람들의 눈치를 봐야 하는 상황에 이르렀습니다.

소중한 것은 잃고 나서야 안다고 합니다. 소중한 것은 물 같고 공기 같은 겁니다. 평상시에는 그냥 당연히 있는 것이고, 당연히 있어야 하는 것입니다. 없는 걸 상상할 수 없습니다.

공기가 없으면 불과 수분 내에 죽고, 물이 없으면 불과 며칠 내에 죽습니다. 이렇게 소중한 것들이지만 우리는 늘 당연하게 생각했습니다. 그래서 진짜 소중한 것임에도 불구하고 소중한지 모르고 지내왔습니다.

우리의 지난 일상을 생각해 봅니다. 마찬가지로 비록 소소하지만 소중한 것이었습니다. 누군가를 함께 만나고, 차 한잔 하고, 막걸리 한잔 나누고, 노래 함께 부르고 했던 일들이 얼마나 소중한 일이었는지 지금 돌아보면 그립기까지 합니다.

오늘 시인이 전하는 마음도 같은 마음입니다. 시인이 전하는 야간열차의 풍경은 우리가 늘 접했던, 우리의 마음속에 늘 남아 있던 소소한 풍경입니다.

특히 저는 잘 알고 있습니다. 다른 누구보다도 잘 아는 편입니다. 대중교통 이용을 좋아하는 저는 차를 직접 몰기보다는 가급적 열차를 주로 이용하기 때문입니다.

달리는 열차 안에서 창밖을 바라보면 혼자 여행하는 기분이 들기도 하고, 생각을 정리하거나 글을 쓰기에 좋습니다. 시상이 떠오르면 열차 안에서 한 편의 시를 뚝딱 완성하기도 합니다. 그래서 오늘 시인이 전하는 느낌이 제게 충분히 전해져 옵니다.

며칠 전 제가 존경하는 인산편지의 애독자이시며 한국미술센터의 관장님이신 모 시인님께서 페북에 사진을 올리셨습니다. 일이 있으셔서 목포를 내려가시는데 열차 안이 텅텅 비었다고 말입니다.

그 사진 한 장이 지금 우리가 처한 상황을 말해 주고 있는 것 같아서 참으로 안타까웠습니다. 그 열차 안에는 사람도 없고, 삶도 없습니다. 오직 적막만이 흐르고 있음을 느낄 수 있었습니다. 북적북적한 열차 안에서 이 사람, 저 사람 쳐다보면서 살아가는 게 얼마나 소중한 일인지 깨닫습니다. 사람과 사람이 더불어 어우러져 살아가는 게 얼마나 큰 행복인지 다시금 느낄 수 있습니다.

이 코로나19가 우리에게 가르쳐 주는 게 바로 그런 게 아닌가 싶습니다. 더 늦기 전에 우리 인류에게 보내는 경고의 메시지가 아닌가 생각합니다. 자연으로 돌아가라, 인간으로 돌아가라는 말을 저는 듣고 있습니다.

이 마음을 담아 오늘 인산이 당신께 묻습니다.

"지난 당신의 소소한 일상이 얼마나 소중했었는지 깨닫습니까?"

부디 바라기는 저와 당신의 삶이 곧 일상으로 돌아가길 원합니다. 그런 날이 꼭 오겠지만, 할 수만 있다면 조금 더 일찍, 조금 더 빨리 오길 원합니다. 그날이 오면 저와 당신이 누리는 그 삶이 얼마나 소중한지 감사하고 또 감사하는 마음이 절로 나오지 않겠습니까?

# 지금 바로 이 순간이
# 당신의 화양연화임을 깨닫습니까?

화양연화 / 김사인

모든 좋은 날들은 흘러가는 것

잃어버린 주홍 머리핀처럼

물러서는 저녁 바다처럼

좋은 날들은 손가락 사이로

모래알처럼 새나가지

덧없다는 말처럼 덧없이

속절없다는 말처럼이나 속절없이

수염은 희끗해지고 짓궂은 시간은

눈가에 내려앉아 잡아당기지

어느덧 모든 유리창엔 먼지가 앉지 흐릿해지지

어디서 끈을 놓친 것일까

아무도 우리를 맞당겨 주지 않지 어느 날부터

누구도 빛나는 눈으로 바라봐 주지 않지

눈멀고 귀먹은 시간이 곧 오리니 겨울 숲처럼

더는 아무것도 애닲지 않은 시간이 다가오리니

잘 가렴 눈물겨운 날들아

작은 우산 속 어깨를 겯고 꽃장화 탕탕 물장난 치며

슬픔 없는 나라로 너희는 가서

철모르는 오누인 듯 살아가리라

아무도 모르게 살아가거라.


우리는 통상 사람의 능력은 위기 상황 속에서 발휘되고, 사람의 본성은 어려울 때 나타난다는 말을 많이 하곤 합니다. 모든 경우에 다 해당될 수는 없겠지만 그래도 일반적으로 볼 때는 맞는 말입니다.

좀 더 쉽게 생각해 볼까요? 사람이 넉넉하고 풍족할 때는 다 인심이 후합니다. 어떤 사람이 배가 부른 상태에서 빵을 열 개 가지고 있습니다. 그 사람이 다른 사람에게 한 개 주는 것은 그리 어려운 일이 아닙니다. 누구나 다 쉽게 할 수 있습니다.

그런데 배가 고픈 상태에서 빵을 달랑 두 개 가지고 있을 때라면 얘기가 달라집니다. 자기도 배가 고픈 상태에서 다른 사람에게 빵을 한 개 줬을 경우엔 달랑 한 개가 남습니다. 이것저것 따지게 되고, 줄까 말까 고민하게 됩니다.

바로 이런 겁니다. 사람의 본성은 평상시에는, 순탄할 때에는 잘 모르지만 어려울 때, 힘들 때, 정말 절체절명의 순간이 되면 숨기려 해도 자연스럽게 드러나게 되어 있습니다.

평상시에는 도덕군자처럼 말하고 행동해도 위기가 닥치면 별수 없는 똑같은 사람이 될 수 있는 겁니다. 어느 누구도 자신할 수 없습니다. 장담할 수 없습니다. 늘 변함없는 사람이 되기 위해 노력해야 하고, 겸손해야 하고, 성찰해야 하는 이유입니다.

지금 우리 인류는 심각한 위기 상황에 처해 있습니다. 한두 사람의 문제가 아니고, 한두 개 나라의 문제가 아닙니다. 인류 전체의 문제, 지구촌 공통의 위기입니다.

말씀드린 대로 이럴 때 사람의 본성이 나오기 마련이니 민족이나 국가에 따라 민족성, 국민성이 나오게 마련입니다. 지금은 위기를 극복하고 헤쳐 나가기에 급급하기에 크게 관심을 두지 않는 것 같이 여겨질 수 있으나 그렇지 않습니다.

분명 이 상황이 진정이 되고, 더 좋아져서 완전히 해결이 되고 나면 자연스럽게 평가가 뒤따를 것입니다. 그런 면에서 모두가 하나가 되어 헤쳐 나가고 있는 우리 국민들이 참으로 자랑스럽지 않습니까?

지금은 비록 어렵고 힘들지라도 힘을 모아야 합니다. 깊게 생각하고, 멀리 내다보고, 크게 받아들이면서 대처해 나가야 합니다.

자칫 잘못해서 소탐대실하는 우를 범해서는 안 됩니다. 역사적으로 우리 국민들은 위기 속에서 나라를 구한 국민들이기에 이 또한 충분히 감당해 나갈 것이라 저는 믿습니다.

사회적 격리가 길어지고 혼자 있는 시간이 많아지면서 혹시 힘들지는 않으신지요? 우리 인산편지 독자님들 중에 경제적인 문제 등을 포함하여 어려움에 처한 독자님은 없으신지요? 걱정이 많은 요즘입니다.

제 경우에는 그래도 그 시간을 최대한 잘 활용하려고 노력하는 편입니다. 조금 더 시간이 흐른 후 되돌아보았을 때 아쉬움이나 후회가 남지 않았으면 하기 때문입니다.

사실 사람의 삶이라는 게 어떤 일을 하든, 어떤 시간을 보내든 다 일말의 아쉬움이 남기 마련입니다만, 그래도 할 수만 있다면 그 아쉬움을 최소화하는 게 좋겠지요.

최근에 저는 오래된 영화를 즐겨 보곤 합니다. 평일에는 퇴근 후에 책 읽고, 인산편지를 쓰기에도 시간이 많지 않지만, 금요일 저녁부터 시작되는 주말이 되면 시간이 많은 편입니다.

그 많은 시간을 만날 책만 볼 수는 없기에 나름대로 계획을 했습니다. 독서, 영화감상, 인터넷, 산책, 요리 등등이 주된 활동입니다. 이중 영화 감상은 TV를 통해 과거에 상영되었던 명작들을 주로 보는 편입니다.

오늘은 많은 영화 중에서 '화양연화'에 대해 잠시 말씀드릴까 합니다. 화양연화는 인생에서 가장 아름답고 행복한 시간을 뜻합니다.

이 영화는 양조위와 장만옥이 주연한 영화입니다. 전편에 걸쳐 가슴 절절한 사랑이 뚝뚝 떨어지는 영화입니다. 아마도 이 영화를 보신 분들은 그 감동을 잊지 못하고 저마다 가슴속에 담아 놓으셨을 겁니다.

저 역시 마찬가집니다. 오래전에 이 영화를 보았지만 다시 보아도 늘 좋습니다. 그 정도로 제 마음에 깊이 새겨져 있습니다. 테마음악이 흘러나오는 가운데 보이는 숨 막힐 듯 아름다운 장만옥의 모습과, 안타깝도록 가슴 아픈 양조위의 눈빛이 지금도 잊혀지지 않습니다.

영화를 보는 내내 스며들었던 그 안타까움으로 인해 더 깊이 빠졌는지도 모릅니다. 사회적 제약과 도덕적 굴레만 아니라면 그 두 사람의 화양연화는 너무 아름다웠을 텐데… 라고 말입니다.

또 한편으로는 이렇게도 생각합니다. 이루지 못한 사랑이기에 아름답다는 말이 있듯이 어쩔 수 없는 그 제약과 굴레 때문에 두 사람의 그 시간들이 화양연화가 되었던 게 아닐까 하고 말입니다.

이 말씀을 드리면서 혹여나 오해하실까 싶어 노파심에서 말씀드립니다. 달리 생각하지는 말아 주십시오. 그냥 예술로만 받아 주십시오. 도덕적인 잣대로만 딱 잘라 말씀하시면 예술은 때론 이해하기 어렵고, 받아들이기 힘들 수도 있으니까요.

사랑하는 인산편지 가족 여러분!

사람은 누구에게나 다 화양연화가 있습니다. 살아오면서, 살아가면서 가장 아름답고 행복한 시간이 없을 수 없습니다. 문제는 그 '화양연화'가 언제였고, 내 자신이 그것을 느끼고 깨달았는지의 문제입니다.

그래서 오늘은 인산이 당신께 이렇게 묻고 싶습니다.

"당신의 화양연화는 언제였습니까?"

한번 생각해 보십시오. 금방, 퍼뜩 떠오르는 순간이 있습니까? 금방 생각나지 않으시다면 혹시 당신의 삶에 있어 화양연화는 아직 오지 않았다고 생각하십니까?

어쩌면 당신의 삶에 분명한 화양연화가 있었을 텐데 사는 게 바빠서, 정신없이 지나쳐 버려서 미처 깨닫지 못하고 흘려보내지는 않으셨습니까?

오늘 봄비가 내리는 3월의 금요일, 또 한 번의 찬란한 주말이 시작됩니다. 이 아름다운 날에 당신의 화양연화에 대해 깊이 생각하는 시간이 되었으면 좋겠습니다.

그리고 제가 욕심을 내서 조금 바라는 게 있다면 저와 당신의 화양연화는 이미 흘러간 시간 속에, 또 앞으로 다가올 시간 속에 있지 않았으면 좋겠습니다. 비록 어렵고 힘들지라도 지금 이 순간을 그냥 흘려보내서는 안 됩니다.

인생에서 가장 아름답고 행복한 순간! 저와 당신의 화양연화는 바로 지금 이 순간! 우리가 살아 숨 쉬는 바로 지금 이 순간에 있음을 마음으로 느끼고 깨닫길 원합니다. 그것이 진정한 '카르페 디엠'임을 저는 알기 때문에 이렇게 간절히 간절히 소망하고 있는 것입니다.

# 당신도 누군가에게 져 줄 수 있습니까?

져 줍니다 / 손동연

해가
집니다
아니, 져 줍니다
그래서
달이 돋거든요
별들도 또랑또랑 눈뜨거든요.

벌써 금요일입니다. 숨 가쁘게 하루 하루가 지나다 보면 어느새 금요일이 됩니다. 그런데 오늘 이 아침에 느끼는 금요일은 다른 금요일과 다릅니다. 주말이 시작되는 금요일의 기쁨은 사라진 지 이미 오래입니다.

우리 곁에는 평일, 주말 가릴 것 없이 생과 사의 최전선에서 사투를 벌이고 있는 많은 분들이 있기 때문입니다. 그분들 앞에서 월요일이니,

금요일이니, 주말이니 하는 것 자체가 죄송스러운 일입니다. 정말이지 사치스러운 일입니다.

시간의 흐름, 계절의 변화가 그분들에게 유의미한 이유는 단 하나일 겁니다. 과학적으로 확실히 검증되지는 않았지만 기온이 올라가면 코로나 바이러스도 좀 잠잠해질 것이라는 예측 말입니다. 그것 하나밖에는 없을 것입니다.

그래도 모든 사람이 다 거기에만 매달려 있을 수 없기에, 이렇게 표현하기 조심스러울 정도로 좀 더 심한 표현으로 산 사람은 살아야겠기에 우리는 하루하루에 의미를 두는 삶을 살아가야 하는 것입니다.

이런 마음으로 저는 또 한 주말을 맞이합니다. 여전히 관사에만 머물러 있고, 출타는 꿈도 꾸지 못하는 생활이지만 그래도 마음만은 평정심을 잃지 않으려 합니다. 작가인 제가 그래야만 우리 독자님들도 그럴 수 있으니까 말입니다.

어제 뉴스를 보니 미국과 중국이 앞다투어 백신 개발에 몰두하고 있고, 임상실험을 하고 있다는 소식이 전해집니다. 빠르면 9월이 되면 사용할 수 있을 것이라고도 합니다. 그렇게 된다면 아무 걱정할 것이 없을 테지요. 우리가 독감 예방주사를 맞듯 주사만 맞으면 코로나 바이러스 감염 걱정을 하지 않아도 될 테지요.

사람들의 관심은 어느 나라가 먼저 개발하느냐가 중요한 게 아닙니다. 그저 하루라도 빨리 백신이 만들어지는 게 중요한 겁니다. 그전까지는 감염되지 않도록 조심해야 합니다. 전문가들이 표현하는 용어로 '셀프 백신'을 스스로 맞으며 예방하는 방법밖에는 없습니다.

어제 인산편지를 통해 마음을 나누면서 많은 독자님들이 저와 같은 마음을 전해 주셨습니다. 꽃다운 나이에 유명을 달리한 고3 학생을 향한 안타까운 마음, 미안한 마음을 전해 주셨습니다.

따지고 보면 죽음이라는 것이 어느 누구 하나 더 아프고, 덜 아프지 않습니다. 누구의 생명이 누구의 생명보다 더 귀하고 소중할 수도 없습니다. 한 사람 한 사람이 다 우주보다 귀한 존재임을 우리는 알고 있습니다.

그러면서도 실제 살아가는데 있어서는 이를 망각합니다. 소홀히 합니다. 일부러는 아닐지라도 소홀한 경우가 있는 건 맞습니다. 일일이 다 헤아리지는 못하지만 조금만 신경썼으면, 조금만 관심을 가졌으면 살릴 수 있는 사람이 얼마나 많았겠습니까?

"사람이 전부다."는 말은 결코 말로 그쳐서는 안 됩니다. 사람들의 생각과 의식 속에, 사회와 국가가 갖추어야 할 제도나 시스템 속에 녹아 들어 있어야 하고, 행동화할 수 있도록 해야 합니다. 그래야만 진정성이 있습니다.

국민 한 사람 한 사람을 소중히 생각하는 나라가 제대로 된 나라입니다. 시민 한 사람 한 사람을 귀하게 여기는 사회가 올바른 사회입니다. 제가 몸담고 있는 군대도 장병 한 사람 한 사람을 천하보다 귀하게 여겨야만 제대로 된 군대라 할 수 있는 것입니다.

저는 이것을 늘 명심하고 있습니다. 우리 대한민국 군대가 진정 제대로 된 군대가 되도록 저부터 노력하고 있습니다. 시간을 내서 인문학 특강을 하고, 세미책 운동을 펼치며 강한 군대, 행복한 군대를 만들기 위해 저의 모든 열정을 다 바칠 것입니다.

사랑하는 인산편지 가족 여러분!

어제 인산편지를 띄우고 나니 어느 독자님께서 이런 답장을 보내 주셨습니다.

"와아~! 오늘 인산님의 글 넘 좋아요. 김남조 : 나그네로 시작하신 시로 마지막 글까지 감동 감동~^^ 한마디 한마디 지금의 암울한 현실에서 우리가 어떻게 행동하고 진실을 알 수 있는 방법까지 알려 주시는 글과 말씀. 인산님! 대단하신 거 같아요. 진심으로 존경합니다! 이번 주젤 제 마음에 와 닿는 글~ 감사히 잘 보았습니다~ 이번 주말도 행복하시고 건강 조심하세요.^^"

이 편지를 받고 나서 저는 기분이 참 좋았습니다. 과찬도 이런 과찬이 없었기 때문입니다. 사실 제가 한번도 뵌 적도, 인사를 드린 적도 없는 독자님이기에 누구신지는 잘 모릅니다. 그럼에도 이렇게 마음이 담긴 답장을 보내 주시니 몸 둘 바를 모를 정도입니다.

그러면서 또 한편으로는 이런 생각도 했습니다. 답장을 보내 주신 분께서 혹시 요일을 착각하셨나, 금요일 아침 인산편지도 있는데 벌써 주말 인사까지 하시고… 이번 주에 젤 마음에 와 닿은 글이라고 하셨으니 그러면 오늘 인산편지는 어떻게 써야 더 마음에 와 닿을 수 있을까….

인산편지가 너무 무거운 주제로만 흘러서는 재미가 없을 듯싶어 약간의 농담을 섞어 이렇게 말씀드리는 겁니다. 이런 글을 소개해 드리는 게 자화자찬 같아서 약간 죄송스러운 마음도 있지만 가급적이면 많은 분들이 인산편지를 읽어 주셨으면 하는 뜻에서도 가끔 자화자찬을 하는 것임을 넓은 마음으로 받아 주시길 부탁드립니다.

오늘 이 금요일 아침, 인산이 당신께 전하는 시는 아주 짧은 시입니다. 동시입니다. 짧지만 아주 의미 있는 시이고, 짧지만 우주 만물을 한 번에 다 품고 있는 대단한 스케일을 보여 주고 있습니다. 그리고 무엇보다도 마음이 따뜻한 시입니다.

해가/집니다/아니, 져 줍니다

처음에는 해가 누군가에게 일부러 져 준다는 뜻으로만 알았습니다. 그러나 두 가지 뜻이 다 담겨 있음을 곧 깨닫습니다. 해가 뜨고 지는 일, 그러면서도 누군가를 이기지 않고 져 주는 일을 다 품고 있습니다.
해가 지는 건 자연의 섭리입니다. 해가 지면 달이 돋고, 별들이 또랑 또랑 눈뜨는 것도 자연의 섭리입니다. 이것이 하나로 연결되어 있어 늘 우리가 보고, 듣고, 겪는 모습입니다.
그런데 말입니다. 해가 그냥 지는 게 아니라 일부로 져 준다는 것을 오늘에서야 깨닫습니다. 해가 져 주는 이유는 분명합니다. 오직 한 가지입니다. 져 주지 않으면 달이 돋을 수 없기에, 별들이 또랑또랑 눈뜰 수 없기에 그렇습니다.

문득, 이 세상을 생각합니다. 우리가 사는 이 세상에서 때로는 져야 하고, 져 주어야 함에도 불구하고 얼마나 많이, 얼마나 자주 이겨야 하고, 이기려만 하고 살아가는지 살펴보지 않을 수 없습니다. 왜 지면 안 되는지, 왜 져 주지 못하는지 성찰하지 않을 수 없습니다.

혹시나 우리 모두가 'All or Noting', 전부 아니면 전무의 함정에 빠져서 살아가는 게 아닌지 염려가 됩니다. 'The winner takes it all', 승자가 모든 것을 독차지하는 구조 속에서 계속 살아가야 하는 게 아닌지 심히 걱정도 됩니다.

그러니 지는 것은 용납되지 않습니다. 참담한 패배요, 영원한 패배일 수밖에 없습니다. 이런 구조 속에서는, 이런 분위기 속에서는 져 준다는 것은 상상할 수조차 없습니다. 어느 누가 쉽게, 기꺼이 져 줄 수 있겠습니까?

답은 분명합니다. 해법은 명확합니다. 이런 구조, 이런 사회, 이런 나라가 되지 않도록 해야 합니다. 때로는 지는 것이 이기는 것임을, 져 주는 것이 아름다운 것임을 알아야 합니다. 수단과 방법을 가리지 않는 1등보다 아름다운 2등을 기억해야 하는 겁니다.

이 마음을 담아 오늘 인산이 당신께 묻습니다.


"당신도 누군가에게 져 줄 수 있습니까?"


이 귀한 물음을 붙들고 이번 주말도 사유하며 성찰하는 의미 있는 시간이 되시길 빕니다.

# 지금, 당신이 꿈꾸는 평화는
# 어떤 평화입니까?

어떤 평화 / 이병일

오 일마다 어김없이 열리는 관촌 장날
오늘도 아홉 시 버스로 장에 나와
병원 들러 영양주사 한 대 맞고
소약국 들러 위장약 짓고
농협 들러 막내아들 대학 등록금 부치고
시장 들러 생태 두어 마리 사고
쇠고기 한 근 끊은 일흔다섯 살의 아버지,
볼일 다 보고 볕 좋은 정류장에 앉아
졸린 눈으로 오후 세 시 버스를 기다리고 있다
기력조차 쇠잔해진 그림자가 꾸벅꾸벅 존다.

요즘 해군과 육군의 일부 부대에 민간인들이 무단으로 들어오는 사
건이 있었습니다. 이로 인해 국민들로부터 많은 우려와 질타를 받고 있

습니다. 충분히 그럴 만합니다. 분명 잘못한 일입니다.

"작전에 실패한 지휘관은 용서할 수 있어도 경계에 실패한 지휘관은 용서할 수 없다."는 말이 있을 만큼 경계는 군인이, 군대가 해야 할 가장 기본적인 임무입니다. 잠시도 소홀하거나 방심할 수 없는 문제입니다.

혹자는 한 명의 도둑을 백 명이 막지 못한다는 말로 몰래 들어온 민간인들을 비난하는데 더 초점을 맞추지만 분명한 것은 경계가 소홀했고, 대처가 미흡했다는 사실입니다.

국가를 방위하고, 국민의 생명과 재산을 보호해야 하는 군대는 단 한 번의 실수도 용납될 수 없는 집단입니다. 아흔아홉 번을 싸워 이겨도 단 한 번 결정적인 전투에서 패배하면 위태로울 수 있는 것입니다.

그래서 손자도 "백전불태, 즉 백번을 싸워도 위태롭지 않는 군대가 되어야 한다."고 강조했던 것입니다. 저는 군인의 한 사람으로서 이러한 문제를 깊이 반성합니다. 저뿐만 아니라 우리 대한민국의 모든 군인들이 반성하고 있습니다. 소홀한 점을 보완하고, 잘못한 점을 반성하여 다시는 국민들께서 걱정하는 일이 생기지 않도록 노력할 것입니다.

군 수뇌부도 이 사안의 엄중함을 깊이 인식하고 있습니다. 최근 코로나19로 인해 어려움을 겪고 있는 국민들을 위해 군이 적극 나서서 많은 칭찬을 받고, 신뢰를 얻은 것이 사실입니다.

많은 분들께서 역시 믿을 만한 조직은 군대밖에 없다는 말씀들도 하시고, 임관하자마자 대구로 달려간 간호장교들에게 많은 감동을 받았다고 하시면서 아낌없는 신뢰를 보내 주셨습니다.

이러한 신뢰가 한순간의 잘못으로 물거품이 되지 않도록 더욱 노력하겠습니다. 국가적 재난에 적극 나서는 국민의 군대도 분명 중요하지만, 그 이전에 적의 위협으로부터 국가와 국민을 지키는 일이 군대의 본질이요, 군인의 본분임을 반드시 명심하도록 하겠습니다.

어제 저는 예하 부대에 가서 장병들을 대상으로 인문학 특강을 했습니다. 그 시간을 통해 우리 장병들이 올바른 군인이 되어야 한다고 강조하고 또 강조했습니다.

제가 장병들을 대상으로 하는 인문학 특강은 단순히 지식을 전파하고자 하는 게 아닙니다. "무지한 전사의 손에 쥐어진 총칼은 폭도의 흉기보다 위험하다."는 신념으로 하고 있습니다.

국가와 국민을 지키는 군대가 되기 위해서는, 유사시에 적과 싸워 승리하는 군대가 되기 위해서는, 군인다운 군인이 되기 위해서는 어떻게 해야 할 것인가에 대한 사유와 성찰의 시간을 갖습니다.

그래서 저는 누구보다도 장병들의 정신전력 강화에 기여하고 있다고 자부하고 있습니다. 생각하는 군인, 사유하고 성찰하는 군인이 되어야만 더 강한 군대를 만들 수 있다는 것을 저는 분명히 알고 있습니다.

어제 특강을 마치고 부대로 복귀하니 뜻밖의 문자가 와 있었습니다. 제 강의를 들은 용사 한 명이 제게 보낸 것입니다. 어떻게 제 전화번호를 알았는지 궁금했는데, 물어보지는 않았습니다. 그 내용이 너무 감동적이라 우리 독자님들께 소개하고자 합니다.

"충성! ○○○○○께서 직접 문자를 드리는 것이 지휘체계상 조심스럽지만 너무나 감사해서 이렇게 연락을 드립니다. 저는 1175공병대 155

대대 1중대 상병 연○○입니다! 오늘 해오름교회에서 강연해 주신 것 너무 감사하게 잘 들었습니다."

"제가 군대 입대하기 전 진로 관련 문제로 우울증, 불안증을 겪으며 매우 힘든 시기를 보냈었지만 군대에 입대하며 개인정비 시간과 출타 때마다 책을 읽으며 극복해 냈습니다. 그랬기에 저 또한 책을 사랑하며 책의 중요성을 느끼고 있는 사람이었는데, 오늘 강연해 주신 내용에 너무 감동을 받았으며 현재에도 꿈을 향해서 기쁘게 나아가시는 ○○○○님의 모습을 보고 너무나 큰 자극을 받았습니다."

"저는 많은 사람들에게 감동과 위로와 평안을 주는 노래를 들려주는 것이 꿈입니다. 비록 사회에서 만큼의 여건은 안 될지라도 군대에서도 제가 꿈을 향해 뛰어갈 수 있도록 마음속으로 한 번만이라도 응원해 주시면 감사하겠습니다! 다시 한 번 감사하다는 말씀 드리며 존경한다는 말씀드리고 싶습니다. 감사합니다. 충성!!"

어떻습니까? 상병이 제게 보낸 문자메시지입니다. 제게 보내는 게 참으로 어려울 수도 있음에도 용기를 내어 마음을 표현한 연 상병이 그렇게 대견하고 고마울 수 없습니다. 저 역시 기쁜 마음으로 답장을 했고, 이후 몇 번의 문자를 주고받았습니다.

저는 세미책(세상의 미래를 바꿀 책 읽기, 세상을 아름답게 만들 책 읽기) 운동을 통해 우리 대한민국 군대에 들어오는 아들들이 인문고전 독서를 통해 대한민국 군대의 미래를 바꾸고, 대한민국의 미래를 바꾸고, 세상의 미래를 바꿀 젊은이가 되길 꿈꾸며 나아가고 있습니다.

그들에게 무한한 가능성과 원대한 희망을 품고 있습니다. 분명 할 수 있습니다. 우리 아들들이 군인으로서 해야 할 기본적인 임무와 역할을 철두철미하게 수행하면서 독서를 통해 꿈과 희망을 키워 간다면 우리나라의 미래는 밝을 것이고, 세상의 미래는 밝을 것이라고 확신하고 있습니다.

우리 인산편지 독자님들 중에서도 세미책을 후원해 주시는 분들이 많이 계십니다. 이 자리를 빌려 다시 한 번 감사드리며 변함없는 성원을 부탁드립니다. 아무리 어렵고 힘들지라도 멈추지 않겠습니다. 그 꿈을 늘 품고 나아가겠습니다.


사랑하는 인산편지 가족 여러분!

오늘은 참으로 따뜻한 시 한 편을 올립니다. 하나하나 조용히 음미하노라면 잔잔한 한 편의 단편영화나 드라마를 보는 듯한 느낌입니다. 특히, 시골의 장날을 좋아하는 저는 그 느낌 압니다.

저는 장날을 좋아합니다. 장터에 가는 것을 즐깁니다. 그곳에는 정겨운 사람들이 있기 때문입니다. 어릴 적에 엄마 따라 자주 갔었던 추억들도 떠오릅니다. 여전한 먹거리도 빼놓을 수 없는 재미입니다.

지금은 곳곳에 상설시장이 들어서서 언제라도 장터에 갈 수 있지만 오일장이 들어서는 동네에서 살 때는 일과가 끝난 후에 장터에 들르는 기쁨이 매우 컸습니다.

파장이 가까워지면 떨이로 파는 곳도 많아 저렴한 가격에 산 적도 자주 있습니다. 지금 이 순간도 자주 갔었던 용인 오일장과, 계룡의 화요 장터가 떠오릅니다. 그곳에서 자주 사 먹던 옥수수가 갑자기 먹고 싶습니다.

기다리고 기다리던 오일장에 다니러 가신 75세의 아버지의 하루가 장터에 고스란히 담겨 있습니다. 그야말로 요즘에 우리가 자주 듣는 아버지의 동선이 아주 상세하게 나와 있습니다.

병원, 소약국, 농협, 시장의 생선가게, 정육점 등을 돌아다니셨습니다. 어디 이뿐이겠습니까? 살까 말까 망설이면서 눈길 주고, 마음 준 곳이 어디 이곳만 있겠습니까? 그렇게 볼일 다 보시고 집으로 돌아가시려고 정류장에 앉으신 아버지의 모습이 눈에 선합니다.

이 한 편의 드라마를 보면서 어떤 생각이 드십니까? 그냥 절로 미소가 지어지지 않습니까? 시인이 제목을 정한대로 진짜 '어떤 평화'입니다. 그렇게 평화로울 수 없는, 더 이상 평화로울 수 없는 모습이자 정경입니다.

지금 우리에게 필요한 것은 바로 이러한 평화입니다. 아주 대단한 평화도 아니고, 매우 특별한 평화도 아닙니다. 그냥 아버지가 장에 다녀오시는 모습 같은 일상적인, 지극히 일상적인 평화입니다. 지금 그 평화가 몹시도 그립고 또 그리운 겁니다.

이 마음을 담아 오늘 인산이 당신께 묻습니다.


"지금, 당신이 꿈꾸는 평화는 어떤 평화입니까?"


사실 오늘 물음은 우문입니다. 지극히 당연한 걸 물어보니 그렇습니다. 또 너무 쉬워서 어떤 답일지 금방 알아맞힐 수 있을 것이고, 모든 분들의 대답도 다 똑같을 거라고 생각합니다. 제가 꿈꾸는 평화나 당신이 꿈꾸는 평화나 말입니다.

부디 바라기는 당신과 제가 꿈꾸는 그 '어떤 평화'가 속히 다시 찾아오길 바랍니다. 우리 인류를 위태롭게 만드는 바이러스가 완전히 퇴치되고, 이 지구촌에 바로 이 '어떤 평화'가 다시 자리잡길 간절히 간절히 소망합니다.

# 당신의 모든 날, 모든 순간이
# 얼마나 소중한지 알고 계십니까?

모든 날, 모든 순간 / 폴킴 노래

네가 없이 웃을 수 있을까
생각만 해도 눈물이나
힘든 시간 날 지켜 준 사람
이제는 내가 그댈 지킬 테니
너의 품은 항상 따뜻했어
고단했던 나의 하루에 유일한 휴식처
나는 너 하나로 충분해
긴 말 안 해도 눈빛으로 다 아니깐
한 송이의 꽃이 피고 지는
모든 날, 모든 순간 함께해

햇살처럼 빛나고 있었지
나를 보는 네 눈빛은
꿈이라고 해도 좋을 만큼

그 모든 순간은 눈부셨다
불안했던 나의 고된 삶에
한 줄기 빛처럼 다가와 날 웃게 해 준 너
나는 너 하나로 충분해
긴 말 안 해도 눈빛으로 다 아니깐
한 송이의 꽃이 피고 지는
모든 날, 모든 순간 함께해

알 수 없는 미래지만
네 품속에 있는 지금 순간 순간이
영원했으면 해
같게 바람이 좋은 날에
햇살 눈부신 어떤 날에 너에게로
처음 내게 왔던 그날처럼
모든 날, 모든 순간 함께해.

코로나19로 인한 어려움이 계속되고 있습니다. 의료현장, 방역현장은
말 그대로 전쟁의 연속이고, 다른 곳도 평온하지 않습니다. 온 국민의
삶이 어렵고 힘든 상황입니다.
  언제 그랬나 싶을 정도로 일상은 먼 옛날이 되어 버린 듯한 느낌입니
다. 그래서 지금까지 늘 당연한 듯 곁에 있었고, 아무런 불편 없이 맘껏
누렸던 우리의 모든 일상이 이젠 그리움이 되었습니다.
  아니, 그리움을 넘어 다시 옛날로 돌아가고픈 소원이 되어 버린 요즘
입니다. 지난 주말 동안 많은 생각을 하면서 지냈습니다. 우리 인간의

삶이 얼마나 연약한 삶인가를, 우리 한 사람 한 사람이 얼마나 연약한 존재인가를 말입니다.

이러한 위기가 우리에게 닥치지 않았더라면 어쩌면 모르고 지나칠 수도 있는 문제입니다. 모든 걸 다 할 수 있고, 모든 걸 바꿀 수 있다고 기고만장할 수도 있는 문제입니다.

역시 위기는 인간의 성찰을 가져옵니다. 인간의 성찰을 요구합니다. 지금 성찰하지 않으면 안 되기에 신은 우리에게 이러한 시련과 어려움을 주신 게 아닌가 싶기도 합니다. 늘 겸손하게 나아가야 할 것입니다.


작가로서의 삶을 살아가면서 제가 닮고 싶고, 가장 좋아하는 작가는 톨스토이입니다. 그동안 인산편지를 통해 수차례 말씀드렸기에 인산편지의 애독자님들은 아마 다 알고 계실 겁니다.

제가 톨스토이를 좋아하는 이유는 딱 하나입니다. 바로 '휴머니즘'입니다. 사실 모든 작가들이 다 휴머니스트임에 분명합니다만, 톨스토이는 그중에서도 단연 독보적입니다. 크림전쟁에 참가한 경험이 그를 휴머니스트로 만들었습니다.

며칠 전 나이팅게일 얘기를 하면서 크림전쟁에 대해 잠깐 언급만 하고 지나간 적이 있습니다. 크림전쟁은 19세기에 크림반도에서 일어난 전쟁입니다.

러시아와 오스만투르크가 충돌하면서 영국과 프랑스까지 연합군이 되어 지원하면서 참전한 전투입니다. 당시 압도적인 군사력을 자랑하던 러시아는 세력을 더 확장하고자 크림반도를 장악하고, 세바스토폴이라는 항구도시에 해군 요새를 구축하였습니다.

이에 위협을 느낀 영국과 프랑스가 대규모 군대를 파견해 오스만투르크를 지원했습니다. 당시는 과학기술이 발전하던 시대라 무기도 엄청나게 발전했고, 그로 인해 사상자도 많이 발생했습니다.

톨스토이는 바로 이 전쟁에 참가했습니다. 러시아군의 포병장교로 말입니다. 그러나 그는 다른 군인과는 달랐습니다. 이 전쟁을 그냥 지켜보지 않았습니다.

참혹한 전투와 엄청난 사상자, 거기에 전염병까지 퍼지면서 속수무책으로 죽어 가는 군인들의 모습을 글에 담았습니다. '세바스토폴 이야기'가 바로 그 책입니다. 이 전쟁에서 러시아에 톨스토이가 있었다면 영국에는 나이팅게일이 있었습니다.


역사가들에 의하면 그 당시에 많은 새로운 기술들이 적용되었지만, 유독 뒤떨어진 부분이 의료 분야였다고 합니다. 그래서 전투보다는 질병, 전염병으로 인한 사상자들이 더 많았다고 합니다.

이때 활약한 사람이 바로 나이팅게일입니다. 나이팅게일이 위대한 이유는 단지 환자들을 치료하는 간호사로서의 사명에만 머무르지 않고, 낙후된 의료체계를 개선하기 위해 노력했다는 점에 있습니다.

그녀는 영국의 장군들을 설득해 야전병원을 대폭 확장하고 부상자들의 구호에 획기적인 노력을 기울였습니다. 그녀의 노력으로 인해 무질서하던 야전병원의 운영 체계가 잡혔고, 의약품과 환자 관리에 있어서도 엄청난 발전이 있었습니다.

어느 정도였냐고 하면 나이팅게일이 이끈 영국 간호사들의 활약으로 영국군은 부상자들의 사망 비율이 불과 2% 정도로 뚝 떨어졌다고 합니다. 참으로 대단하지 않습니까?

　나이팅게일로 인해 영국군은 의료시스템을 혁신했고, 전쟁에서 이길 수 있었습니다. 그녀는 또한 적군인 소련군도 가리지 않고 치료했다고 합니다. 나이팅게일이 위대한 이유, 존경받는 이유가 여기에 있습니다.

　반면, 전쟁을 일으킨 러시아는 압도적인 군사력에도 불구하고 전염병으로 무너졌습니다. 황제 니콜라이 1세도 독감으로 사망했고, 러시아군의 전체 사망자 37만 명 중에 거의 절반이 전염병으로 죽었다고 합니다.

　한번 생각해 보십시오. 거의 20만 명에 가까운 젊은이들이 전쟁터에서 전염병으로 죽어 가는 모습을 말입니다. 20만 명이면 대체 얼마나 많은 사람들입니까?

　이것이 인간의 모습, 인간이 살아가는 세상이겠습니까? 말도 안 되는 일이지 않습니까? 톨스토이가 바로 이 비극을 글에 담아 후세에 남긴 것입니다.


　사랑하는 인산편지 가족 여러분!

　오늘은 모처럼 드라마 OST를 들려 드립니다. 지난 2018년 초에 방영되었던 드라마 '키스 먼저 할까요?'의 주제곡입니다. 감우성과 김선아가 주연을 했던 드라마인데 저는 아쉽게도 본 적이 없습니다.

　그래도 노래는 참 좋아합니다. 제가 늘 드리는 말씀 중에 시는 노래고, 노래는 시라고 합니다만, 이 노래는 정말 가장 아름다운 시가 아닐 수 없습니다. 인산편지의 애독자이고 제가 좋아하는 분도 좋아하시는 노래라고 합니다.

　다른 모든 것보다 제목이 마음에 듭니다. 그리고 모든 날, 모든 순간을 함께하자는 그 마음이 심금을 울립니다. 이 노래는 그야말로 진정한 카르페 디엠이 아닐 수 없습니다.

조용히 노래를 들으며 가사를 한번 음미해 보십시오. 더 이상 무슨 말이 필요하겠습니까? 다른 얘기를 덧붙이는 건 정말이지 사족에 불과합니다.

나는 너 하나로 충분해
긴 말 안 해도 눈빛으로 다 아니깐
한 송이의 꽃이 피고 지는
모든 날, 모든 순간 함께해

이 가슴 절절한 마음을 오늘 당신께 전하며, 인산이 이렇게 묻습니다.

"당신의 모든 날, 모든 순간이 얼마나 소중한지 알고 계십니까?"

사실, 솔직히 이렇게 묻고 싶었습니다.

"당신은 저 하나로 충분하십니까?"

그런데 너무 파격적인 질문이라 독자님들이 급당황하실까 싶어 질문을 바꾸었습니다.

지금 비록 여러 가지 어려움을 겪고 있지만, 당신과 제가 겪는 지금 이 모든 날, 모든 순간이 우리의 삶입니다. 한순간 어렵다고, 한순간 힘들다고 우리의 삶을 버릴 수는 없지 않겠습니까?

# 지금, 당신은 누구와 동행하고 있습니까?

동행 / 오세영

파아란 하늘만이 하늘은 아니다
눈 들어 우러르는 가지 끝 까치에게
살며시 문 열어 주는 그 노을빛 저녁 하늘
잔잔한 호수만이 호수는 아니다
별들이 내려와서 백조와 몸 섞으며
수면에 파문을 짓는 그 갈맷빛 새벽 호수.

시간이 가고 있습니다. 야속한 시간만 흐르고 있습니다. 어떤 분들이
볼 때는 정말 속절없이 시간이 흐르고 있다고 여길지 모릅니다. 그래도
저는 그 표현까지는 쓰지 않으려고 합니다. 우리 모든 국민들이 한마음
이 되어 노력하고 있다는 걸 잘 알고 있기 때문입니다.

많은 공무원, 의료진들의 헌신이 이어지고 있는 가운데, 뉴스를 보니
대구시 의사협회 회장님이 올린 글이 국민들에게 잔잔한 감동을 주고

있습니다. 의료지원에 참여를 당부하는 글인데 "피와 땀과 눈물로 시민들을 지키자."고 하셨습니다.

이 말은 사관학교에 들어간 이후 지금까지 37년간 제 가슴속에 박혀 있는 말입니다. 아니, 대한민국 군인이면 누구나가 다 가슴속에 품고 있는 말입니다. "피와 땀과 눈물로 내 나라, 내 국민을 지키자."는 말처럼 숭고한 말이 또 어디 있겠습니까?

그런 말을 군인이 아닌 민간인에게 듣게 되니 감회가 새롭습니다. 얼마나 위중한 상황이면 피와 땀과 눈물을 거론했겠습니까? 마음을 다해 존경을 보냅니다. 그리고 지금 이 순간 히포크라테스의 마음이 되어 노심초사 헌신하고 있는 의료진들께 깊은 감사의 마음을 전합니다.

지금은 서로의 자리에서 맡은 바 역할을 다 할 때입니다. 누구를 비방하거나 원망할 시간이 없습니다. 최소한 자기 자신이 대한민국 국민이라는 생각을 한다면 그 어느 누구도 예외일 수 없습니다.

나라로부터 많은 혜택을 받고, 보호를 받으면서도 나라가 어려울 때는 외면하고, 자기 잇속만 챙긴다면 이미 국민의 길, 민주시민의 길, 사람의 길에서 벗어난 것입니다. 부디 우리 국민들 모두가 한마음이 되어 이 어려움을 잘 헤쳐 나갔으면 좋겠습니다.


어제는 예하 부대를 다녀왔습니다. 아무리 상황이 어려워도 마냥 움츠러들 수만은 없는 일이기 때문입니다. 활동이 위축되면 정신적으로도 문제가 있을 수 있고, 이런 것들이 쌓이면 부대의 사기에도 영향을 미치기 때문입니다.

사령부와 멀리 떨어져 있는 부대라 차를 타고 오래 이동을 해야 했지만 다녀오길 참 잘했다는 생각을 했습니다. 갈 때 그냥 가지 않고, 선물할 책을 가져가고, 위문품으로 싸이버거까지 사서 가지고 갔습니다. 많이 좋아하는 장병들의 모습을 보니 흐뭇했습니다.

간부들과는 함께 식사를 하면서 대화를 하고, 용사들은 식사 후에 별도로 모아서 한 시간 동안 간담회를 겸한 인문학 강의를 했습니다. 점심을 먹고 난 직후인데도 모두 눈이 초롱초롱한 상태로 경청했습니다. 어느 누구 한 사람 빠지지 않고 참으로 똑똑하고 멋진 우리 아들들입니다.

우리 아들들에게 저는 강조했습니다. "지금 우리가 겪는 이 모습이 이번 한 번만으로 끝나지 않을 것이다. 앞으로 또 얼마나 많은 일들이 일어날지 모른다. 얼마 전에 세상을 떠난 스티븐 호킹 박사는 머지않은 장래에 인류가 생존을 위협받을 지경에 이를 것인데 그 세 가지 주된 요인이 핵과, 기후변화(지구온난화), 그리고 지금과 같은 신종 전염병이다." 그러면서 더 힘주어 강조했습니다.

"이런 세상은 다른 세상이 아니다. 다른 이들이 살아갈 세상이 아니다. 바로 여러분들이 살아갈 세상이고, 여러분의 아들딸들이 살아갈 세상이다. 이런 세상을 위태롭게 만들지 않으려면 여러분들이 책을 읽어야 한다. 인문고전 독서를 해야 한다. 무지한 전사의 손에 쥐어진 총칼은 폭도의 흉기보다 위험하다."라고 말입니다.

저는 그 멋진 아들들, 젊은이들이 이 세상을 올바르게, 아름답게, 위태롭지 않게 잘 이끌어 갈 것이라 확신합니다. 그리 길지 않은 시간이었지만 열정을 다해 우리 아들들에게 전했습니다. 제게 질문까지 하는 등 그 열기가 아주 뜨겁고 호응이 좋았습니다.

부대를 돌아보면서 저는 확신하고 있습니다. 군에 들어온 우리 아들들, 젊은이들에게 이러한 생각을 갖게 하고, 책을 읽게 만들고, 여건을 마련해 주는 것이 대한민국 군대의 미래를 바꾸고, 대한민국의 미래를 바꾸고, 세상의 미래를 바꾸게 될 것임을 말입니다.

그 위대한 길을 위해 제 한 몸을 다 바칠 수 있다면 저는 기꺼이 바칠 것입니다. 공을 생각하거나 내세우지도 않을 것입니다. 인정받을 생각도 없습니다. 지금 당장 누가 알아주지 않더라도 역사는 저를 기억할 것임을 굳게 믿고 있기 때문입니다.

지금 이 인산편지는 세미책 회원님들께서도 많이 읽고 계십니다. 이 자리에서 분명히 말씀드립니다. 세미책이 가고 있는 이 길이 세상의 미래를 바꾸는 길임을 분명히 아셨으면 좋겠습니다. 그리고 기꺼이 기쁜 마음으로 동참해 주시고 격려해 주실 것을 부탁드립니다. 감사하고 또 감사합니다.


사랑하는 인산편지 가족 여러분!

세상에 태어날 때 사람은 누구나가 다 공평하게 태어납니다. 아무런 것도 갖지 않고 이 세상에 태어납니다. 흔히 얘기하는 금수저, 흙수저도 외적인 환경과 조건의 문제일 뿐입니다. 신은 인간을 차별하지 않습니다.

그러나 그런 인간이 살아가는 삶은 다 똑같지 않습니다. 사람에 따라서 다 다릅니다. 외적인 환경이나 조건에 따라서 출발선이 다를 수는 있지만 이건 어디까지나 환경이나 조건의 문제에 국한될 따름입니다.

저는 지금 인간 본연의 삶, 즉 본질을 얘기하는 겁니다. 인간으로 태어나 인간답게 살아가는 길이 무엇인지 말하고자 하는 겁니다. 그것을 알아가는 것이 인문학이요, 그것을 깨닫는 것이 인문학이요, 그러한 삶을 실천하는 것이 바로 인문학이기 때문입니다.

모든 사람이 다 똑같을 수는 없습니다. 다 똑같아서도 안 됩니다. 모든 사람이 다 대통령이 될 수도 없고, 다 재벌 회장이 될 수도 없습니다. 그건 있을 수도 없는 일이지만, 결코 바람직한 일도 아닙니다. 그래서 이 세상을 살아가는 사람들은 다 나름대로 자기의 몫을 지니고 태어났고 살아가는 겁니다.

중요한 것은 자기가 처한 현실을 직시하는 겁니다. 상황을 받아들이고, 조건을 받아들이고, 환경을 받아들이면서 그 자리에서 어떻게 살아가는 것이 의미 있고 가치 있는 삶인가를 사유하고 성찰해야 하는 것입니다. 그럴 때 이 세상을 살아가는 사람들은 다 각자 나름대로의 삶에 의미와 가치를 부여받을 수 있는 것입니다.

역사는 그런 사람을 기억합니다. 역사는 결코 권력이 많은 사람들, 돈이 많은 사람들만을 기억하지는 않습니다. 비록 미약할지라도, 부족할지라도 겸허한 마음으로 자기 자신에게 주어진 길을 걸어간 사람들을 한 명 한 명 소중하게 기억할 것입니다.


지금처럼 어렵고 힘들 때는 함께 가야 합니다. 혼자 가면 더 어렵고 힘듭니다. 혼자 가면 빨리 가지만, 함께 가면 멀리 간다는 말도 있습니다. 함께 가는 것, 동행입니다.

오늘 시인이 전하는 동행을 음미하면서 살며시 미소 짓습니다. 마치 한 폭의 그림처럼 잘 어울리기 때문입니다. 그렇습니다. 동행은 잘 어울려야 합니다. 잘 맞아야 합니다. 그래야만 동행일 수 있습니다. 안 그러면 함께 갈 수 없기 때문입니다.

파아란 하늘, 까치, 노을이 동행합니다. 잔잔한 호수, 별, 백조가 동행합니다. 그들의 동행이 있기에 파아란 하늘만이 하늘이 아니고, 잔잔한 호수만이 호수가 아닌 겁니다. 그 동행이 없으면 어찌 노을빛 저녁하늘이 아름다울 수 있겠으며, 갈맷빛 새벽 호수가 아름다울 수 있겠습니까?

이 마음을 담아 오늘 인산이 당신께 묻습니다.

"지금, 당신은 누구와 동행하고 있습니까?"

시인이 전하는 동행이 지금 우리에게 가장 필요한 마음이지 않을까 싶습니다. 코로나 확진 환자를 마치 이상한 사람 취급하면서 서로 욕하고 비난하는 것은 동행이 아닙니다. 그건 결별입니다. 함께 가야만 멀리 갈 수 있는 길에서 멀어지는 것입니다. 그러면 어찌 멀리 갈 수 있겠습니까?

동행하십시오. 주저하지 말고 동행하십시오. 두려움 없이 동행하십시오. 다 당신과 똑같이 소중한 사람이고, 다 당신과 똑같이 보듬어야 할 사람입니다. 당신과 제가 그렇게 서로서로 감싸 주며 동행해야 합니다.

인간이 인간을 사랑하면서 동행하지 않으면 안 됩니다. 인간이 인간을 사랑하면서 동행하지 않으면 앞으로 펼쳐질 4차 산업혁명의 기술들이 인간을 그냥 놔두지 않을 겁니다. 만약에 인간이 인공지능에게 굴복하고, 로봇의 지배를 받는 모습을 과연 상상이나 할 수 있겠습니까?

# 당신의 이별은 어디에 기록되어 있습니까?

왔다 갔다 / 심옥남

마음에 짚이는 게 있었나
동백 꽃가지에 햇살이
어제보다 오래 앉았다 갔다
애써 묻지 않았다
출렁, 꽃이 진다
쪽달에게 한쪽 무릎을 내주며 여위어 가는
기인 공백기
숭어리숭어리 꽃을 삭제해도
뿌리에 기록되는 이별의 이력
붉어,
꽃은 다시 핀다.


전쟁이 무서운 건 전쟁 자체가 갖는 극심한 두려움, 공포, 혼란의 끝
에 죽음이라는 것이 도사리고 있기 때문입니다. 아무리 힘들고 어려워

도 죽을 확률이 높지 않고, 가능성이 크지 않으면 그래도 견딜 만할 텐데 전쟁은 그렇지 않습니다.

과거 역사를 보아도 단 한 번의 전투로 수백만 명이나 되는 사람이 목숨을 잃은 경우도 있습니다. 지금까지 인류가 치른 전쟁 중에서 사상자가 가장 많이 발생한 전쟁은 뭐니 뭐니 해도 제2차 세계대전입니다.

이 기간 중에 스탈린그라드전투가 있었습니다. 1942년부터 43년까지 독일군과 소련군이 약 6개월이 조금 넘는 기간에 걸쳐 벌인 전투였습니다. 이 전투는 인류 역사상 단일 전투로는 가장 많은 사상자를 낸 전투로 기록되고 있습니다. 얼마나 많은 사람들이 죽거나 다쳤냐구요? 무려 210만 명입니다.

게다가 더 충격적인 것은 이 전투에서 단 하루 동안에 독일군 7만 명이 죽은 경우도 있다고 합니다. 7만 명이면 얼마나 많은 겁니까? 가히 상상도 하기 힘든 놀라운 사실이고, 엄청난 숫자입니다.

평생을 군복을 입고 군인으로 살아오면서 늘 이러한 전쟁의 역사를 배우고, 연구하면서 살아왔기에 저는 그 누구보다도 휴머니즘에 깊이 빠져들었습니다.

군인과 휴머니즘! 어찌 보면 사실 잘 어울리지 않는 조합입니다. 총칼이 부딪치고 선혈이 난무하는 전쟁터에서 휴머니즘을 찾기란 그리 쉬운 일이 아닙니다.

특히, 상대방에 있어서는 더합니다. 전쟁에 있어서, 전투에 있어서 상대방은 적이라 불리는 사람들입니다. 나와 똑같은 사람이지만 나와 똑같지 않은 사람입니다. 서로 죽여야만 하는 숙명의 자리에 서 있는 사람입니다.

그러니 적을 향한 휴머니즘은 어찌 보면 값싼 동정이요, 나약한 정신이요, 더 나아가 패배의식일 수도 있습니다. 그래서 군인에게 있어 적은 오로지 죽여야 하는 존재, 물리쳐야 하는 존재로 각인되어졌고, 각인시켜 왔습니다.

저도 그렇게 37년을 살아왔습니다. 그런 제 마음속에 누구보다 강한 휴머니즘이 자리잡고 있다는 건 제 스스로 생각해도 놀라운 일입니다. 그렇다고 해서 제가 나약한 군인, 정신 나간 군인일 리는 만무합니다.

그래서 언제부터인가 저는 전쟁에서, 전투에서 적을 많이 죽이고 승리한 군인들, 우리가 소위 명장이라고 부르는 그 장군들을 가장 윗단에서 내려놓기 시작했습니다.

철부지 어린 시절에 읽었던 책들로 인해 머릿속에 깊게 새겨졌었던, 그래서 존경하는 인물을 들라고 하면 늘 상위에 랭크되었던 알렉산더 대왕, 징기즈칸, 나폴레옹, 맥아더 장군을 더 이상 높은 순위에 놓지 않았습니다.

그 자리는 '부전이굴인지병(不戰而屈人之兵)'이라 하여 싸우지 않고, 죽이지 않고 승리하는 것이 최선이라고 말한 손자가 차지했고, 세 치 혀로 거란의 80만 대군을 물리친 서희 장군이 차지했습니다. 그리고 이러한 저의 생각이 인문학을 하는 군인의 길로 저를 이끌었습니다.

"무지한 전사의 손에 쥐어진 총칼은 폭도의 흉기 보다 위험하다." 이제는 조금 유명해진 저의 어록은 바로 이러한 제 의지의 소산이고, 신념의 표현입니다.

수십만, 수백만 명이 죽어 나가는 것이 전쟁이고, 전투니까 한두 명의 목숨 정도는 아무것도 아니라는 생각이 지배할까 봐 지금도 늘 경계하고 또 경계하며 군 생활을 하고 있습니다.

제가 지금까지 군복을 입고 있을 수 있다는 것, 지금의 위치까지 왔다는 것에 참으로 감사한 이유는 지금까지 걱정 없이 잘 먹고 잘 살아와서가 아닙니다. 어느 정도 위치까지 와서 만족해서도 아닙니다.

저의 이러한 생각과 신념을 후배 간부들에게, 젊은 용사들에게 마음껏 전할 수 있기 때문입니다. 국가와 국민으로부터 그렇게 할 수 있는 계급과 직책을 부여받았기에 언제든지 우리 젊은이들을 만나 무지한 전사가 되어서는 안 된다고, 무식한 군인이 되어서는 안 된다고 목청 높여 외칠 수 있기 때문입니다.

참으로 감사하고 또 감사한 일입니다. 저는 이것을 제게 주어진 가장 큰 사명이라 여기고 있습니다. 장차 이 나라를 이끌어 갈 젊은이들에게 이러한 신념을 심어 준다면 그보다 더 값진 일이 어디에 있겠습니까?

사랑하는 인산편지 가족 여러분!

코로나19로 인해 많은 사람들이 세상을 떠나는 소식을 우리는 듣고 있습니다. 근 한 달 정도 되는 기간 동안 듣고 또 들어서 이제는 중국이나 우리나라에서 사망자가 몇 명 늘었다는 소식에 무뎌졌을 수도 있습니다.

그러나 한번 냉정하게 생각해 보십시오. 그 몇 천 명이나 되는 사람들 중에 내가 가장 사랑하는 사람이 있다고 생각해 보십시오. 그 숫자가 그리 무뎌질 수 있겠습니까? 늘 듣는 숫자라 아무렇지 않게 들을 수 있겠습니까?

전쟁이 잔인한 건 바로 그것에 있습니다. 사람의 생명을 숫자로 말하는 그 잔인함과 매정함 말입니다. 포연으로 물들은 참혹한 전쟁터에서도 꽃은 피듯이, 그 속에서도 우리는 언제나 인간임을 잊지 말아야 합니다.

지금 이 글을 쓰고 있는 시각은 깊은 밤입니다. 밤사이 봄비가 내린다고 했는데 아직 비는 내리지 않고 있습니다. 뉴스를 들으면 온통 우울한 얘기들뿐이라 조금 듣다가 끄고, 책상 앞에 앉아 편지를 쓰고 있습니다.

방금 전, 저는 한 통의 메시지를 통해 한 사람의 죽음을 알게 되었습니다. 함께 근무하던 동료가 세상을 떠났다는 소식을 들은 것입니다. 마음이 따뜻한, 그래서 제가 많이 좋아한 아름다운 분이셨습니다. 좋아했던 만큼 마음이 많이 아픕니다.

근 1년이 넘는 시간 동안 투병 생활을 하고 있었는데 갑자기 악화되었나 봅니다. 간다는 말도 없이 그렇게 허망하게 제 곁을, 우리 동료들 곁을, 이 좋은 세상을 떠나고 말았습니다.

그래서 지금 이 시각, 전쟁터에서의 죽음, 코로나로 인한 죽음, 제 동료의 죽음이 오버랩됩니다. 그 어떤 삶이 의미 없는 삶이 없고, 가치 없는 삶이 없듯 죽음도 마찬가지입니다. 이 자리를 빌려 삼가 고인의 명복을 빕니다.


이런 제 마음을 담은 시를 찾았습니다. 마치 소풍 날 보물찾기 하듯이 책상 위에 놓인 여러 시집들을 헤집고 또 헤집으며 찾았습니다. 그러다가 이 시가 눈에 띈 것입니다.

오늘 전하는 시인의 마음이 제 마음입니다. 정말이지 왔다 가는 게 우리의 삶입니다. 그 기간만 차이가 날 뿐입니다. 그것도 그리 많이 차이가 나지 않습니다. 불과 몇 십 년입니다. 왔다 갔다 하는 건 누구나 다 똑같은 겁니다.

특별히 가슴에 와 닿는 건 뿌리에 기록되는 이별의 기록이라는 대목입니다. 햇살도 앉았다 가고, 꽃도 피고 집니다. 이 세상에 존재하는 모든 것은 왔다 가는 겁니다. 다만 그것을 기록하고 기억한다면, 어딘가에 기록하여 남긴다면 그것으로 충분히 족하고도 남음이 있다는 생각을 해 봅니다.

이 마음을 담아 오늘 인산이 당신께 묻습니다.

"당신의 이별은 어디에 기록되어 있습니까?"

제가 먼저 답하겠습니다. 어제 저는 가슴 아픈 이별을 했습니다. 그러나 그 이별을 그냥 잊지 않을 겁니다. 제 가슴속에 기록할 겁니다. 짧은 삶 동안 보여 주었던 제 동료의 아름다운 미소와 함께 영원히 말입니다.

# 지금, 당신이 사랑하는 눈동자는
# 어디에 있습니까?

눈동자 / 최종천

기계를 뜯다 보면 나도 모르게
베어링을 해체하여 그리스 기름을 닦아 내곤 한다
기름 속에는 박혀 있는
빛나는 베어링의 눈동자가 보고 싶어서다
베어링은 눈동자를 잘 굴린다
사람의 눈도 잘 굴리면 시력이 좋아지듯이
베어링의 눈동자는 빛난다
그리운 눈동자는 밤하늘에 있고
사랑하는 눈동자는 기름 속에 있다
눈알을 뒤룩뒤룩 굴리며 돌아가는 베어링처럼
눈동자를 굴리며 살고 싶다.

설상가상(雪上加霜)이라는 사자성어가 있습니다. 갈수록 태산이라는 말
과 비슷합니다. 어떤 말인지, 어떤 경우에 쓰는 말인지 굳이 말씀드리

지 않아도 잘 아실 겁니다.

점입가경(漸入佳境)이라는 사자성어도 떠오릅니다. 사실 이 말의 본 뜻은 들어갈수록 아름다운 경치가 나와서 절로 감탄이 나올 때에 쓰는 말인데, 언제부터인가 이상하게도 반어법의 형태로 사용하고 있습니다.

들어가면 들어갈수록 뜻하지 않은 일, 생각지도 못한 일, 아주 가관인 일을 만나거나 접하게 될 때 점입가경이라는 말을 쓰곤 합니다. 아무튼 이 모든 말들이 지금 우리나라의 상황을, 현실을 그대로 알려 주는 듯합니다.

어제 부로 코로나19 대응 단계가 심각단계로 격상되었습니다. 나라 전체가 총력 대응하는 상황으로 접어든 것입니다. 정말이지 심각한 상황이 아닐 수 없습니다.

그동안 인산편지를 쓰면서 특정한 단체나, 특정한 개인을 직접적으로 거명하면서 비난하거나 비판한 적은 없었던 것으로 기억하고 있습니다. 그래서 오늘도 실명을 거론하지는 않겠으나, 똑똑하신 우리 인산편지 독자님들은 다 짐작하실 거라 생각합니다.

오늘 제가 아예 작심하고 말씀드리는 이유는 바로 인간의 문제이기 때문입니다. 그 인간의 문제를 우리가 함께 더불어 살아가는 공동체의 차원에서, 공익의 차원에서 한번 생각해 보고 싶습니다.

우리는 지금 이 순간, 살아 있습니다. 그리고 시간과 공간의 흐름 속에서 순간순간 살아가고 있습니다. 지구라는 땅덩어리 위에서, 한반도라는 구체적인 땅 위에서, 대한민국이라는 국가의 틀 안에서 살아가고 있습니다.

혼자 살고 있지 않습니다. 더불어 살고 있습니다. 함께 사는 사람들을 우리는 가족이라 부르고, 친구라 부르고, 동료와 전우라 부르고, 시민 또는 국민이라고 부릅니다.

　함께 살다 보니 내 맘대로 할 수 없는 일이 있습니다. 아무리 자유의지를 지닌 존재일지라도 함께 살고 있기에 내 맘대로 할 수는 없는 일입니다. 서로 지키겠다는, 지켜야 한다는 약속을 정해 놓고 매사에 그걸 지키면서 살고 있는 것입니다.

　그런데 말입니다. 요즘 보면 그걸 지키지 않는 사람들이 있습니다. 그것도 그냥 혼자 지키지 않아서 별 문제가 되지 않는다면 슬쩍 가볍게 웃어넘길 수도 있을 테지만 이건 그리 간단한 문제가 아닙니다.

　왜냐구요? 혼자가 아니기 때문입니다. 집단으로 지키지 않습니다. 그것도 아주 커다란 괴물 같은 집단이 되어 우리 곁에서 똬리를 튼 채 마치 잘 지키면서 살아가는 선량한 사람들을 조롱하고 비웃기라도 하는 듯이 막무가내입니다.

　저도 특정한 종교를 가지고 있고, 신앙생활을 하고 있지만, 종교라는 이름을 붙이는 게 이렇게 부끄러운 적은 없습니다. 이 세상에 종교가 존재하는 이유가 무엇인지에 대한 기본적인 사유와 성찰조차 없는 모습이 도무지 이해가 되지 않습니다.

　공동체 의식이 없어서 그렇습니다. 아니, 어쩌면 아예 공동체라는 것 자체를 인정하지 않는지도 모를 일입니다. 그들에게 있어 공동체는 자기들만의 세계, 자기들만의 리그, 자기들만의 세상일 테니까 말입니다.

　많이 아쉽습니다. 국가적인 재앙, 세계적인 재앙인 코로나19 사태를 보면서도 더 큰 공동체를 생각하지 않고, 자기들만의 작은 공동체에 머물러 있는 사람들이 아쉽습니다.

저는 매사에 긍정적인 편입니다. 특히, 사람에 대해서는 더욱더 긍정적입니다. 아무리 잘못한 사람이라도 용서하고 싶고, 용서해야 한다는 입장입니다.

이러한 저의 사상은 인산편지에 잘 나와 있습니다. 인산편지를 통해 잘 표출됩니다. 늘 말미에 우리가 살아가는 이 세상이 조금 더 따뜻하고, 조금 더 아름다워지길 소망한다는 말을 꼭 붙이곤 합니다.

지금 이 순간에도 그러한 특정한 집단의 사람들을 생각합니다. 결코 미워하고 싶지는 않습니다. 다만, 그들이 조금 더 넓은 마음으로 우리가 함께 살아가는 세상을 품었으면 좋겠습니다.

자기 자신들로 인해 이 세상이 위태롭게 되지 않도록 조금 더 사유하고, 조금 더 성찰했으면 좋겠습니다. 이것이 제가 바라는 아주아주 소박한 바람입니다. 이 바람이 전해질지 모르겠지만 지나가는 바람에 실려서라도 꼭 전해졌으면 좋겠습니다.

사랑하는 인산편지 가족 여러분!

지난 주말 동안 꼼짝 않고 숙소에 대기하면서 많은 생각을 했습니다. 평상시 잘 보지 않던 텔레비전을 보면서 코로나19 사태를 예의 주시했고, 가벼운 산책과 독서로 시간을 보냈습니다.

잘 아시다시피 군대도 비상사태입니다. 전 장병 외출, 외박, 휴가도 전면 중단된 상태입니다. 간부들도 주말 동안 외부에 출타하지 않고 숙소에 대기했습니다.

이러한 상황 속에서 어떠한 마음을 인산편지에 담을 것인가 고민했습니다. 나라 전체가 총력 대응하고 있는데 인산편지도 잠시 중단할까라는 고민까지 했습니다.

그러다가 다시 생각했습니다. "이런 때일수록 인산편지가 더 필요하겠다. 아무리 힘들어도 이 세상 어딘가에서는, 이 세상 누군가는 여전히 희망의 노래를 부르고, 희망의 나팔을 불어야 하지 않겠는가?"라는 생각을 했습니다.

정말이지 바라기는 온 국민이 어려운 때에, 우리 인산편지 독자님들의 마음도 쓸쓸하고, 때론 우울할 때에 인산편지가 조금이라도 힘이 되고 위안이 되었으면 좋겠습니다.

그래서 그동안 제가 여러 정보를 모으고 모아 집대성(?)한 코로나19 대응책을 이 자리를 통해 공개하고자 합니다. 뭐 그리 대단한 것은 아니고, 모두가 다 아시는 내용입니다.

저는 단지 이것을 '3×4=12법칙'이라고 이름을 붙인 겁니다. 즉, 3자리의 단어 4가지, 즉 12자만 확실하게 기억하면 됩니다. 이것만 잘 실천하면 코로나19는 완전히 막을 수 있다고 생각합니다. 이것은 바로 '손 씻기, 마스크, 면역력, 비타민'입니다.

오늘 시인이 전하는 노래를 음미합니다. 그러면서 저 역시 눈동자를 생각합니다. 요즘 같은 때에는 대부분 마스크를 쓰고 있어서 얼굴을 쳐다보면 온통 눈동자만 보입니다.

그리운 눈동자는 밤하늘에 있고, 사랑하는 눈동자는 기름 속에 있다고 시인은 노래했지만 당신이 사랑하는 눈동자는 당신이 추억하고 간

직하는 그 어딘가에 있을 겁니다. 제가 사랑하는 눈동자가 그 어디에 있듯이 말입니다.

이 마음을 담아 오늘 인산이 당신께 묻습니다.

"지금, 당신이 사랑하는 눈동자는 어디에 있습니까?"

부디 바라기는 그 눈동자가 어디에 있건 우리 곁에서 늘 살아서 반짝였으면 좋겠습니다. 인류를 위협하는 바이러스로 인해 2천 5백 명에 가까운 사람들이 죽은 중국을 생각하면, 6명이 떠나간 우리나라를 생각하면 더 그렇습니다.

우리가 살아가는 이 세상이 위태롭지 않았으면 좋겠다는 바람, 당신과 제가 사랑하는 눈동자가 여전히 반짝이는 모습을 보면서 우리의 눈동자를 굴리며 살아가고 싶습니다. 그것이 시인이 바라는 세상이요, 제가 바라는 세상입니다.

# 지금, 당신은 무슨 꽃입니까?

꿈꽃 / 황동규

내 만난 꽃 중 가장 작은 꽃
냉이꽃과 벼룩이자리꽃이 이웃에 피어
서로 자기가 작다고 속삭인다
자세히 보면 얼굴들 생글생글
이 빠진 꽃잎 하나 없이
하나같이 예쁘다

동료들 자리 비운 주말 오후
직장 뒷산에 앉아 잠깐 조는 참
누군가 물었다. 너는 무슨 꽃?
잠결에 대답했다. 꿈꽃
작디 작아 외롭지 않을 때는 채 뵈지 않는
(내 이는 몰래 빠집니다)
바로 그대 발치에 핀 꿈꽃.

어제는 하루 종일 해안 경계작전을 담당하고 있는 부대를 돌아보고, 장병들에게 인문학 강의를 했습니다. 매일매일 이어지는 강행군입니다. 할 때마다 모든 에너지를 다 쏟기에 약간 피곤하지만 멋진 장병들과 함께하는 시간들이 참 좋습니다.

강의를 하면서 약간 놀란 것은 우리 젊은 장병들이 의외로 4차 산업혁명에 대해 잘 모른다는 것이었습니다. 젊은이들이고, 앞으로 그 시대를 살아갈 사람들이기에 그 어느 세대보다도 더 잘 알고 이해할 줄로 알았는데 그게 아니었습니다.

문제는 역시 학습이고, 공부였습니다. 우리 젊은이들은 자기 자신들이 살아가야 할 4차 산업혁명 시대에 대해 제대로 공부하지 않고 있었습니다. 제게는 큰 충격으로 다가왔습니다.

심지어는 인공지능, 즉 AI에 있어 지금 세계에서 가장 앞서고 있는 나라가 어느 나라냐고 질문을 했을 때 이것을 아는 젊은이들이 거의 없었습니다. 다른 문제들도 마찬가지였습니다.


지금 대한민국 육군은 한계를 넘어서는 초일류 육군을 만들기 위해 수뇌부부터 각급 부대 지휘관들에 이르기까지 노심초사하며 전력을 다하고 있습니다.

그런데 정작 우리 젊은 장병들은 그런 것에 별로 관심이 없었습니다. 인문학에도 별로 관심이 없고, 책을 왜 읽어야 하는지, 어떻게 읽어야 하는지 들어 본 적도 없다고 합니다. 가정에서도, 학교에서도 그런 교육을 제대로 받은 적이 없습니다.

젊은 장병들 앞에서 강의하는 게 그렇게 어려웠던 이유이기도 합니다. 관심이 없는 그들을 끌어들이는 게 쉬운 일이 아니기 때문입니다. 그래도 이곳은 군대이기에, 싫든 좋든 앉아 있어야 하기 때문에 가능합니다. 저라도 앞장서서 더 노력하고, 정진할 것을 다짐합니다.

이것은 그냥 쉽게 넘길 문제가 아닙니다. 그리고 저 혼자서만 해결할 수 있는 문제도 아닙니다. 앞으로 지휘관들이 정신교육 시간이나 지휘관 시간을 통해 더 많이 가르쳐 주고, 함께 고민해야 할 문제라고 생각합니다. 이를 위해서도 노력하겠습니다.

저는 장병들에게 분명하게 얘기했습니다. 갈수록 심해지고 있는 코로나19 사태를 직시하자고 했습니다. 오늘날 인공지능 분야에서 세계 최고라고 하는 중국에서 하루에도 수백 명이나 되는 사람들이 세상을 떠나고 있는 이 현실을 똑똑히 직시해야 한다고 말입니다.

한 사람 한 사람이 우주보다 귀한 존재이거늘, 그 사람들의 생명을 지켜 주지 못하는 나라가 아무리 인공지능에서 앞서가면 무슨 소용이 있는가, 자연지능도 제대로 살피지 못하면서 무슨 인공지능을 운운한단 말인가 생각해 보자고 강조했습니다.

이는 정말 심각한 문제입니다. 비단 중국만의 문제가 아닙니다. 오늘날 모든 나라가 심각하게 고민해야 하는 문제입니다. 각국을 이끌어 가는 지도자들이 인문학적인 관점에서 깊게 사유하고 성찰해야 할 문제입니다.


며칠 전 신문을 보니 인공지능, AI가 인간의 예술성에 도전장을 던졌다는 내용의 기사가 실려 있었습니다. 제목만 들어도 대강 무슨 내용인지 짐작이 되시죠?

지난 2018년 10월에 전 세계적으로 유명한 미국 뉴욕의 크리스티 경매에서 그림 하나가 팔렸습니다. 무슨 그림인데 화제가 되었냐구요? 바로 인공지능이 그린 그림이었습니다.

　'에드몬드 드 벨라미'라는 이름이 붙은 인물 초상화가 우리나라 돈으로 환산하여 5억 1,500만 원에 팔렸다고 합니다. 이 그림은 프랑스 연구팀이 인공지능을 이용해 그린 그림으로 크리스티 경매 사상 최초의 인공지능 그림이었다고 합니다.

　이 내용을 보고 저는 놀랐습니다. 아무리 인공지능이 뛰어나도 예술의 세계에는 쉽게 발을 들여놓지 못할 것이라고 했던 제 생각이 무참히 깨졌기 때문이었습니다.

　자세히 읽어 보니 인공지능은 모방, 변형, 융합, 창조의 단계를 거치며 고유한 창작 능력을 갖추었으며, 이러한 능력은 비단 미술뿐만 아니라 음악, 문학이나 융합도 가능한 수준까지 도달했다는 것입니다.

　인간의 영역에 끝없이 도전하는 인공지능의 능력을 볼 수 있었습니다. 이는 참으로 놀라우면서도 두려운 일입니다. 이렇게 만들어 놓고 우리 인간이 앞으로 어떻게 감당을 할지 무섭도록 두려운 일이 아닐 수 없습니다.

　더 두려운 것은 이러한 기술의 발전이 가져 올 인간의 소외입니다. 어느 분야나, 어느 장르가 되었든 예술이 추구하고자 하는 본질에는 인간이 있기 때문에 그 본질이 배제되거나 외면되고 오직 창작된 결과물만이 난무하는 세상이 되지 않을까 하는 우려입니다.

　이는 저만의 우려가 되어서는 안 됩니다. 인공지능을 연구하는 모든 이들의 우려가 되어야 합니다. 그래서 언제, 어느 순간이든지 인간이 빠져서는 안 되고, 사람이 중심에서 밀려나는 일이 없어야 한다고 주장하고 싶습니다.

사랑하는 인산편지 가족 여러분!

코로나19가 점점 더 심각해지고 있습니다. 잠시 소강상태를 보이면서 잠잠해지는가 싶더니 대구 · 경북 지방에서 대거 확진환자가 발생하면서 크게 번져 가고 있습니다.

군에서도 처음으로 확진환자가 나왔습니다. 제주도에 근무하는 해군 장병이라고 합니다. 많은 장병들이 함께 모여 근무하고 있는 곳이 군 부대이기에 더욱 우려가 큽니다.

부디 하루 속히 이 사태가 진정되고, 종식되길 기도하지 않을 수 없습니다. 사실 온 나라가, 온 세상이 이런 모습이기에 어떤 말을 하거나, 표현을 하기도 많이 조심스럽습니다.

금요일이 되어도 기쁘고 행복한 금요일이라고 말하기조차 미안합니다. 그래서 저 역시 오늘은 그런 표현을 쓰지 않으려 합니다. 그저 조용히 주말을 보내면서 더 많은 사유와 성찰을 하는 시간을 갖고 싶습니다.

그래도 인산편지마저 그러면 너무 기운이 없고, 우울할 것 같기에 힘을 냅니다. 용기를 냅니다. 가라앉은 마음을 추스르고 도닥거려서 다시 일으켜 세웁니다.

그 마음의 표현이 오늘 당신께 전하는 시 한 편입니다. 시인이 노래하는 꽃 이야기를 혼자 조용히 음미하고 되뇌고 있으면 마음이 참으로 따뜻해짐을 느낄 수 있습니다.

시인은 노래합니다. 작은 꽃들에 대해서 말입니다. 지금까지 만난 꽃 중에서 가장 작은 꽃들입니다. 그 작은 꽃들이 서로 자기가 작다고 속삭이는 모습들을 상상해 보십시오. 얼마나 귀엽고 깜찍하고 예쁩니까?

결국은 꽃입니다. 결론은 꽃입니다. 우리가 살아가는 이 세상, 인간을 인간답게, 우리를 우리답게 만드는 것은 꽃입니다. 우리의 삶이 지치고 힘들지라도 꽃이 있었기에, 꽃이 있기에 견뎌 낼 수 있고, 견뎌 올 수 있었던 게 아닙니까?

특별히 오늘은 꿈꽃에 대해 노래합니다. 잠결에, 얼떨결에 말한 꽃치고는 참으로 예쁜 꽃입니다. 한번도 보신 적이 없다고요? 다른 어디에 핀 꽃이 아니고 바로 그대 발치에 핀 꽃입니다. 그 꽃이 바로 꿈꽃입니다. 우리가 바로 꿈꽃입니다.

이 마음을 담아 오늘 인산이 당신께 묻습니다.

"지금, 당신은 무슨 꽃입니까?"

아무리 세상이 어려워도, 아무리 사람들이 쓰러진다 해도 우리의 발치에는 꿈꽃이 피어 있음을 잊어서는 안 됩니다. 우리에겐 꿈꽃이 있음을, 우리 자신이 바로 꿈꽃임을 잊어선 안 됩니다. 인간이 인간을 사랑하는 일을 멈추어서는 안 됩니다.

누구보다 당신이 먼저 꽃이 되어 이 세상을 예쁘고 아름답게 만들어야 합니다. 우리 모두가 그런 꽃이 되어야 합니다.